Finisterrae

Jeanne **BOCQUENET-CARLE**

Finisterrae

Tu garderas le secret

RAGEOT

Cet ouvrage a été imprimé sur un papier
issu de forêts gérées durablement,
de sources contrôlées.

Couverture de Krystel

ISBN : 978-2-7002-4282-9

À ma mère.

Finisterrae, la fin de la terre

De bitume et de rêves

Je rentrais du lycée en traînant les pieds, sans réelle volonté d'arriver à la maison et sans véritable envie de rester devant les grilles qui m'avaient retenue toute la journée.

Je me sentais molle, affreusement molle. Tout en moi était gélatineux, mes bras, mes jambes, mes cheveux, ma volonté. J'étais en mode limace. J'avançais parce que la rue servait à ça, aller quelque part, qu'on le veuille ou pas, que l'on sache sa destination ou pas.

Je me réveillais chaque matin et la même histoire se répétait : le béton gris, les fenêtres bordées de capucines de Mme Delterme, la porte de garage taguée, la gouttière rouillée, la boulangerie rose, le mur sale, la porte marron et son digicode gris, le mur avec les fenêtres aux volets clos, l'étal du vendeur indien – *on dirait que la boutique vomit des montres en toc et des balais dépoussiérants jusque sur le trottoir* –, le Franprix du coin, l'entrée de parking, l'agent immobilier, la porte rouge dont la peinture s'écaille, un autre mur sale...

Mon reflet glissa sur la surface lisse des vitrines du quartier comme un hologramme huileux ou un fantôme sans GPS. *Laisse tomber, c'est juste toi...* Malgré la douceur de cette fin avril, je portais toujours ma doudoune. Je n'étais pas du genre frileuse, mais marcher dans Paris avec seulement un pull, c'était un peu comme être toute nue. Il n'y avait hélas rien à cacher, j'étais juste une grande fille aussi maigre que des milliers d'autres. *Un spaghetti pas cuit ouais, même pas al dente.* Rien à faire, j'étais complexée.

Ce n'était pas le cas de Valentine que j'avais quittée au coin de la rue. Valentine, elle, mettait des jupes sans se poser de questions et des vestes cintrées. Elle riait fort, portait du parfum Miss Dior et les garçons se retournaient sur son passage.

Chaque soir, après les cours, je faisais la moitié du chemin avec elle entre le lycée et la rue de Wattignies. Tout en marchant, Valentine fumait une Chesterfield Blue, comme si elle en éprouvait un vrai besoin après une laborieuse journée de classe.

Moi, les rares fois où j'avais essayé, je m'étais mise à tousser comme un vieux pot d'échappement. *La honte...* Je préférais dorénavant assumer ne pas fumer que me ridiculiser devant tout le monde.

Ces temps-ci, j'avais tendance à régler les problèmes de façon radicale : je tousse, je ne fume plus. Je ne sais pas comment habiller ma grande carcasse maigrichonne, je garde une doudoune The North Face même au printemps. *Autant sortir avec un sac de couchage sur le dos...*

La seule décision que je n'arrivais pas à prendre était celle de mon orientation. On était bientôt à la fin de l'année et je n'avais toujours pas décidé quelle première j'allais choisir. *Quelle bolosse!*

Je n'étais bonne qu'en français, la filière L s'imposait. Pourtant j'hésitais, j'avais peur de m'enfermer dans une voie pour le restant de ma vie. *Y a pas une option éleveuse de kangourous en Australie ?*

Dans les autres matières, mes notes n'étaient ni assez bonnes pour que les profs daignent m'aider à faire un choix, ni assez mauvaises pour qu'il ne m'en reste pas. Cela m'aurait d'ailleurs arrangée : ne pas avoir à choisir. Ne pas trancher. Prendre une décision plus importante que porter ou ne pas porter un manteau au mois d'avril était au-dessus de mes forces. À chaque fois que je tentais d'y réfléchir, mon cerveau buggait. Mon crâne devenait vide, électroencéphalogramme plat.

Je n'étais pas la seule à ne pas savoir quoi faire de moi. Maman aussi s'en plaignait et chaque soir j'avais droit à :

– Katell, ça ne peut être que L et tu dois choisir tes options en fonction des coefficients pour le bac !

Mon prénom était une autre source de soucis. *Katell, quel prénom pourri ! Et pourquoi pas Cunégonde ?* Hélas pas de solutions radicales pour un prénom. Ce n'était pas comme un poncho péruvien en poil de lama triple épaisseur qu'on enfile dès que ça ne va pas. J'en avais autant honte que de ne pas savoir fumer. *Au moins fumer, je peux faire semblant !*

Heureusement, ma mère était la seule à se souvenir qu'elle m'avait affublée d'un prénom breton aussi grotesque. À l'école, j'avais dès la maternelle imposé la traduction en français « Catherine ». *Pas très glam mais moins craignos que Katell.* Je pense d'ailleurs qu'il s'agit de la raison pour laquelle j'appris à écrire avant les autres. Il fallait que je les devance pour ne pas laisser le temps à l'horrible « Katell » de s'imposer.

Très tôt, je sus inscrire mon nom au-dessus des portemanteaux ou sur les étiquettes des cahiers. Je devins Catherine à la ville et Katell à la maison. J'avais deux identités. L'une officielle, scolaire et parisienne, l'autre maternelle et bretonne. J'avais l'impression que deux personnes opposées cohabitaient en moi.

Mes frères, eux, trouvèrent un compromis avec le diminutif « Kat ». Porter un diminutif me donnait l'illusion d'être un peu moins coincée et timide. Avec « Kat », cette troisième identité, je pouvais être cool et *normale. Merci, les frangins, un jour je vous revaudrai ça.* Mes frères, *les veinards*, n'avaient pas hérité de prénoms bretons même si avec une mère costarmoricaine et un père capitaine dans la marine marchande ayant fait ses classes à Saint-Malo, on aurait pu s'y attendre. Bertrand, Richard et Simon étaient des prénoms potables comparés à l'indigeste « Katell ». En réalité, j'héritais du paradoxe de ma mère : un prénom rescapé de sa Bretagne natale qu'elle avait quittée vingt ans auparavant sans jamais y retourner, et une certaine nostalgie pour ce bout de caillou rejeté.

En résumé, je m'appelais Katell mais je n'avais jamais mis les pieds dans ma région d'origine.

Je débouchai rue de Wattignies, prête à retrouver l'appartement familial et à affronter la suractivité fraternelle en espérant qu'elle me permettrait d'éviter la quotidienne et stérile discussion au sommet sur mon orientation. Arrivée au numéro soixante-dix, je tapai le digicode et m'engouffrai dans l'entrée. Je pouvais enfin retirer ma doudoune.

Je refusais d'admettre que j'avais trop chaud. *Tu transpires comme un gros Saint-Bernard en Martinique !*

En attendant l'ascenseur, je priai pour que mes frères aînés n'aient ni équitation, ni escrime, ni des copains à voir. En général, le jeudi, Bertrand rejoignait ses potes dont la plupart étaient passés en fac alors que lui redoublait sa terminale. Quant aux jumeaux, Richard et Simon, ils allaient au club d'escrime deux fois par semaine.

Dans le miroir de l'ascenseur, je ne pus m'empêcher d'observer mon visage. À quoi ressemblait-il ? À celui d'une jeune fille de quinze ans *et demi* avec un petit nez retroussé et des yeux marron clair, légèrement verts si on les regardait bien. Je n'avais jamais laissé personne s'approcher si près. Deux fossettes rescapées de l'enfance qui n'apparaissaient qu'avec un sourire. Mais je ne souriais plus autant. Et de longs cheveux mous et châtains toujours plaqués sur des oreilles pointues qui me faisaient ressembler à un elfe et que je dissimulais sous un bonnet. *Tu comptes le garder jusqu'au mois d'août aussi ?*

Arrivée au dernier étage, je laissai mon image derrière moi. Il faudrait un jour que j'essaie de m'arranger. *Je devrais peut-être demander de l'aide à Valentine ou téléphoner à l'émission* Nouveau look *pour une nouvelle vie. Oui, une nouvelle vie ne me ferait pas de mal...*

D'ordre et de désordre

Quand j'ouvris la porte de l'appartement, un étrange silence me saisit. On aurait dit que les rôles s'étaient inversés : mes trois frères étaient prostrés sur le canapé et ma mère zigzaguait d'une pièce à l'autre avec fébrilité. *Qu'est-ce qui se passe ici ?* Je lançai un « C'est moi ! » pas vraiment assuré et interrogeai Bertrand, Richard et Simon du regard. Soudain, ils reprirent vie comme des marionnettes dont on aurait tiré les ficelles en même temps.

– Maman, c'est pas possible !
– On ne peut pas partir comme ça !
– Ça craint !
– Papa n'est pas là pour en discuter !
– T'as pété les plombs !
– On veut rester à Paname !

Ma mère, absorbée par ses allées et venues, les ignora. Elle triait les affaires. *Ouh là là, c'est quoi ce délire ?* Notre mère, d'habitude si calme et inébranlable, passait d'une pièce à l'autre avec une urgence suspecte. Je ne parvins pas à savoir si elle rangeait ou cherchait quelque chose. Le savait-elle elle-même ? Au bout de plusieurs secondes, elle leva les yeux et m'aperçut enfin.

– Ah, Katell! *Kat, maman, Kat!* Ta grand-mère est morte!

Ah bon, on a une grand-mère maintenant? Première nouvelle!

Je fis mentalement la connexion : ma grand-mère n'était-elle pas sa propre mère? Ne devrait-elle pas avoir l'air triste et abattue? On aurait dit qu'elle m'annonçait une nouvelle comme une présentatrice TV asphyxiée par sa couche de maquillage.

Et alors?

– On va à l'enterrement? demandai-je.

– Pire, on DÉMÉNAGE là-bas! Ça fait chier! intervint Richard, le jumeau qui parlait toujours pour les deux.

– Richard! le rabroua ma mère en l'entendant jurer.

Je la fixais qui papillonnait d'un bout à l'autre de l'appartement. Je ne la reconnaissais pas. *Maman, qu'est-ce qui se passe?*

Mes frères se remirent à parler et à gesticuler. J'avais toujours une longueur de retard.

– On va vivre en Bretagne! m'exclamai-je incrédule tandis que le ciel me tombait sur la tête.

– Ouais, grogna Richard comme si c'était ma faute.

Enfin, elle me regarda en souriant étrangement. Il y avait une fièvre inconnue dans son regard. Où était passée sa force tranquille? *Carrément flippant!*

– Mais on n'y est jamais allés! On ne connaît même pas grand-mère!

Ça me fit drôle de prononcer le mot « grand-mère ». Jusqu'à ce jour, je n'avais eu que des parents et des frères, pas d'autre famille, pas d'autre histoire.

Nous étions comme les premiers de notre race. Tout à coup apparaissait une lignée inconnue, une grand-mère dont j'ignorais jusqu'au nom. J'avais toujours pensé que mes parents, du moins ma mère, étaient fâchés avec leur propre famille, voire avec l'Armorique tout entière. Pour quelle raison?

Mystère. C'était un sujet tabou à la maison. Et subitement, il était question d'aller vivre dans cette région inquiétante dont il nous avait été jusqu'à présent interdit de parler. *Elle a pété une durite ou quoi?*

— Maria, elle s'appelait Maria...

Enfin, je perçus une nuance de tristesse dans la réponse de ma mère. J'y lus cependant plus de regrets que de peine. Je me sentis déstabilisée. Je n'avais pas l'habitude de la voir ainsi. Mes frères, eux, reprirent en chœur :

— Maman, tu craques ou quoi?

— On ne peut pas partir comme ça, c'est débile!

— Je repasse mon bac à la fin de l'année!

— Et nous le bac de français!

— Et le concours d'escrime!

— Ouais, et le concours d'escrime, maman!

— TAISEZ-VOUS!

J'obtins le silence que je voulais. Je ne criais jamais. La surprise cloua le bec à mes frères. *Fini le boys band!*

— Maman, pourquoi on doit aller vivre là-bas?

Là-bas. Une terre étrangère, un autre pays, un autre monde.

Elle nous regarda avec une bienveillance triste et répondit d'une voix blanche, comme si c'était une évidence :

— Parce que Maria est morte hier matin.

Ce n'était pas une réponse mais personne ne broncha. Il y avait de l'intimidation dans ses paroles et sa voix. Nous n'aurions pas d'autre explication. *Merci Maria !*

– Et papa ? hasarda Bertrand.

Nous avions presque oublié que nous avions un père. Ce qui était souvent le cas. Officier de la marine marchande, il sillonnait les mers du monde pour ne rentrer à la maison que quelques semaines dans l'année et se rendre compte, à chaque fois, que ses enfants avaient tellement grandi qu'ils ne le reconnaissaient plus. C'était notre mère qui nous avait élevés et qui prenait les décisions. Lui n'était là que de temps en temps.

– Votre père rentrera cet été.

Encore une fois, elle ne répondait pas à la question. Mais y avait-il seulement une question ? Je tentai une approche plus pragmatique :

– On déménage avant ou après l'enterrement ?

– Il n'y aura pas d'enterrement.

Je ne comprenais plus rien. *C'est quoi cette embrouille ?* Mes frères, aussi déstabilisés que moi, furent frappés de mutisme, ce qui était une première.

– Nous partirons au début des vacances de Pâques, le temps de nous organiser. Fin de la discussion.

Notre mère avait toujours eu une autorité naturelle sur nous. Une force dans le regard qui nous obligeait à lui obéir sans discuter. Malgré sa nervosité, elle nous figea sur place d'un seul coup d'œil. Celui qui ne nous permettait pas d'échapper à nos devoirs ou qui nous commandait de mettre la table. Puis elle soupira et nous laissa plantés dans le salon.

Richard ressuscita le premier :

– Merde alors…

Nous partagions tous son point de vue.

– Les vacances commencent dans quinze jours, murmura Bertrand qui, malgré son échec au bac, restait capable de calculer l'essentiel.

D'eau et de carton

Je n'avais pas le temps. Ce n'était pas une question de valises ou de cartons, de copains à qui dire au revoir – Valentine m'aurait remplacée en un clin d'œil – ni de notes ou de bulletin. Non, je n'avais pas le temps de me faire à l'idée. Ma vie, aussi fade soit-elle, allait être complètement chamboulée pour une obscure raison et je n'avais que quinze jours pour m'y habituer. Je pensai avec ironie que, sur ce coup-là, ma mère avait été plus forte que moi pour prendre une décision radicale. *Bravo, médaille d'or!*

Je laissai mes frères maudire la terre entière et gagnai ma chambre. *Vite, à l'abri...* J'avais besoin de réfléchir. Nous ne savions même pas où elle avait décidé que nous habiterions. Nous ne savions pas non plus s'il y avait un lycée et comment nous terminerions l'année. Pourquoi un tel bouleversement?

Ne pouvions-nous pas attendre la rentrée prochaine? Qu'est-ce que cela avait à voir avec ma grand-mère? Je croyais que ma mère ne voulait plus en entendre parler! Et qu'est-ce que c'était que cette histoire de non-enterrement? Une coutume locale?

Par habitude, j'allumai mon Mac. Faute de mieux, je cherchai des infos sur cette drôle de partie du globe que je ne connaissais pas. Tout ce que je savais sur la Bretagne était que tout le monde s'y plaignait de la pluie mais qu'elle était une région très touristique. *Ça non plus, ça n'a pas de sens ! Super les vacances sous la flotte...*

Ma page Facebook s'ouvrit automatiquement. Il y avait déjà plusieurs messages de Valentine. Je décidai de les lire plus tard. Je tapai Bretagne sur Google. Je lus rapidement une description sur Wikipédia et tournai en rond sur une multitude de sites sans grand intérêt, tous consacrés au tourisme ou à l'histoire. Rien de particulièrement alléchant, d'autant que je ne savais pas précisément où maman comptait nous emmener.

Au bout de cinq minutes, je jetai l'éponge et décidai de répondre à Valentine. Ses messages concernaient principalement un commentaire composé de français à rendre pour le lendemain ainsi que son ras-le-bol de Maxime, un garçon de la classe qui la harcelait jusqu'à l'écœurement depuis trois semaines et qu'elle n'osait pas balancer sur le Net. *T'as qu'à lancer un groupe « Qui est contre Maxime ».*

Je réalisai que ça ne comptait plus. *À quoi ça sert de faire mes devoirs et de m'intéresser à ce débile de Maxime si on part dans quinze jours ?*

À la place, je commençai à rédiger pour Valentine un message sur notre départ. Je me rendis vite compte de l'absurdité de ce que je tapais. Je n'arrivais pas à expliquer quoi que ce soit. Je laissai tomber. *On verra plus tard.*

Je décidai d'aller voir si la télé pouvait me changer les idées. Le salon était désert, mes frères avaient fui la maison. Je me mis en quête de ma mère. Peut-être que, sans les garçons, elle m'en dirait plus...

Je la trouvai dans la salle de bains. Elle était immobile, penchée sur le lavabo à moitié plein, comme perdue dans ses pensées. C'était un lavabo en étain qu'elle avait chiné à Saint-Ouen et qu'elle affectionnait. Elle avait toujours adoré les vieilleries. Comptait-elle l'emporter lors du déménagement ?

– Maman, appelai-je doucement.

Aucune réaction. Musée Grévin attitude...

– Maman !

Toujours rien, une véritable statue. *Qu'est-ce qu'elle a ? On dirait une somnambule !*

– MAMAN ! MAMAN !

Je la secouai énergiquement. Elle sembla se réveiller et me regarda avec surprise et embarras. Aussitôt, elle vida l'évier comme si elle voulait cacher quelque chose mais il n'y avait que de l'eau. En découvrant ma mine déconfite, elle tenta de me rassurer :

– Tout va bien, j'étais un peu dans la lune.

Pas qu'un peu !

– Il faut qu'on discute du déménagement, ça me stresse.

– Oui, oui, je comprends, surtout ne t'inquiète pas.

C'était la phrase à ne pas dire. *Y a des raisons pour que je m'inquiète ?*

– Si, justement, on ne comprend rien...

Je mêlais mes frères à ma requête, espérant être prise au sérieux. Elle allait me répondre quand la sonnette de la porte d'entrée retentit. *C'est vraiment pas le moment !*

– Je reviens.

Je restai dans la salle de bains à regarder l'eau qui finissait de s'écouler en tourbillon. J'entendis ma mère ouvrir la porte d'entrée. Je distinguai un « Marie-Anne ? » puis le volume des voix baissa.

En face de moi, le miroir me renvoya mon image. Mes longs cheveux tombaient de chaque côté de mon visage, laissant apparaître la pointe de mes oreilles. Instinctivement, je me repeignis d'une main, tentant une coiffure sans conviction. *Trop moche...* Mes cheveux, péniblement lisses, ne tenaient pas en place. J'étais un cas désespéré... Mon reflet m'agaça. *Y a vraiment rien à faire !*

Le murmure des voix s'éteignit. Où était ma mère ? Était-elle sortie en compagnie de la personne qui avait sonné ? Mais qui était venu la chercher pour qu'elle parte sans un mot ?

Je jetai un coup d'œil dans le couloir et l'ascenseur, vides. Elle s'était volatilisée. Je me dirigeai vers les grandes fenêtres du salon qui donnaient sur la rue. J'écartai le voilage et regardai en bas. Elle était juste en dessous de moi, sur les marches du hall d'entrée. En face d'elle, deux femmes inconnues.

L'une, habillée de blanc, s'appuyait sur une canne et était très âgée. Elle parlait à ma mère.

L'autre, beaucoup plus jeune, écoutait. Qui étaient ces étranges personnes avec qui ma mère préférait s'entretenir en cachette ? Curieuse, j'ouvris la fenêtre.

– Quinze jours c'est trop long, Marie-Anne, dit la vieille femme.

– Nous sommes cinq, ça demande un peu d'organisation, répondit ma mère.

– Ce n'est pas prudent.

– Je sais mais j'ai besoin de temps. Je ne peux pas faire mieux.

À cet instant une mobylette au pot d'échappement trafiqué passa bruyamment et je ne pus distinguer que la fin de la phrase.

– … ménésom.

– Ça fait si longtemps.

– Alwena vous attendra à l'ostalérigoz.

Où ça ? On aurait dit une langue étrangère. Je n'obtins pas plus d'explications, les visiteuses avaient déjà disparu et ma mère remontait. Je fermai rapidement la fenêtre et allumai la télé. Dès qu'elle franchit la porte, je la questionnai :

– C'était qui ?

– Oh, personne, des voisines…

Prends-moi pour une patate !

– Des voisines ? Qu'est-ce qu'elles voulaient ?

– Rien, rien. Papoter… Des histoires de voisines !

Ben voyons, et moi je suis Miss Blonde !

– Tu es bien curieuse, tu n'as pas des devoirs ?

– À quoi ça sert si on s'en va ?

– Katell, ne joue pas à ça avec moi ! Si tu as des devoirs, tu les fais un point c'est tout. Sur ce, fin de la discussion !

Dès que ma mère en avait marre, nous avions droit à un « fin de la discussion ». C'était sa limite. Au-delà, nous risquions une punition ou une interdiction de sortie, voire une retenue sur notre argent de poche. Malgré nos dix-neuf, dix-sept et quinze ans, nous pliions toujours sous la menace.

De toile et de cadavre

J'éteignis la télé, vexée, et me précipitai dans ma chambre. Elle ne voulait rien me dire. *Vraiment chelou!* Mais j'avais une piste. Je me reconnectai à Internet.

Cette fois-ci, je tapai « ménésom ». Aussitôt, on me proposa une autre orthographe qui me parut être la bonne : le Menez Hom. Il s'agissait d'une montagne. Elle était située sur une presqu'île à la pointe du Finistère. *On ne fait pas plus au bout du monde!* Était-ce la destination de notre voyage?

Je passai plusieurs minutes sur le site de la commune et des différentes associations locales. À ma grande surprise, la moitié des pages étaient rédigées en langue bretonne. Nous partions vraiment pour l'étranger. Le Menez Hom était situé au milieu de nulle part, en pleine campagne finistérienne, loin des villes. Les rares photos montraient des maisons de pierres sombres et d'ardoises bordées d'hortensias bleus. Une petite visite sur Google Earth confirma mes craintes : le Menez Hom était un désert de lande battu par les vents.

Où maman avait-elle décidé de nous transporter ? Avait-elle oublié que nous étions des Parisiens et non des trolls ou des lutins, que nous aimions le bruit, le métro, la foule, le bitume et les crottes de chiens ? *Le boys band va s'arracher les cheveux !*

Je passai plusieurs minutes à tenter de trouver le lycée le plus proche en espérant qu'elle n'ait pas oublié que nous devions poursuivre nos études, quand le titre d'un article de *Ouest-France* relatif à une commune proche du Menez Hom datant du jour même attira mon attention : « Un corps calciné au dolmen de Menez Lié ». Je parcourus nerveusement son contenu.

> Hier matin, Yvon Voulc'h, agriculteur dont le champ débouche sur le dolmen de Menez Lié, a découvert les restes d'un corps calciné près du mégalithe.
> Prévenus, les gendarmes se sont aussitôt rendus sur place. Pour le moment, rien ne permet de déterminer l'identité de la victime et aucune disparition n'a été signalée. L'enquête se poursuit et une autopsie a été demandée. La police scientifique a effectué des prélèvements. Menez Lié est un lieu peu fréquenté, seuls les habitants des environs se rendent parfois près de ce dolmen dressé il y a plus de 2 500 ans.

J'eus la désagréable impression qu'il s'agissait de ma grand-mère. *Une intuition...* Un frisson dévala le long de mon dos. J'eus des picotements dans les poignets. Je relus plusieurs fois l'article sans apprendre rien de nouveau. *Maria, c'est toi ? As-tu été assassinée ?* Je repensai à ce que la vieille femme en blanc avait dit : « Ce n'est pas prudent. » Étions-nous en danger ?

Je tentai de me rassurer. *Mais non, tu affabules ma vieille ! On se calme !* Je décidai de ne pas partager mes découvertes avec mes frères, pas la peine de déclencher un typhon familial, surtout sans preuves. Il fallait que j'attende que maman veuille bien nous en apprendre plus. *Pas gagné…*

De rouille et de pâtes

Les jours qui suivirent suscitèrent de nombreuses protestations de la part de mes frères. En vain. Maman commença les cartons malgré le tollé et la révolte. L'étrange nervosité qui l'avait saisie le jour où elle nous avait annoncé la mort de grand-mère ne la quittait plus. Elle sortait et entrait sans prévenir, oubliait les repas et le linge. *J'en ai marre de manger des pizzas surgelées! On dirait que ma vie est sponsorisée par Buitoni.*

Nous ne la reconnaissions plus. Elle passait des heures interminables dans la salle de bains et je la trouvai plusieurs fois penchée sur l'évier en étain, perdue dans ses pensées.

Au bout d'une semaine, j'eus enfin le courage de trier mes affaires. Qu'allais-je conserver? Je décidai de garder à portée de main l'indispensable et de jeter tout le reste. *Encore un choix radical pour ne pas trancher!* En effet, me demander si tel ou tel souvenir était plus important qu'un autre était au-dessus de mes forces. C'était comme devoir juger mon enfance, classer mon passé, faire le bilan de ma vie.

Pour regarder en arrière, il faut savoir où l'on va...
Et où allions-nous ? Quelque part au fin fond de la
Bretagne. *On n'aurait pas pu aller à Hawaï ?*

Heureusement, une réponse plus précise arriva
quatre jours avant le début des vacances. Maman
nous convoqua tous les quatre, *séance plénière* :
– Les garçons ! Katell ! Venez voir ! J'ai une surprise pour vous !
Kat, maman, Kat !
Nous étions dispersés dans nos chambres, noyés
dans la marée de cartons et de sacs qui contenaient
le bric-à-brac de notre vie. *J'ai pas trop aimé la dernière surprise,* me dis-je en suivant Richard et Simon
dans le salon.
– Quoi ? Qu'est-ce qui se passe ?
– Vous allez l'adorer ! s'exclama ma mère avec
enthousiasme. Bertrand, on t'attend ! Dépêche-toi !
Mon frère aîné arriva en traînant les pieds.
– J'ai du boulot ! Je dois réviser pour le bac, au cas
où tu l'aurais oublié, grogna-t-il.
– Tu peux faire une pause de cinq minutes. Allez
viens ! Surtout que tu es le seul à savoir conduire !
– T'as acheté une voiture ?
– Mieux qu'une voiture, allez on descend !
Nous nous précipitâmes dans l'escalier. À Paris
nous n'avions pas besoin de véhicule. Au grand
regret de Bertrand qui avait obtenu son permis
quatre mois auparavant et qui se plaignait de ne pas
pouvoir s'exercer.
Une fois dans la rue, nous découvrîmes qu'elle
avait raison. *C'est dix mille fois mieux qu'une bagnole !*

Garé de travers, un antique 4x4 Chevrolet vert sombre rescapé des années 90 nous attendait. Apparemment, maman avait eu du mal à manœuvrer.

– Waouh, il est trop cool !

Mes frères virevoltèrent autour comme des abeilles sous acide. Elle avait fait mouche.

– J'ai pensé que pour aller jusqu'à Sainte-Marie-du-Menez-Hom ce serait plus commode !

Je fus la seule à noter l'annonce de notre destination, les garçons étant trop occupés à admirer notre nouvelle mascotte. *Sainte-Marie-du-Menez-Hom.* Mon intuition était juste, notre départ précipité était lié aux femmes étranges qui étaient venues voir maman et peut-être au corps calciné du dolmen.

Nous allâmes faire un tour des grands boulevards dans notre nouvel engin. Bertrand prit le volant tandis que je me laissais gagner par l'excitation. Ça faisait du bien de rire et de se détendre.

– Maman, y a pas de lecteur CD, c'est vraiment un vieux tacot !

– Mais si, rétorqua-t-elle, il y en a un, c'est quoi ça ?

– Un lecteur cassette !

Nous éclatâmes tous de rire. Le 4x4 était un modèle primitif au kilométrage élevé qui avait traversé les âges, un véhicule de série B américaine. Nous formions un drôle d'équipage. Nous fîmes plusieurs fois le tour de la place de la Bastille et poussâmes jusqu'aux Champs-Élysées.

Rouler dans Paris à bord d'un 4x4 démodé était ridicule mais nous donna le répit dont nous avions besoin depuis l'annonce du déménagement. C'était une forme d'adieu à notre ville, un tour d'honneur... Je me laissai baigner par les lumières des artères et le paysage d'immeubles haussmanniens. Bientôt, tout cela serait loin derrière moi. Bientôt, nous serions plongés dans le vert sombre et les vallées inhabitées de l'ouest de l'Armorique. Ma gorge se serra.

De retour rue de Wattignies, il nous fallut attendre qu'une place se libère.

– J'ai pensé que vous pourriez aller au lycée avec.

– T'es sérieuse ? Ouais, carrément ! C'est la classe !

Décidément quand Bertrand était ravi, il en oubliait l'essentiel. Je sautai sur l'occasion.

– Il est où le lycée ?

– À Châteaulin, à douze kilomètres. Sainte-Marie, c'est trop petit.

– Tu t'es déjà occupée de tout ? m'étonnai-je.

Il serait peut-être temps de nous mettre au courant !

– Vous reprendrez les cours après les vacances, quinze jours suffiront pour vous habituer. On aura aussi le temps de trouver un club d'escrime... Et pour l'équitation, il y a un centre qui fera l'affaire.

Les jumeaux hochèrent la tête. L'un à gauche, l'autre à droite. En cinq minutes, nous avions eu plus de réponses qu'en dix jours. La petite virée – *safari parisien* – en 4x4 avait permis d'apaiser tout le monde et de nous ressouder. Cependant, nous ignorions toujours la raison de notre départ. Mon enquête n'était pas achevée.

De ville et d'adieu

Le lendemain en rentrant du lycée, j'expliquai enfin à Valentine que je ne serais pas de retour après les vacances.

Elle me regarda effarée.

– Tu vas vivre OÙ ?

– Au Menez Hom, en Bretagne. On déménage pour des raisons familiales...

– C'est pas un trou paumé, ça ?

– Si, heureusement on a un 4x4 pour aller au lycée.

– Si vous avez besoin d'un 4x4, c'est que c'est vraiment un bled !

Elle avait de la poudre noire brillante sur ses paupières. On aurait dit qu'elle était prête pour un shooting.

– Je dois faire du shopping avant de partir, ça risque de ne pas se reproduire de sitôt, tu veux bien venir avec moi ?

– C'est la première fois que tu me proposes d'aller acheter des fringues ensemble !

– Si ça t'embête, j'irai toute seule...

– Certainement pas, ce serait de la non-assistance à personne en danger de mode !

J'éclatai de rire. *Trop vrai !* J'étais incapable de m'en sortir sans son aide.

– En tout cas, ce ne sera pas de la tarte parce que je suis hyper mal foutue !

Elle s'arrêta de rire.

– Kat, tu es super bien foutue, alors arrête !

– Mais non, regarde comment je suis…

– Tu sais, ton problème, c'est que tu n'as pas de goût. Tu t'habilles comme un sac alors que tu es super gaulée. Tout le monde au lycée voudrait être comme toi et tu ne t'en rends même pas compte !

Je la dévisageai, interloquée. *Quoi ? C'est pas drôle comme vanne !*

Valentine continua :

– Kat, tu dois avoir confiance en toi, c'est ce qui t'empêche de voir que tu es jolie.

– Toi, tu es belle, pas moi…

– Bien sûr que non ! Moi, je dois me maquiller et faire très attention à ce que je porte pour ne pas ressembler à une saucisse, toi tu n'as qu'à rester naturelle, c'est injuste.

C'était la première fois qu'on me complimentait. Je ne sus pas comment réagir, je n'étais pas habituée. À la maison, j'étais plutôt chahutée par mes frères et ils n'y allaient pas de main morte. *Kat primate ! Kat grosses pattes !* Être jolie et plaire me paraissaient hors de portée. Venant de Valentine, je pris le compliment comme on avale un gros Dragibus tout rond. Je le digérerais plus tard.

– Merci, c'est sympa de me dire ça.

– C'est la vérité. T'inquiète pas pour Ménéom…

– Sainte-Marie-du-Menez-Hom…

– Tu auras Internet là-bas ?

– Je ne sais même pas si les téléphones captent...

Nous rîmes à nouveau et Valentine alluma une cigarette. Nous étions presque arrivées à notre embranchement. Il était temps de nous dire au revoir.

Monts d'Arrée, duché de Bretagne, 1251

– *C'est là*, murmura Anna en désignant le chemin emprunté par les pèlerins entre Saint-Pol-de-Léon et Quimper.

Moïra emboîta le pas à sa mère. Les deux femmes sortirent de la forêt. Depuis plusieurs jours, elles avaient marché à l'abri des arbres et des buissons dans le silence le plus complet, ne faisant halte que quelques heures pour se reposer, dormant chacune leur tour. Il fallait fuir au plus vite, ne pas laisser de trace, disparaître pour toujours en emportant le précieux secret.

Une fois sur la route, Anna inspecta la tenue de sa fille. Elles ne devaient pas avoir l'air de vagabondes ou de mendiantes, mais paraître respectables comme les nonnes qu'elles prétendraient être : une sœur principale du couvent dominicain de Morlaix accompagnée de sa jeune novice.

La robe était trop courte. Ces derniers temps Moïra avait beaucoup grandi. À quatorze ans, elle n'était plus une enfant, elle la dépasserait bientôt. Dans la précipitation du départ, elle n'avait pas eu le temps d'ajuster ses vêtements.

Anna soupira. Elle s'en contenterait. Elle attacha correctement le voile de l'adolescente et lui sourit.

Depuis leur fuite en pleine nuit, Moïra n'avait pas parlé. Même si elle avait l'habitude du silence et du jeûne imposés aux disciples de la communauté, la peur et le manque de sommeil étaient nouveaux pour elle. Anna admira le courage de sa fille qui n'avait pas pleuré, ni ne s'était plainte une seule fois de ses ampoules aux pieds.

– Ce soir nous ferons halte dans une auberge, encore un petit effort.

Elle rajusta sa besace sur son dos. Elle était si lourde. Mais son poids ne se mesurait pas comme celui d'un cochon de lait, c'était le poids de l'espoir, le poids de l'avenir des hommes. Elle la porterait aussi loin qu'il le faudrait. En resserrant la lanière de cuir qui lui lacérait l'épaule, elle entendit un cliquetis.

– Ah j'allais oublier. Moïra, tiens mon bâton pour que je la noue.

Elle sortit de son paquetage un coquillage en éventail et l'attacha au sommet de son bâton. C'était une coquille Saint-Jacques, l'insigne des pèlerins en route pour Saint-Jacques-de-Compostelle, détail nécessaire à leur déguisement pour fuir au-delà des frontières du duché si besoin, et aussi une forme de protection face aux brigands et aux mille dangers de la route. Anna n'y croyait pas trop, c'était croyance de chrétiens, elle avait donc procédé à ses propres rituels, plus efficaces, qui leur avaient permis de s'échapper de leur ferme tandis que les soldats du duc les encerclaient. Elles avaient couru comme si elles étaient transparentes. Comme si elles volaient. Leurs pieds n'avaient fait aucun bruit.

– Cette fois-ci, nous sommes parées. Ne perdons pas de temps.

Menez Hom,
la montagne ancestrale

De temps et de cire

Nos téléphones cessèrent de capter lorsque nous traversâmes une étrange région appelée les monts d'Arrée. Le 4x4 nous transporta à travers un paysage à la Tolkien : landes mystérieuses et montagnes sombres, routes désertes et lac gris où s'étendaient les vestiges d'une centrale nucléaire telles les reliques d'une ancienne civilisation. *C'est pas plutôt la* Planète des singes *version russe ?*

Saisis par ce lieu échappé d'un songe fantastique, nous restions silencieux. Nous n'aurions pas été surpris de voir surgir des hobbits ou des trolls... Ce n'est qu'en traversant la petite ville de Châteaulin où nous devions aller au lycée que nous retrouvâmes un semblant de conversation. Un des garçons demanda si c'était encore loin puis le silence se fit à nouveau tandis que nous approchions du Menez Hom. *Ça y est, nous sommes définitivement coupés du monde...*

Maman avait laissé Bertrand conduire autant qu'il le voulait. C'est-à-dire tout le temps. Les jumeaux avaient investi dans des enceintes pour MP3 afin que nous ayons de la musique « potable » et que nous ne retournions pas à l'Âge de pierre avec notre archaïque lecteur cassette, quitter Paris était déjà assez pénible.

Maman ne participa à la conversation que pour guider Bertrand. Je me demandais depuis combien de temps elle n'était pas revenue en Bretagne. *Qu'est-ce qu'il y a ici qui t'a fait fuir, Marie-Anne ?* Plus nous approchions, plus elle se raidissait.

Enfin, au terme de l'après-midi, nous aperçûmes le dernier panneau. Une lueur rasante éclairait le haut du hameau traversé par la route que nous avions suivie. Les maisons étaient déjà recouvertes d'un voile sombre. Quelques lumières brillaient aux fenêtres. C'était le seul signe de vie.

En toile de fond, le Menez Hom surgit, sombre et chauve dans le ciel. Il me parut immense et lunaire, comme issu d'une autre galaxie.

Maman prévint qu'il fallait ralentir pour ne pas louper le parking du cimetière après le grand virage de la côte. Le 4x4 ralentit et se gara. Nous découvrîmes une courette entourée de trois bâtiments d'une autre époque. On aurait dit une grosse ferme du Moyen Âge.

Bertrand arrêta le moteur.

– C'est là ?

Tout comme lui, nous avions du mal à croire que ce lourd édifice coiffé d'une multitude d'ardoises bleues était notre nouvelle maison.

– Oui, c'est une ancienne auberge du temps des pardons, des pèlerinages et des grandes foires. Les gens d'ici l'appellent l'ostaleri gozh, la vieille auberge en breton. Et là, c'est l'église de Sainte-Marie-du-Menez-Hom, bâtie sur un lieu encore plus ancien et sacré.

L'ostaleri gozh. J'avais déjà entendu ces mots dans la bouche de la vieille femme, j'en connaissais maintenant le sens.

Je me sentais intimidée. L'ostaleri gozh avait des allures de noble demeure usée qui avait traversé l'histoire et dont les murs avaient retenu le souffle de chaque saison.

Malgré notre longue journée de route, personne n'osa quitter la voiture.

La porte principale s'ouvrit et une mince silhouette se dessina sur les marches de l'entrée. Je reconnus aussitôt la jeune femme silencieuse qui était venue à Paris. Elle nous attendait.

– On va peut-être sortir, non ? chuchotai-je.

Ma mère était aussi immobile que mes frères. Une vague de nostalgie semblait l'avoir clouée sur place. Finalement, les jumeaux se décidèrent à ouvrir leur portière comme si le fait d'être deux leur donnait plus d'assurance. Je les imitai et posai le pied dans la cour. Bertrand et ma mère nous suivirent tandis que la jeune femme descendait les quelques marches érodées du perron.

– Bienvenue à l'ostaleri gozh ! Avez-vous fait bon voyage ?

Elle avait un sourire avenant et des gestes simples. Ses cheveux très noirs contrastaient avec sa peau blanche. Elle me parut beaucoup plus jeune que la première fois, peut-être une vingtaine d'années. Tout en nous parlant, elle regarda autour de nous comme pour vérifier que nous étions venus seuls.

– Oui, articula finalement ma mère. Les enfants, je vous présente Alwena. Elle était... l'aide-soignante de votre grand-mère. Alwena, voici Bertrand, les jumeaux, Richard et Simon, et Katell.

Kat, maman, Kat ! Si la jeune femme avait écouté ma mère avec sérieux, il me sembla percevoir un haussement de sourcils à peine visible lorsqu'elle fut présentée en tant qu'aide-soignante.

– Entrez, dit-elle, vous devez avoir hâte de découvrir la maison. Je vous ai préparé à dîner.

Nous la suivîmes à l'intérieur et les garçons ne purent s'empêcher de se pousser du coude derrière son dos. J'entendis un « Trop bonne » accompagné de rires mal retenus et d'un roulement de mécaniques pathétique. Bertrand, Simon et Richard étaient incorrigibles. J'eus presque honte d'eux. *C'est bien le moment de se la raconter !*

La pièce principale était plus grande qu'elle n'en avait l'air de l'extérieur. Les pierres étaient apparentes et une immense cheminée, ou plutôt un foyer, trônait tout au bout. Au centre, une longue table de bois sombre et des chaises d'un autre siècle. Quelques lampes disposées ici et là donnaient à la pièce une touche soyeuse et accueillante. *Ça existe encore, des maisons sans meubles IKEA ?*

Dans un renfoncement du mur trônait un petit autel surmonté d'une croix un peu bizarre. Quelqu'un y avait déposé des fleurs fraîches dans une coupe en verre et allumé une bougie. Alwena avait-elle arrangé tout cela en mémoire de ma grand-mère ?

Nous fîmes le tour de la maison. Mes frères n'écoutèrent pas les explications d'Alwena, plus occupés à se chambrer. Ils ne remarquèrent pas le silence de ma mère qui laissait traîner ses mains sur chaque objet et chaque meuble ciré. Elle n'était plus avec nous, mais vingt ans en arrière, dans une période de sa vie inconnue de nous.

La maison était biscornue. Partout, des couloirs et des petites pièces. Certaines meublées de façon traditionnelle et figées dans le temps. Un lit semblable à une armoire sculptée et une vieille marmite qui servait maintenant de panier à savons me parurent presque exotiques.

– Est-ce qu'il y a une photo de...

Comment l'appeler : grand-mère, mamie, mémé ? J'optai pour Maria.

– ... de Maria ?

– Il y a des albums photos. Vous voulez les voir ? proposa Alwena.

– Oh oui bien s...

– Demain peut-être, me coupa maman en lançant un drôle de regard à Alwena. Il est tard et la route a été longue. Choisissez chacun une chambre et allons manger !

Décidément, moins on en sait mieux on se porte...

J'héritai d'une chambre plus vaste qu'à Paris mais avec un lit plus étroit. Heureusement, j'avais gardé ma couette fétiche. Il y avait aussi une immense armoire avec un miroir et un coffre ouvragé qui semblait avoir beaucoup voyagé. La nuit était tombée pourtant j'ouvris la fenêtre et les volets. *Waouh ! Excellent ! C'est top !* J'avais une vue grandiose sur le Menez Hom.

Je restai contempler la masse plus brune que le ciel qui se dressait devant moi. Je pouvais me croire à la montagne. *Ne manque que la neige et je suis au ski !* J'étais ravie. Sans savoir pourquoi, je me sentais bien. J'allais finalement donner sa chance à ce nouveau pays. Peut-être en valait-il la peine...

De jardin et de silence

Le camion de déménagement arriva le lendemain. Alwena, qui prévoyait tout – *elle ne serait pas
plutôt notre aide-soignante à nous ?* –, avait fait nettoyer une immense grange où nous pûmes stocker
nos affaires. Ce qui restait de notre vie parisienne se
trouva entouré de grosses bottes de foin rondes et de
vaches bicolores stoïques. *Pourvu que mes fringues
ne sentent pas la bouse...* Entre nos cartons et les
meubles anciens de Maria, nous eûmes un énorme
tri à faire.

En début d'après-midi, la vieille femme qui avait
accompagné Alwena à Paris arriva. Nous étions dans
la salle à manger en train de débarrasser la table du
déjeuner. Lorsqu'elle entra, Alwena s'inclina immédiatement avec respect et ma mère ne put s'empêcher de faire un signe de tête. La nouvelle venue
s'avança en s'appuyant sur sa canne. Elle souriait,
ses lèvres toutes ridées comme du papier de soie
froissé.

– Bonjour ! Quelle joie de vous savoir arrivés sans
encombre.

Elle parlait avec un accent étranger. Je ne l'avais pas remarqué à Paris à cause du vacarme de la rue. On aurait dit une vieille Anglaise à chignon.

– Les enfants, je vous présente Abigail. Elle était l'amie la plus proche de votre grand-mère.

– Maria était comme une sœur pour moi.

Son autorité naturelle rendait chacun de ses mots essentiel. Je me sentis intimidée. Je remarquai que mes frères se tenaient aussi tranquilles, chose d'ordinaire quasi impossible. *L'hallu !*

Tandis qu'Alwena l'aidait à s'asseoir, je me demandai comment Abigail était venue jusqu'ici. Je n'avais pas entendu de moteur annoncer sa venue et, en jetant un regard dans la cour à travers la fenêtre, je ne vis aucun véhicule. *Est-ce que les vieilles dames volent dans ce pays ?*

– Je suis heureuse que vous soyez enfin ici. Marie-Anne, nous t'avons attendue si longtemps. Asseyez-vous tous avec moi. Nous avons à causer.

Elle parlait sans prononcer les « r ». Si elle n'avait pas été vêtue de blanc, on aurait dit que nous allions prendre le thé avec Miss Marple. Nous nous installâmes autour de la table et je notai que mes frères ne s'étaient pas encore manifestés par une des blagues pourries ou une des attitudes déplacées dont ils avaient le secret.

– Marie-Anne, tu as de beaux enfants. C'est bien que vous soyez revenus chez vous.

Ma mère ne répondit pas et je la connaissais assez pour savoir que les paroles d'Abigail la contrariaient.

– Cet après-midi, tu viens avec moi. Alwena restera ici pour aider à la maison. Il faut amener Katell aussi.

KAT, C'EST KAT !

– Non, Katell reste ici ! coupa ma mère avec un regard insistant, elle ne sait pas…

Je ne sais pas quoi ? Et c'est quoi ces façons de faire comme si je n'étais pas là ? Tout à coup, elle m'énerva. J'en avais plus que marre des mystères ! Sans savoir de quoi elles parlaient, je tentai de m'imposer :

– Je veux venir.

– Écoute-la, Marie-Anne, elle en a le droit…

– Non, Katell reste avec ses frères, fin de la discussion.

J'eus l'impression d'avoir cinq ans. « Katell reste avec ses frères » était une phrase de mon enfance, l'époque où il fallait toujours qu'on garde un œil sur moi.

Il y eut un silence gêné et je compris qu'il cachait un vieux conflit auquel ma mère ne voulait pas que nous soyons mêlés. Était-ce la raison de son exil à Paris ? La situation allait être très compliquée.

Sans attendre, elle se leva. Elle n'avait pas quitté Abigail du regard. Un peu comme dans un vieux western avec Clint Eastwood, tels deux cow-boys prêts à dégainer leur revolver.

– Allons-y.

– Tu n'échapperas pas à la transmission, tu le sais Marie-Anne ?

– Allons-y, répéta ma mère avec obstination.

Je n'osais plus intervenir. Elle ouvrit la porte et Abigail se leva. La conversation se poursuivrait loin de nous.

Nous restâmes seuls avec Alwena, notre « baby-sitter » comme l'avait surnommée Richard bien qu'elle ait pratiquement l'âge de Bertrand.

– Elles vont où ? demanda aussitôt notre aîné qui entendait jouer son rôle de chef de fratrie.

– À une réunion, répondit Alwena qui sentait qu'elle ne s'en tirerait pas si facilement.

– Une réunion de quoi ?

– Elles vont à une assemblée. Votre grand-mère était quelqu'un d'important ici.

Bertrand, pas convaincu, ne se laissa pas désarmer par son sourire.

– Et pourquoi Abigail voulait emmener Kat ? *Ouais, j'aimerais bien savoir, moi !* Et c'est quoi son accent, elle est anglaise ?

– Non, Abigail est irlandaise mais elle habite la région depuis quarante ans. Elle parlait de Katell à cause de la tradition. Ici, dans certaines familles, les filles héritent de leur mère...

En l'écoutant, j'eus la ferme impression qu'elle avait reçu des consignes et se montrait la moins précise possible. Ma mère lui avait-elle dicté ses ordres ?

– Alors nous, on compte pour du flan ? s'écria Richard.

– Non, c'est juste la coutume. C'est parce que Maria est morte.

– Mais on ne la connaît pas, Maria !

– Vous voulez que je vous montre des photos ?

Bien sûr qu'on voulait feuilleter les fameux albums dont elle nous avait parlé ! Je n'attendais que ça.

Nous nous installâmes dans la véranda entourée du jardin aux herbes, à l'arrière de la maison.

En ouvrant le premier album, je réalisai que je n'avais jamais vu la moindre photo de maman petite. Cela me fit tout drôle de contempler les portraits jaunis de sa frimousse de bébé. Ça me rendit un peu triste aussi. J'aurais vraiment aimé qu'elle partage avec nous ses souvenirs de famille.

Maria apparaissait ici et là, jeune et souriante. Je remarquai avec plaisir, sur l'une des photos où elle se trouvait dans son jardin aux herbes, que j'avais les oreilles pointues comme les siennes. Cela n'échappa pas non plus à mes frères.

– Oh Kat, on sait d'où viennent tes oreilles d'orque! se moqua Richard.

T'es vraiment qu'un bouffon!

– Marrant, très marrant...

– Elle était plutôt pas mal, la grand-mère! s'exclama Bertrand.

– Moi je trouve que Kat lui ressemble, réagit Simon qui parlait toujours moins que les autres.

– C'était surtout une femme bien. Dommage que vous ne l'ayez pas connue...

Il y avait des larmes dans les yeux d'Alwena. Nous nous tûmes. Pour la première fois, quelqu'un éprouvait de la peine pour la mort de Maria. Je me sentis désolée de ne pas en éprouver autant. J'en voulus à ma mère de nous avoir privés de cette grand-mère que nous aurions peut-être aimée.

– Elle est morte comment?

Je décidai d'en savoir plus. Les demi-vérités ne me satisfaisaient pas. Il s'agissait de notre grand-mère, nous avions le droit de savoir!

Alwena hésita :

– Elle est morte en priant. Trop tôt. Elle va beaucoup nous manquer.

Je continuai sur ma lancée, même si je sentais qu'Alwena était sous le joug des recommandations maternelles.

– Et pourquoi il n'y a pas eu d'enterrement?

– Parce qu'elle n'allait pas à l'église.

– Pourtant tu as affirmé qu'elle était morte en priant !

Mes frères me soutenaient du regard. Ils avaient compris qu'il y avait beaucoup d'incohérences et de non-dits. Nous ferions bloc à quatre. *Allez, crache le morceau !*

– Oui, mais elle ne pratiquait pas la religion de l'Église.

– C'est pour ça qu'elle n'est pas enterrée au cimetière ?

– Nous avons dispersé ses cendres dans le vent au sommet du Menez Hom.

J'aurais aimé vivre cela. Pourquoi maman nous avait-elle menti ? Si les cendres avaient été répandues au sommet de la montagne, c'est qu'il y avait eu une forme de cérémonie…

– Elle croyait en quoi si elle n'allait pas à l'église ?

Je me retournai vers Simon, le plus observateur des trois. Alwena chercha à nouveau ses mots puis finit par nous expliquer :

– Votre grand-mère participait à un autre culte. Au Menez Hom, il existe des croyances plus anciennes que les Églises. On vénère le vent, le feu, la lande, la lumière…

– Elle était dans une secte ? s'offensa Bertrand.

– Oh non, non ! Il s'agit d'une pratique vieille comme la terre d'ici. Vous savez, c'est une montagne sacrée.

– Une religion païenne ? interrogea Simon.

– En quelque sorte.

– Waouh ! Cool ! Grand-mère était une sorcière ! déclara Richard qui éclata de rire.

Décidément il n'arrivait jamais à prendre quoi que ce soit au sérieux.

Richard, la ferme !

– Et c'est pour ça qu'elle avait un jardin aux herbes médicinales. Elle préparait des potions ! enchaîna Bertrand.

Bertrand ! Mes frères étaient lancés, nous allions avoir droit à un déballage massif d'absurdités, la grande quinzaine des blagues complètement nulles. *Pauvre Maria, si tu savais ce que tes petits-fils disent de toi !* Je leur en voulus de mettre si vite un terme à la conversation.

De corps et de vagues

Plus tard dans l'après-midi, les garçons décidèrent d'aller au centre équestre afin de savoir si Bertrand pourrait y monter. Il se situait juste en haut de la côte, ils pouvaient s'y rendre à pied.

Je profitai donc de la disponibilité du 4x4 pour demander à Alwena de m'emmener à Plomodiern, le bourg le plus proche de Sainte-Marie, afin de checker mes mails. Il y avait, paraît-il, un petit café internet qui ouvrait pour les touristes l'été. Avec un peu de chance, ce serait le cas, la saison commencerait par les vacances de Pâques.

Plomodiern, situé à environ trois kilomètres de Sainte-Marie, était un gros village où l'on trouvait tout le nécessaire y compris des souvenirs hideux comme des réveils ou des porte-stylo en coquillages. Alwena me déposa près de l'office du tourisme et proposa de venir me chercher une heure plus tard. Alwena en plus d'être baby-sitter était aussi taxi !

Le café internet était désert et les trois ordinateurs étaient libres. Je commandai un Coca et cliquai sur ma boîte mail.

Une demi-douzaine de messages de Valentine et un de mon père s'affichèrent. J'ouvris ce dernier.

Le capitaine Salaün « longeait la côte brési-lienne ». Je souris. Papa écrivait comme si ses mails risquaient d'être rendus publics. Il me donnait des nouvelles de façon officielle sur l'itinéraire du navire et une brève description un brin botanique du Brésil.

Puis, ayant l'impression d'avoir accompli son devoir d'éducation, il m'interrogeait sur le déména-gement. Comment était la nouvelle maison ? Nous étions-nous fait des amis ? Maman allait-elle bien ?

Je tentai de ne rien voir d'alarmant dans cette dernière question mais le capitaine Salaün ne demandait jamais rien au hasard. *Pourquoi tu ne lui téléphones pas directement ?* S'il passait par mon intermédiaire pour obtenir des informations, c'était qu'il s'inquiétait. Y avait-il des raisons de s'inquié-ter ? *Oui, maman n'est plus maman ces temps-ci... Papa si tu savais !*

Je tentai une réponse rassurante, inutile qu'il se ronge les sangs à l'autre bout de la planète. J'hésitai un instant à lui raconter la visite d'Abigail et l'étrange conversation avec Alwena. Sa réaction m'aurait peut-être éclairée mais je me retins. Je ne voulais pas causer un tsunami conjugal. Et puis j'ignorais jusqu'à quel point papa était au courant des histoires de famille de sa femme. *Capitaine, que sais-tu sur Maria et le Menez Hom ?*

Je me rendis compte que, depuis le début, je spé-culais. *Je pédale dans la semoule, ouais !* Tant que maman ne serait pas décidée à nous en dire plus, il faudrait que je me contente du peu que j'avais deviné.

Un éclair de lucidité me traversa : et si cette ignorance forcée avait pour but de nous protéger ? *Mais oui banane, tu aurais pu y penser plus tôt !* Je me rappelai le corps calciné trouvé près du dolmen le jour de la mort de Maria et la discussion bizarre au sujet des cultes ancestraux du Menez Hom. Étions-nous les sujets d'un thriller maléfique ?

J'envoyai un mail insipide au capitaine et décidai de voir s'il y avait du nouveau au sujet du fait divers du dolmen. Je ne dégottai que quelques lignes sans doute rédigées à la va-vite dans l'édition locale.

> Étrange disparition à l'institut médico-légal de Quimper. Les restes du cadavre brûlé retrouvé au dolmen du Menez Lié ont mystérieusement disparu après leur transfert par les enquêteurs. Les voleurs n'ont laissé aucune trace d'effraction.
> L'enquête s'annonce difficile d'autant que la police n'a pas eu le temps d'identifier la dépouille. L'appel à témoins a été renouvelé.

Rien non plus de ce côté-là. Je me mis à chercher des informations sur les anciennes religions païennes d'Armorique. Je tombai sur une multitude de sites plus ou moins ésotériques et seuls ceux concernant le druidisme retinrent mon attention. Je découvris qu'il existait toujours des druides en Bretagne ainsi qu'en Irlande et en Grande-Bretagne et que leurs pratiques avaient encore cours. *Moi j'en suis restée à Panoramix !* Je contemplai une myriade de photos les mettant en scène dans de grandes robes blanches en train d'officier près de dolmens ou au cœur de forêts, et lus des comptes rendus de cérémonies datant des Gaulois.

Je naviguais sur les pages de la Gorsedd, l'assemblée officielle des druides de Bretagne, quand une voix au-dessus de mon épaule me fit sursauter :

– Alors, la petite-fille de Maria mène l'enquête ?

Un regard clair et un large sourire me clouèrent sur place. Devant moi, un garçon d'à peu près l'âge des jumeaux, le teint déjà hâlé pour la saison et les cheveux châtains décolorés par le sel et le soleil, souriait. Il avait l'air d'arriver de Californie. *Du calme Kat, du calme !*

Je ne parvins plus à articuler une syllabe, et ma mâchoire menaça de se décrocher comme dans un cartoon. Je serrai les dents.

Tandis que je me noyais dans ses traits parfaits, il enchaîna :

– Internet, c'est bien mais ça ne raconte pas toujours la vérité...

Je luttais pour me maintenir à la surface sans boire la tasse lorsqu'un autre adolescent, qui conduisait un quad, freina devant la porte ouverte du café et le héla.

– Tristan, qu'est-ce que tu fous ? Grouille-toi ! Y a d'la vague !

Aussitôt il m'échappa en me gratifiant d'un « Salut ! À plus ! » avant de grimper à l'arrière de l'engin qui démarra en trombe et disparut.

Je restai vissée sur mon siège comme si je venais d'avoir une vision. *C'est qui ce canon ???*

Je repris vie peu à peu. Comment me connaissait-il ? Qu'avait-il cherché à me dire ?

Tristan. Son nom tournait en boucle dans ma tête comme un sample. Je revoyais son visage rieur et bronzé. Son sourire m'avait paralysée et je n'avais pas réussi à bredouiller le moindre mot.

Quelle grosse niaise ! Si ça se trouve, tu ne le reverras jamais. Mais si, il a dit « À plus ! ». « À plus ! » c'est quand ?

Je n'arrivais pas à me calmer. Mon cœur jouait au ballon sauteur. Comme mon temps de connexion était écoulé, je payai et sortis. J'avais vraiment besoin de prendre l'air.

Devant l'office du tourisme, le 4x4 attendait. Je respirai un grand coup avant de retrouver Alwena.

– Tu as eu le temps de répondre à tes mails ?

– Oui, oui.

Je tentai de me recomposer un visage normal. Mais mon sang faisait de la Formule 1 dans mes veines au grand prix de la nouille. Soudain, une idée germa dans mon esprit retourné.

– Alwena, il y a des plages par ici ?

– Oui plusieurs, c'est une presqu'île, tu sais, répondit-elle en mettant le contact.

Des vagues, le copain brun de Tristan avait parlé de vagues...

– Il y a des plages où il y a des vagues ?

Je ne savais pas ce que je disais, j'espérais juste que ce ne soit pas n'importe quoi. Toutes les plages avaient des vagues, forcément, mais Alwena ne tiqua pas.

– Pour surfer ?

Je la remerciai avec un large sourire. Elle venait de me donner la réponse que je cherchais.

– Oui, il y a des plages de surf ? C'est loin ? On peut y aller avant de rentrer ?

– Je n'y connais rien en surf... On n'a qu'à passer par les plages de Lestrevet et Pors Ar Vag. Ça fera une balade !

– Excellent !

Nous atteignîmes la côte en une poignée de secondes. Alwena gara le 4x4 devant une immense langue de sable blanc. La marée était basse. Il y avait des vagues, certes, mais pas de surfeurs. Je ne fus qu'à moitié déçue. Je m'imaginais quoi ? Que je le retrouverais comme s'il s'agissait d'un copain de collège en faisant semblant de me promener là ? *Ridicule !*

Je me consolai en contemplant le magnifique paysage quasi sauvage. Je respirai les embruns et humai l'iode. Tout était beau et lumineux. Un tableau teinté de vert d'eau et de gris clair. Des galets ronds et des algues séchées se détachaient du sable fin et immaculé. Je me sentis très loin de Paris. Comme si j'étais partie depuis des mois, pour une autre vie...

De retour à l'ostaleri gozh, nous rejoignîmes mes frères installés autour de notre télévision qu'ils avaient rapportée de la grange. Ils avaient branché leur PS3 et leur attirail de jeux vidéo. C'est à peine s'ils nous prêtèrent attention. Seul Bertrand rougit légèrement lorsqu'il vit Alwena.

– Et le cheval ? interrogeai-je en me calant dans un fauteuil de cuir râpé.

– Je monte quand je veux.

– Il est grand ce centre ?

– Non, tout petit, mais il y a beaucoup de sentiers de randonnée autour du Menez Hom et vers le sommet. Ça peut être cool.

Bertrand était enthousiaste, je le connaissais assez pour savoir qu'il avait déjà trouvé son compte : une jolie fille à la maison, un bon cheval de l'autre côté de la route et il était comblé !

Je souris, nous risquions bel et bien de nous acclimater plus rapidement que prévu.

– On a dû sortir la console, il n'y a pas d'antenne TV! C'est dingue non? On se croirait au Moyen Âge! pesta Richard.

– Au moins notre grand-mère ne passait pas ses journées devant *Les Feux de l'amour* ou *Derrick*!

Nous éclatâmes de rire. Je me demandai à quoi Maria occupait ses journées. Le jardin aux herbes mobilisait une partie de son temps, sinon que faisait-elle? Je devais creuser de ce côté. Sa mort était la clef du mystère.

Commana, monts d'Arrée,
duché de Bretagne, 1251

Moïra rajusta sa pelisse. La nuit tombait. Il devait être bien tard car, en ce début de juin, les jours étaient plus longs.

Elle avait hâte d'arriver à l'aumônerie dont avait parlé sa mère.

Elle avait peur aussi parce que c'était la première fois qu'elle quittait la maison. Jusqu'à présent, elle ne s'était aventurée que jusqu'au grand chêne qui servait aux cérémonies dans la forêt ou jusqu'à la table de pierre de Barnenez et bien souvent avec Guillaume.

Avec lui, elle n'avait rien à craindre. Parce que Guillaume était l'univers à lui seul, il était l'air, le feu, la terre et l'eau. Il était le soleil et les étoiles. Il était chaque jour nouveau et chaque nuit brillante.

Moïra essuya discrètement une larme sur sa joue. Elle ne le reverrait sans doute plus, pas en ce monde. Peut-être sous une autre forme, quand tous deux seraient morts.

En attendant, Guillaume allait devenir un souvenir merveilleux et triste, une belle lumière dorée qui lui consumerait le cœur et l'âme.

Elle aurait voulu lui laisser un message, un signe, afin qu'il la retrouve. Elle l'aurait écrit dans la langue secrète des ancêtres pour que les soldats ne puissent pas le comprendre, et l'aurait gravé discrètement sur un pan de mur de la maison ou de la crèche mais elle ignorait où elles fuyaient. Sa mère lui avait ordonné le silence. Depuis, elle pleurait sans bruit.

Elle avançait uniquement parce que plus rien ne comptait. Sans Guillaume, plus rien n'avait d'importance, ni la peur permanente, ni la marche douloureuse, ni la faim cruelle devenue son quotidien.

— Là-bas, murmura sa mère en désignant au loin quelques habitations au toit de genêts agglutinées près d'une chapelle.

« *Advevañ a rin bemdez*[1] »,
Chaque jour je revivrai

1. Devise de Plomodiern.

De sable et d'absence

Dix jours plus tard, Bertrand gara le 4x4 sur le parking du lycée Jean-Moulin de Châteaulin, de gros blocs de béton gris et imposants qui donnaient plutôt envie de sécher les cours et d'aller faire du cheval sur les sentiers du Menez Hom.

Il était huit heures moins le quart du matin et il faisait beau. Un peu froid mais cela arrangeait mes affaires. Je ne me sentais pas encore capable d'abandonner ma doudoune. *Dommage que les cagoules ne soient plus à la mode passé huit ans!*

Depuis notre arrivée, nous n'avions pas eu le temps de visiter l'établissement. Notre installation s'était avérée plus longue que prévu d'autant que la quasi-absence de maman rendait la situation archi-compliquée. Elle était toujours partie en compagnie d'Abigail. Pour quoi faire? Pas plus de réponses. Dès que l'un de nous quatre osait poser une question, il se heurtait à un mur de silence.

Heureusement, Alwena était là pour nous aider à nous organiser. Au fil des jours, elle nous avait renseignés sur Abigail, Maria et la presqu'île.

Elle nous avait raconté qu'Abigail était une très sage femme avec un immense savoir. Comme notre grand-mère qui parlait le « langage des plantes ».

Alwena s'exprimait souvent de façon décalée comme si elle récitait de la poésie. On aurait dit une reine échappée d'une légende ou d'un conte celtique dans un corps de fille de vingt ans. Bertrand était sous le charme et, ces derniers jours, il devenait un peu niais. *Ça dégouline...* Il était vraiment temps de retourner en cours ! *Ouais, pour le bac c'est pas encore gagné cette année !*

Ce matin-là, au milieu de la cour de notre nouveau lycée, soumise aux regards en coin des élèves, je fus contente d'être quatre.

L'inconvénient à quatre était de ne pas passer inaperçus, surtout avec une paire de vrais jumeaux, mais je me sentais protégée, entourée de ce bloc de frères. Avec mon *boys band*, je n'avais rien à craindre.

La sonnerie retentit et je resserrai ma doudoune. *Une veste aurait suffi ! Tu ne peux pas mettre une veste ?*

Nous avions chacun reçu une convocation avec un emploi du temps, le numéro des salles de classe, le plan de l'établissement et le nom de notre professeur principal. Richard et Simon, les chanceux, étaient ensemble comme d'habitude.

En première heure, j'avais cours d'anglais dans la salle 201 au deuxième étage du bâtiment principal. Je me dépêchai. Ce que je voulais à tout prix éviter, être en retard le premier jour et me faire remarquer, ne manqua pas. Lorsque je poussai la porte, la professeur d'anglais était déjà sur l'estrade et tout le monde à sa place. Je fus accueillie par un :

– Good morning ! Are you miss Salaün ?

Je bredouillai un « yes », cherchant désespérément du regard une place vide ou un improbable buisson même couvert de ronces dans lequel me jeter.

– Take a sit miss Salaün. Next to miss Guevel.

Elle m'indiqua une chaise libre près d'une fille aux cheveux bruns et bouclés. Tandis qu'elle notait ma présence sur sa feuille, je me précipitai à l'abri.

Une fois assise, je souris à ma camarade qui mâchouillait son stylo. Elle me rendit mon sourire. Elle avait les dents du bonheur.

– Salut, je m'appelle Nolwenn, murmura-t-elle, mais tout le monde dit Nol.

Je détachai mes yeux de ses dents écartées.

– Moi c'est Katell mais on m'appelle Kat.

Pour la première fois de ma vie, je ne m'étais pas présentée en tant que Catherine. *Tiens, tu commences à faire partie du paysage!* Katell refaisait surface sans que je m'y oppose.

– Welcome to Jean-Moulin, Kat! lança ma nouvelle voisine en souriant de plus belle.

– Merci.

Je me détendis. Le plus dur était passé. J'avais peut-être même déjà trouvé une copine. Par chance, nos emplois du temps étaient identiques. Elle fut mon guide pour le reste de la matinée et je ne la quittai pas d'une semelle, trop heureuse de n'être pas livrée à moi-même.

Lorsque arriva la fin de l'heure de maths, elle se tourna vers moi :

– T'es externe?

– Non, on mange ici.

– C'est qui, on ?

– Moi et mes frères.

– Vous êtes combien ?

– Quatre.

– Eh bien, c'est un tir groupé ! Vous n'allez pas passer inaperçus ! Viens, on va au self, j'ai la dalle.

Finalement, je ne mangeai pas avec mes frères qui avaient déjà rejoint un groupe de terminale avec qui aller au réfectoire, certainement bien plus cool que l'éternelle petite sœur que j'étais…

Nol me présenta à deux autres lycéennes.

– Salut les filles ! Kat est en cours avec moi, elle arrive de Paris. Kat, voici Anaïs et Lou.

– Salut ! Tu es arrivée quand ?

Anaïs et Lou étaient en première et avaient été dans la même classe que Nolwenn l'année précédente. Malheureusement, cette dernière avait redoublé. Lou avait les cheveux longs et ressemblait à Shakira – le ventre à l'air en moins –, Anaïs portait une écharpe de coton enroulée autour du crâne qui lui donnait l'air d'une peinture de la Renaissance italienne. Elle arborait des boucles d'oreilles pointues et noires tout le long du lobe. Leur look décontracté me plut.

Je tentai de me faire accepter en répondant aux mille questions qu'elles me posèrent toutes les trois sur Paris et mes frères. *Vous savez, les filles, le boys band, c'est pas toujours un cadeau !* Apparemment, elles avaient déjà fait le tour des garçons du lycée et du sang neuf était bienvenu. Bertrand, Richard et Simon allaient avoir du succès.

Cela ne m'étonnait pas. J'étais habituée à les voir toujours entourés et à entendre les filles glousser sur leur passage. C'était l'effet qu'ils produisaient.

L'effet groupie. À côté d'eux, j'étais transparente. Cela m'avait rendue un peu sauvage. Pour rien au monde, je n'avais envie de ressembler à ces filles qui devenaient à moitié hystériques à leur passage. *De vraies quiches ! Ou plutôt des gourdes ! Oui c'est ça, des gourdasses !* Je préférais de loin ma solitude...

À leur question sur la raison de notre déménagement, je répondis évasivement que c'était pour des histoires de famille et elles n'insistèrent pas.

À la fin du repas, Nol me prit par le bras.

– Viens, on a cinq minutes avant de retourner en cours.

– OK, je te suis.

Il y avait foule au réfectoire. Nous zigzaguâmes entre les tables graisseuses et les élèves bruyants. Nol poussa les portes battantes et je tombai nez à nez avec lui. Nous nous rentrâmes pratiquement dedans. *Tristan.* Je n'eus pas le temps de réagir. Dans un sourire, il me lança un « Salut ! » et disparut alors que ma nouvelle amie m'entraînait déjà au loin.

Tout s'était déroulé très vite comme en accéléré. *Qui a appuyé sur la touche forward ?* L'instant était passé. J'étais restée clouée sur place comme une mauviette. *T'es vraiment trop nulle ! Pourquoi t'as rien dit ? Patate !* Je pestai contre moi-même jusqu'à ce que je remarque que Nol s'était arrêtée et me dévisageait.

– Eh bien ma vieille, bravo ! Tristan de Moëllien, rien que ça !

– Quoi ?

– Allô ! Je te parle Kat !

– Répète !

– Allô, je te...

– Non avant, comment il s'appelle ?

– Tristan de Moëllien, un gros canon! Il te dit bonjour et tu ne connais même pas son nom?

– Je ne l'ai vu qu'une fois!

– Eh bien lui a l'air de savoir qui tu es!

Elle riait et je l'imitai. Il n'y avait rien de drôle, c'était juste nerveux. J'avais tout à coup moi aussi besoin de pouffer *comme une gourdasse*. Au bout de cinq minutes, je me calmai et je réussis enfin à poser une question. Ma voix n'avait plus rien de normal, on aurait dit que j'étais en train de muer bien que je sois une fille.

– Tu connais... Tristan?

C'était la première fois que je prononçais son nom. Je trouvai aussitôt ridicule de le remarquer.

– Tout le monde le connaît! Il est pas mal, non?

– Ce n'est pas ce que je veux dire! Il est élève ici?

– Ouais, en première L. Mais il sèche tout le temps. On ne le voit pas beaucoup.

À cet instant la sonnerie retentit et elle se mit à courir.

– Grouille-toi, on a cours à l'autre bout du bahut!

Je me lançai à sa poursuite.

– Attends! Et sinon, il habite où? Tu sais quoi d'autre?

– Pourquoi tu ne lui demandes pas toi-même?

Nous arrivâmes en classe de français tout essoufflées. À peine assise, je revins à la charge.

– Il fait du surf?

Immédiatement, le prof, M. Vaucelles, un gros bonhomme à la voix grave, m'interpella.

– Eh vous, la nouvelle, vous n'êtes pas en cours de papotage! Ce n'est pas parce que vous venez de Paris que vous devez vous croire en vacances!

Je rougis tandis que Nol me lançait une grimace. Cependant, ce fut plus fort que moi.

— Elles sont où les plages de surf ici?

— Je vous avais prévenue! Vous n'êtes pas à Ploucland ici! Deux heures de colle mercredi après-midi!

Bravo! Collée dès le premier jour! Et en plus en français, la seule matière où j'ai des notes potables. Je ne pipai plus mot, j'avais fait assez de dégâts.

Le soir, j'eus droit à une déferlante de vannes fraternelles.

— Collée le premier jour! Tu bats les records, Kat! s'écria Richard en hurlant de rire.

— Comment t'as fait ton compte, toi qui n'as jamais été retenue? demanda Bertrand en se marrant autant.

— Ben ouais et en français en plus! Alors mademoiselle 20/20 en littérature mais nulle ailleurs, on devient une rebelle? surenchérit Richard.

— Laisse tomber, Richard, t'es vraiment pas drôle! *Boucle-la!*

Impossible de me défendre, ils étaient tous contre moi.

— Maman ne te loupera pas! T'as une bonne excuse?

Non, je n'avais rien à dire pour ma défense. Parler de Tristan? *Autant aller dans le premier zoo venu me jeter dans une fosse aux lions qu'on aurait affamés depuis huit jours!*

— T'es collée quand au fait?

— Mercredi aprèm.

– Ça tombe bien, enfin façon de parler, Simon et moi on va au club d'escrime de Brest. On te dépose au passage et on te prend au retour ?

– Si vous voulez...

Alwena nous appela pour souper. Bertrand se précipita tandis que je suivais mollement mes frères dans la salle à manger.

Sur le petit autel, face à l'étrange croix, une bougie était à nouveau allumée.

– Votre mère ne dînera pas avec nous ce soir, nous informa Alwena en s'asseyant à côté de Bertrand.

– Encore ? s'écria Richard. Mais qu'est-ce qu'elle fait tout le temps dehors avec Abigail ? Ça devient vraiment bizarre ! C'est vrai quoi ! Y en a marre de rien savoir !

Nous la regardâmes avec insistance.

– Ce sera bientôt fini. Un peu de patience.

– Ce n'est pas une réponse, répliqua Bertrand comme s'il s'excusait.

– Je sais, seulement je n'ai pas le droit de vous en dire plus. Marie-Anne me l'interdit. Tout ce que je peux ajouter, c'est qu'il faut attendre que le solstice d'été soit passé.

Nous la fixâmes sans comprendre. *Le solstice d'été ?*

Bertrand posa la question pour nous quatre.

– Le solstice d'été, c'est quoi et c'est quand ?

Alwena lui sourit. Il ne désarma pas.

– Le solstice d'été est le jour le plus long de l'année, lorsque le soleil passe exactement au zénith, finit-elle par expliquer.

– Et qu'est-ce qui se passe le jour le plus long de l'année ? demanda Richard.

Je voyais bien qu'elle était coincée.

– C'est un jour très particulier. On célèbre le soleil, la lumière, l'amour. Il y a beaucoup d'énergie sur terre ce jour-là...

– Et qu'est-ce que ça a à voir avec notre mère ?

Allez Alwena, balance tout !

– Je pense que vous devriez parler avec elle. Ce n'est pas à moi de vous l'expliquer.

Elle bottait en touche, une fois de plus. *Minable...*

Je me couchai exténuée. Cette première journée au lycée avait été rude. J'avais l'impression d'être entraînée dans un tourbillon d'émotions. Que nous arrivait-il ? Que m'arrivait-il ?

De moteur et de pré

Le mercredi suivant, Bertrand et les jumeaux me déposèrent en début d'après-midi devant les portes d'un lycée désert et lugubre. *On pourrait y tourner un film de zombies. Ça tombe bien, c'est exactement comme ça que je me sens : une morte-vivante !*

La salle de permanence était peuplée de quelques internes qui n'avaient rien de mieux à faire que de travailler, d'une poignée de collés dégoûtés d'être là et de terminales venus réviser au calme pour le bac. *À ce propos, Bertrand, il ne serait pas temps de t'y mettre sérieusement si tu ne veux pas le louper une deuxième fois, plutôt que de suivre Alwena partout comme un caniche ?*

Je m'installai près de la fenêtre. J'allais au moins pouvoir rêvasser. Il n'était pas interdit de lire pourvu qu'on se tienne tranquille. Je sortis un ouvrage sur les mégalithes emprunté au CDI. J'espérais en apprendre un peu plus sur les dolmens et les menhirs et peut-être trouver des explications.

Je passai une heure plongée dans le livre pour finir par me rendre à l'évidence : *les archéologues savent que dalle...*

À quoi servaient ces pierres dressées il y a plusieurs milliers d'années ? Personne n'avait de réponse. On ignorait presque tout des cérémonies et des cultes anciens. Je passai la deuxième heure à faire le tri et à élaborer des hypothèses en vain.

Enfin, la sonnerie retentit. Je me précipitai dehors en espérant voir le 4x4 garé devant les grilles d'entrée. Personne. Je laissai tomber mon sac. *Grouillez-vous...*

J'eus l'impression d'attendre deux heures encore. Toujours personne. *Ils m'ont zappée.*

Au bout d'un temps infini, je me laissai tomber à côté de mon sac. J'étais en train de fixer mes pieds quand j'entendis un moteur s'approcher rapidement. J'eus à peine le temps de relever la tête qu'un quad dérapait devant moi dans un grand nuage de poussière.

– On va à Plomodiern, on te dépose ?

Je reconnus immédiatement sa voix. Mon corps se liquéfia. Je n'étais pas sûre de parvenir à me relever, j'avais deux ruisseaux à la place des jambes. Je concentrai mes forces pour trouver une réponse intelligente et cohérente :

– Ouais...

Ah bravo, très loquace Kat !

– Passe ton sac, on va l'accrocher devant !

La poussière retomba et je pus enfin distinguer clairement les deux garçons assis sur le quad. Il y avait Tristan à l'arrière et à l'avant le garçon brun que j'avais vu avec lui au café internet mais dont je ne connaissais pas le nom.

Je sautai sur l'occasion :

– Salut ! Je m'appelle Kat. Et vous ?

– Nous, c'est Micka et Tristan. T'as pas peur en quad ?

– Je ne sais pas. On peut vraiment monter à trois ?

Ma question les fit rire. Je tentai de dissimuler ma gêne. *Qu'est-ce que j'ai dit ?*

– T'inquiète, on prend les petites routes, y aura pas de problèmes.

Je compris aussitôt que c'était totalement interdit et que le port du casque n'était pas à l'ordre du jour. *De toute façon, je ne vais pas me dégonfler.* Tristan me fit de la place et je me hissai à ses côtés. *C'est vraiment pas le moment de se scratcher. Je suis trop jeune pour avoir la honte de ma vie !*

– Vas-y mollo, on est serrés à l'arrière, lança Tristan lorsque Micka démarra.

En effet, nous étions collés l'un contre l'autre comme des sardines. Être si proche de lui aussi vite était déstabilisant et totalement nouveau pour moi. Que dirait Nol si elle nous voyait ? Et maman ? Elle hurlerait probablement. Que faisait sa fille sur un quad, sans casque, en pleine campagne, avec deux inconnus ?

Je chassai rapidement l'image de ma mère. En réalité, j'étais trop heureuse. Pour la première fois, je faisais quelque chose d'interdit et j'en avais des frissons. Micka roulait assez vite. Mes cheveux flottaient dans le vent. Je me sentais libre comme l'air. Avec le bruit du moteur, nous ne pouvions pas discuter. Ce n'était pas plus mal, je n'étais pas encore assez à mon aise pour formuler un commentaire intelligent. Je profitai de l'instant en m'accrochant pour ne pas m'envoler dans les virages et finir plantée tel un javelot dans le fossé d'un champ.

C'est à ce moment que l'on croisa un gros 4x4 vert sombre. *Le boys band !* Je n'eus pas le temps de me demander s'ils m'avaient vue, j'entendis un bruit de freins et les roues crisser sur le goudron derrière moi. Soudain, je ne sais pas ce qui me poussa – apparemment je perdais la tête –, je me mis à crier à Micka :

– Vite, c'étaient mes frères ! Ils font demi-tour ! Vite !

Une formidable course-poursuite débuta. Je riais et hurlais tandis que Micka tentait de semer le 4x4. Je m'accrochai du mieux possible en prenant conscience du danger. À n'importe quelle seconde je pouvais tomber et me fracasser le crâne sur la route. J'avais mal aux poignets à force de m'agripper.

Finalement, Micka coupa à travers un champ en se faufilant entre les deux poteaux d'une clôture effondrée. Le 4x4 stoppa net. Il ne pouvait nous suivre. Mes compagnons avaient l'avantage du terrain, ils connaissaient parfaitement la région.

Je jetai un coup d'œil derrière moi avant que nous disparaissions au milieu des vaches étonnées et je vis les visages interloqués de Bertrand, Richard et Simon. Ils n'en revenaient pas ! J'étais ravie. Non, j'étais RAVIE !

Enfin Micka ralentit et je me détendis. Je riais toujours. Je n'avais pas ri comme ça depuis des années. *Peut-être depuis mes six ans !*

Tristan avait l'air aussi emballé que moi par l'aventure.

– Micka, va jusqu'à Pors Ar Vag !

Il se retourna vers moi et me lança un sourire ravageur. *C'est pas à cause du quad que tu vas tomber...*

Nous débouchâmes sur la plage où m'avait emmenée Alwena. Il y avait beaucoup de vent et la mer prenait des teintes vertes. Les vagues semblaient aussi énervées que nous. Micka se gara devant la baraque de l'école de voile. Je repris pied au sens propre et au sens figuré.

– Je crois que tes frères ne vont pas s'en remettre ! C'était intense ! Tristan, t'as les clefs ?

– Ouais, ça souffle grave ! Idéal pour du kyte !

Il poussa la porte de la baraque et dégagea des planches en mousse pour accéder à une table en formica. Les murs étaient recouverts de voiles, de pagaies, de bouées et de gilets. Je m'assis sur une chaise de jardin et m'assurai que mes oreilles n'étaient pas à découvert. *Pas la peine d'avoir l'air d'une antenne TV !*

– Tu veux un Coca ? proposa Tristan. Désolé, y a rien d'autre.

– OK. C'est quoi cet endroit ?

– L'école de voile de Pors Ar Vag.

– Vous avez les clefs ?

– On donne des cours aux touristes et aux enfants pendant les vacances.

J'avalai une grande gorgée. Je me sentais plus à l'aise que tout à l'heure. La petite virée en quad avait fait s'envoler ma gêne.

– Tu ne risques pas d'avoir des ennuis ce soir ? s'inquiéta Tristan.

– Non, mes frères sont plutôt cool. C'est très bien qu'ils ne gagnent pas à tous les coups !

– Ouais mais tes parents ?

– Mes frères ne diront rien à ma mère. Ils étaient censés venir me chercher et ils m'ont zappée.

– C'est des vrais jumeaux ? demanda Micka.

– Ouais, Simon et Richard. Bertrand est notre frère aîné.

Je bus une deuxième gorgée et posai enfin la question qui me torturait depuis le café internet :

– Au fait, comment vous savez qui je suis ?

Tristan sourit.

– À Plomodiern, tout le monde connaît tout le monde. Les gens causent. Une famille de Parisiens débarque au Menez Hom pour habiter dans la maison de la vieille Maria, tu crois que ça passe inaperçu ?

– En plus avec un 4x4 au lycée ! Vous pensiez venir en Alaska ? renchérit Micka en riant.

Je l'imitai. Ils avaient raison. Avec mes frères, impossible d'être invisible.

– Tristan, je te laisse le quad, je prends ton vélo, faut que je rentre tôt, j'ai promis à ma mère d'être là pour cinq heures

– OK, à demain.

– Salut.

De violence et de gui

Je me retrouvai seule avec Tristan et je sentis mon cœur se mettre à battre très fort. *C'est pas le moment de te comporter comme une nunuche...*

– T'as déjà fait du surf?

Ouf, un sujet de conversation normal!

– Non, mais je sais nager, y a des piscines à Paris.

Il éclata de rire. Je tentai de ne pas rougir, en vain. Ce fut comme si on m'avait vidé un pot de ketchup sur la tête.

– T'es marrante comme fille! En tout cas, il faudra que tu viennes à l'école de voile, on t'apprendra.

– D'accord.

T'enflamme pas!

Je ne trouvais plus rien à dire et mon cerveau se mit à paniquer. *Vite, dis quelque chose!* Finalement, la seule question qui me vint fut celle que j'avais déjà posée :

– Comment t'as deviné qui j'étais au café internet?

– C'était évident, tu cherchais des infos sur le meurtre du dolmen, pourtant très peu de gens savent qu'il s'agissait de Maria! Qui, à part sa petite-fille, irait chercher ce genre de truc sur le Net?

Ma grand-mère avait été assassinée! Même si je me doutais du lien entre Maria et les articles sur le fait divers du dolmen, la nouvelle me fit un choc. Un meurtre! Pour le coup je ne pouvais plus parler du tout. Il me dévisagea, inquiet.

– Ça va?

Je fis oui de la tête.

– T'es sûre?

Je fis non de la tête.

– J'ai dit quelque chose qu'il ne fallait pas...

– Je ne savais pas, c'est tout, parvins-je à articuler.

– Tu ne savais pas que Maria avait été tuée? Vous n'êtes pas venus en Bretagne à cause de ça?

Il ne comprenait plus rien alors que je commençais à y voir clair. Il avait raison, sa mort était la cause cachée de notre déménagement et je ne m'étais pas trompée : maman ne nous avait rien dit parce qu'elle voulait nous protéger.

– Comment tu sais qu'il s'agissait de Maria alors que la police n'a pas identifié le corps? demandai-je.

– Ceux qui savent se taisent. Je suis désolé de te l'apprendre comme ça.

– Qu'est-ce qui s'est passé?

– Elle a reçu une balle dans la tête et ensuite son corps a été brûlé près du dolmen. Mais je ne crois pas que ce soit à moi de te raconter ça.

Nous nous regardâmes quelques secondes sans un mot.

– Si, tu le dois, ma mère ne nous dit rien. C'est sans doute pour notre bien, seulement il faut au moins qu'on sache si on est vraiment en danger ou pas!

– Je pense que oui.

– Quoi?

Je manquai de renverser mon Coca.

– Abigail veille sur vous, elle a tracé des cercles de pierre autour de la maison. Vous êtes bien protégés.

– Quoi ?

C'était la discussion la plus absurde que j'aie jamais eue. *Où est-ce que je suis tombée ?*

– Il va falloir que tu m'expliques. Je ne comprends rien à ce que tu dis !

Il me fixait intensément.

J'en eus des frissons.

– Tu ne sais pas qu'Abigail est l'une des plus grandes druidesses du monde celtique ?

Je fis non de la tête, complètement perdue.

– Elle vous a mis sous protection parce qu'on pense que ceux qui ont fait ça à Maria peuvent s'en prendre à vous.

– Abigail est quoi ?

– Druide. Maria l'était aussi, avec un immense savoir.

Tout me revint à l'esprit : la discussion étrange sur le pas de notre porte à Paris, les discours incomplets et mystiques d'Alwena sur les cultes anciens, le jardin aux herbes, le petit autel avec la bougie constamment allumée, les allées et venues de maman avec l'Irlandaise…

– Maria et Abigail… Je croyais que les druides étaient des hommes.

– Non, il y a des femmes aussi. N'importe qui peut devenir druide, il faut juste suivre une formation spirituelle.

– Comme un stage ?

– Non, la formation dure des années. D'abord, on est disciple, ensuite on devient barde ou ovate selon que l'on est plus proche des arts ou des sciences, et enfin druide.

– Mais qui a voulu assassiner ma grand-mère ?
Pourquoi ?

– Des hommes fascinés par la sagesse et les pouvoirs que les druides ont su préserver et cacher
depuis toujours. Ta grand-mère, par exemple, pouvait communiquer avec les morts.

Je le regardais avec fascination. Il avait tant d'ai-
sance. Son visage était si parfait. Il émanait de lui
une lumière qui m'enveloppait totalement. J'étais
ensorcelée.

– Comment tu sais tout ça ?

– Mon père est druide.

– Ah...

Je ne trouvai plus rien à dire.

J'avais besoin de faire le tri dans toutes ces informations, de digérer ses paroles.

J'avais besoin de voir ma mère.

– Je pense que je vais rentrer, murmurai-je.

– OK, je te ramène.

Il referma la porte de la cabane de l'école de voile
et nous montâmes sur le quad.

Rouler me fit du bien. *Je crois que tu es sous le
choc ma vieille...* Je respirais par grosses goulées l'air
qui frappait mon visage. Des druides, des ovates, des
bardes ? *On est chez les Gaulois ou quoi ? Quels sont
ces pouvoirs qui poussent certains à assassiner des
grands-mères ?*

Devant moi, le Menez Hom se détachait dans le
ciel. Il semblait se rapprocher et venir vers moi. *La
montagne sacrée...*

Lorsque nous arrivâmes à l'ostaleri gozh, le 4x4 était garé devant la porte. Tout le monde devait déjà être au courant de ma petite escapade. Tristan freina dans la cour. Je me dépêchai de sauter à terre pour lui dire au revoir avant que notre venue soit remarquée. Peine perdue, Bertrand et les jumeaux s'étaient déjà rués à l'extérieur.

– Kat, t'étais où ?

– On était morts de trouille !

– On pensait qu'il t'était arrivé quelque chose !

– Du calme, c'est juste un quad ! tentai-je. *J'ai vraiment pas envie de me payer la honte devant Tristan !*

– Mais on s'en fout du quad ! Maman a disparu !

– Elle a été kidnappée !

– Ils ont saccagé la maison !

– On croyait qu'ils t'avaient enlevée, toi aussi ! Bordel !

Je mis plusieurs secondes à comprendre.

– Maman a été enlevée ?

Je ne pouvais pas croire que je posais cette question.

– Ouais, ils ont attaché Alwena dans la véranda et ils l'ont embarquée !

– Viens voir...

Nous nous précipitâmes à l'intérieur. Tristan, que je n'avais pas eu le temps de leur présenter, nous emboîta le pas. Quand je franchis le seuil, je fus saisie par le chaos qui régnait dans la pièce. Les meubles avaient été renversés, les tiroirs vidés. Le sol était jonché de vaisselle brisée, de papiers, d'objets. Le petit autel avait été arraché. On aurait dit qu'une tornade avait tout balayé.

Assise dans un coin, prostrée, Alwena tremblait et pleurait. Elle avait du sang séché dans les cheveux. Les larmes me montèrent aux yeux. *Maman, où es-tu ?*

– Vous avez vu ce qui s'est passé ? demandai-je.

– Quand on est rentrés, on a trouvé la maison comme ça et Alwena attachée avec un sac sur la tête. Tout ce qu'elle a réussi à nous révéler, c'est que maman avait été enlevée. Depuis, elle est prise de spasmes, je crois qu'elle est en état de choc. Qui a pu faire ça ?

– Des pilleurs de trésors. Des mercenaires.

Nous nous retournâmes en même temps vers Tristan qui n'avait pas parlé jusque-là.

– Quoi ? Des mercenaires ? Mais tu es qui toi d'abord ? rétorqua Bertrand avec hargne.

– Du calme, je vais tout expliquer ! lançai-je en m'intercalant de peur que ça ne dégénère. Tristan a raison. Il en sait plus que nous. Tristan, tu veux bien leur raconter ce que tu m'as dit à l'école de voile ?

– On ferait mieux d'appeler la police et une ambulance d'abord, non ? proposa Simon en désignant Alwena.

– Ça ne servirait à rien, répondit Tristan que mes trois frères n'avaient pas l'air d'impressionner.

– Dis donc monsieur Je-Sais-Tout, c'est pas ta mère qui a été enlevée !

– Il faut appeler Abigail, elle est la seule à pouvoir faire quelque chose. C'est elle qui a tracé les cercles de protection.

– C'est quoi ce délire ? On ne pige pas là !

– Il faut appeler Abigail, répéta Tristan avec fermeté.

Les garçons le scrutaient d'un œil méfiant. Richard allait répondre quand la voix brisée d'Alwena retentit.

— Tristan a raison. Nous avons besoin d'Abigail.

— J'aimerais bien qu'on nous explique ce qui se passe ! Toi t'as cinq minutes pour nous raconter ce que tu sais, après on prévient les flics ! hurla Richard en menaçant Tristan du doigt.

— Non, c'est à moi de parler, murmura Alwena en tentant de se relever tandis que Bertrand se précipitait pour l'aider. Allons dans le jardin aux herbes. Ils n'y ont pas touché.

Elle avait retrouvé son aplomb et mes frères se calmèrent. Tandis que nous traversions la maison saccagée, je sentis une nouvelle vague de larmes me brûler les yeux. Allait-on retrouver un autre corps calciné près d'un dolmen ? *Maman.*

De pétales et de don

Alwena s'assit au milieu des fleurs de printemps pour commencer son récit. Bertrand lui avait passé le bras autour des épaules de crainte qu'elle ne s'effondre à nouveau. *Avec ses longs cheveux détachés et sa peau blanche, elle ressemble à une princesse du monde de Narnia...*

– Maintenant que votre mère a été enlevée, j'ai le devoir de vous raconter ce qu'elle tenait secret afin de vous protéger.

Elle inspira profondément avant de poursuivre :

– Vous êtes issus d'une grande famille de druides. Depuis des générations, les femmes de votre famille se transmettent les savoirs de ce culte vieux comme le monde. Maria était une druidesse très sage et respectée. Je n'étais pas son aide-soignante, j'étais sa disciple. Je m'occupais d'elle parce qu'elle était âgée mais surtout elle me transmettait ses connaissances, comme elle avait commencé à le faire avec votre mère avant qu'elle ne décide de tout abandonner et d'aller à Paris.

– Pourquoi ? demanda Simon.

– Parce qu'elle ne voulait pas hériter des responsabilités de votre grand-mère et devenir grande druidesse après elle. Quand votre mère s'est rendu compte de ses dons particuliers, elle a préféré partir. Certains druides naissent avec des pouvoirs extraordinaires. Maria était la messagère des mondes. Elle pouvait entrer en contact avec l'esprit des êtres vivants et des disparus, un pouvoir très puissant qu'il faut manier avec précaution.

– Tu veux dire qu'elle parlait avec les morts ? s'étonna Bertrand qui s'était calmé à son contact.

– Les vivants et les ancêtres. Les druides croient en la réincarnation des âmes dans un autre corps mais aussi dans un animal, un arbre, une source... Maria avait le don inestimable de parler aux âmes, comme sa mère, sa grand-mère avant elle, et peut-être comme toi Katell.

Les regards convergèrent vers moi. Je compris pourquoi Abigail avait voulu m'emmener la première fois qu'elle était venue nous voir.

– Tous les druides n'héritent pas forcément des dons de leurs aïeux mais, lorsque c'est le cas, ils doivent parvenir à les trouver en eux-mêmes et à les maîtriser. Cela demande beaucoup de temps et de travail. Il faut acquérir une grande connaissance, une immense sagesse. Marie-Anne, par exemple, avait de telles capacités mais elle a quitté la Bretagne trop tôt pour pouvoir atteindre le niveau de Maria.

– Être druide et avoir des pouvoirs magiques c'est bien, mais pourquoi kidnapper notre mère ? demanda Richard avec une pointe de cynisme.

– Ce ne sont pas des « pouvoirs magiques » comme tu dis. Nous préférons parler de dons.

– Ah bon, je croyais que j'étais chez Harry Potter ! répondit-il avec une grimace.

– Richard! le rabrouai-je. *Ce n'est pas le moment de faire le malin!*

– Ce n'est pas grave, reprit Alwena, vous n'êtes pas obligés de me croire, vous verrez par vous-mêmes. Mais pour retrouver Marie-Anne, vous devez entendre toute l'histoire.

– Continue, on t'écoute, lança Bertrand en jetant un regard incendiaire à Richard qui recula en croisant les bras.

– Il semblerait que les savoirs qu'on nous a transmis depuis des millénaires et que nous avons réussi à protéger et à garder secrets soient aujourd'hui menacés par un homme sans scrupules. Tristan a raison, ce sont ses mercenaires qui nous ont attaqués.

– Qui? demanda Simon.

– Il y a plusieurs mois, Sir John Trevanion of Caerhays, un Anglais historien et riche collectionneur d'antiquités, a souhaité rencontrer le père de Tristan qui est druide. Il voulait consulter sa bibliothèque. Bien sûr, il n'y a pas eu accès. Trois jours plus tard, elle était cambriolée. Heureusement, nos archives secrètes sont bien cachées. Il n'a emporté que des documents sans grande valeur. Après, nous nous sommes sentis en danger. Des hommes rôdaient autour des lieux de culte, nos maisons ont été fouillées, nos faits et gestes épiés. Nous avons commencé à dissimuler nos objets sacrés et à tracer des cercles de protection autour de nos foyers.

Alwena se tut, elle semblait très affaiblie. Je me demandai si les ravisseurs l'avaient malmenée. Je pris la parole à mon tour :

– Avant de kidnapper maman, ils ont attaqué notre grand-mère. Ils n'ont pas hésité à l'assassiner.

– Maria est morte parce qu'elle n'a rien dit, poursuivit Alwena. Ils l'ont enlevée un jour où elle se promenait seule sur un sentier du Menez Hom. Elle a été torturée pour livrer son savoir et avouer où elle avait caché ses objets de culte. Comme elle ne cédait pas, elle a été abattue d'une balle dans le crâne et son corps brûlé près du dolmen en représailles. C'est pour cela que vous avez quitté Paris, là-bas nous ne pouvions pas vous protéger.

– Ben ici, ça n'a pas l'air de trop marcher non plus ! aboya Richard sans que personne ose protester.

À cet instant, nous entendîmes la porte du jardin grincer et Abigail apparut. Nous comprîmes immédiatement qu'elle était au courant. Comment ? Mystère. Sans doute un de ses dons secrets.

– J'avais tracé un cercle de pierres autour de la maison, mais je n'ai pas pensé à protéger la cour... murmura-t-elle, c'est ma faute.

Son accent anglais parut plus prononcé que d'habitude. Elle était bouleversée. Elle s'assit parmi nous et prit les mains d'Alwena dans les siennes.

– Ils exigent la coupe de Maria.

– Non ! Impossible ! s'écria Alwena au bord des larmes.

– Une coupe, c'est ce que veut Sir John machin chose en échange de maman ? hasarda Bertrand.

– Oui, la coupe est un objet très puissant pour qui sait s'en servir.

C'était apparemment une mauvaise nouvelle, toutefois je me sentis soulagée. Au moins maman était toujours en vie. Il suffisait juste de donner à ces hommes ce qu'ils réclamaient.

– C'est quoi cette coupe ? interrogea Simon.

– La coupe est l'un des symboles sacrés des druides. Lors des cérémonies, nous utilisons l'épée, la coupe, la serpe, le bâton... Sir John les veut à tout prix. La coupe de Maria est très précieuse, elle possède une magie propre qui renforce les dons.

– Et où est cette coupe ? lançai-je.

Abigail me sourit tristement.

– On dirait qu'ils ne l'ont pas trouvée dans la maison. Maria a dû la dissimuler en lieu sûr. Mais où ?

– Combien de temps on a pour mettre la main dessus ? demanda Simon.

– Ils ont posé leur ultimatum au solstice. Ce n'est pas un hasard. Pendant la cérémonie, la coupe sera connectée à l'univers et livrera son pouvoir.

Pendant un long moment, plus personne ne parla. Pour la première fois de leur vie, les garçons étaient complètement muets. Je me retins de pleurer. *Pas devant Tristan.* Finalement, Simon rompit le silence :

– Qu'est-ce qu'on peut faire ?

– Il faut nous battre ! s'écria Richard qui se redressa d'un coup.

– Contre des types pareils ? Tu débloques ! Tu te prends pour Jason Statham ? C'est qu'un acteur ! railla Bertrand.

– Richard a raison, intervint Abigail. L'équilibre de notre monde est menacé. Nous ne pouvons laisser Sir John nous dépouiller de nos objets de culte. Il pourrait les utiliser à des fins néfastes. Il nous faut délivrer Marie-Anne au plus vite.

– Mais comment ?

– Pour cela, nous avons nous aussi besoin de la coupe. Elle est le lien avec Maria. Sa force nous guidera. Nous devons la chercher et localiser votre mère. Katell nous aidera.

À nouveau, je sentis le poids des regards. Seul Tristan me contemplait avec admiration. Je rougis comme un poisson-clown et aplatis nerveusement mes cheveux sur mes oreilles.

– Katell, tu as des dons. Il faut que tu apprennes à les utiliser pour entrer en relation avec l'esprit de ta mère afin que nous la retrouvions. Nous n'avons pas beaucoup de temps. Dans un mois débutera le solstice d'été. Nous commencerons ta formation dès demain. Allons nous reposer. Désormais chacun se tient sur ses gardes, même au lycée !

Elle se leva péniblement en s'appuyant sur sa canne. Jusqu'à présent, je n'avais pas remarqué qu'elle était si voûtée et si vieille. *On dirait une branche tordue...*

Le silence s'abattit sur nous. Nous étions tous absorbés par nos pensées et notre chagrin. Boule-versés. *Maman.*

Simon et Richard allèrent à Plomodiern pour envoyer un mail au capitaine Salaün car le téléphone avait été arraché et à Sainte-Marie nos portables ne captaient pas.

Nous ne pouvions pas contacter la police car il ne fallait pas que les secrets millénaires des druides soient révélés, mais notre père devait savoir ce qui était arrivé à sa femme.

Pendant leur absence, nous remîmes à peu près la maison en état. J'aidai Alwena à refixer le petit autel au mur et à rallumer une bougie.

Enfin, à la nuit tombée, Tristan se décida à partir.

– Je dois rentrer. Ça va aller ?

– Oui, oui. Tu peux rouler de nuit avec le quad ?

– T'inquiète, je ne vais que jusqu'à l'école de voile.

– Tu ne dors pas chez toi ?

Je me rendis compte que je ne savais rien de lui. Où habitait-il ? Avait-il des frères et sœurs ? Je ne lui avais posé aucune des questions que l'on pose quand on rencontre quelqu'un pour la première fois. Nous n'avions parlé que de druides, du meurtre et d'étranges pouvoirs.

– Non, je préfère aller là-bas. Y a une mezzanine avec un matelas. J'ai l'habitude. C'est cool.

– D'accord.

J'aurais voulu lui dire combien il comptait déjà pour moi. *Trop, il compte trop...* Combien j'étais reconnaissante qu'il soit là. Combien j'avais besoin de lui. Combien même une nuit il allait me manquer.

– Tu reviens demain ?

– Je passerai. Repose-toi, les journées avec Abigail seront difficiles.

Il disparut dans le noir et je me sentis tout à coup très seule, comme si toute l'après-midi je m'étais remplie de lui et que soudain j'étais dépossédée.

Nous dormîmes tous ensemble dans la chambre de Bertrand. Nous installâmes les matelas par terre comme à une pyjama party sinistre. Simon et Richard prirent leurs fleurets et leurs sabres au cas où les mercenaires de Sir John reviendraient.

Nous pensâmes à maman. La nuit fut interminable. Au petit jour, nous étions épuisés.

Commana, monts d'Arrée,
duché de Bretagne, 1251

– Que puis-je pour vous, mes sœurs ? demanda le moine lorsqu'elles frappèrent à la porte.

L'homme accoutumé aux pèlerins les avait évaluées du premier coup d'œil. Anna se sentit rassurée, elles avaient bien l'air de ce qu'elles prétendaient être. L'aumônerie du Mougault appartenait à des frères de l'ordre des Hospitaliers de Saint-Jean de Jérusalem, d'anciens moines soldats revenus de croisade.

– Êtes-vous souffrantes ? interrogea-t-il en les laissant entrer.

Le lieu accueillait autant les pauvres malades que les pèlerins.

– Non, nous cherchons juste un toit pour la nuit.

La salle était petite et un feu crépitait dans le foyer. Au sol, des paillasses attendaient les visiteurs. Un second moine allait et venait, dispensant des soins ou tendant une assiette de soupe. Moïra se serra contre sa mère. Certains malades avaient l'air à l'agonie. Anna inspecta rapidement les occupants de la pièce. Non, il ne s'agissait pas de ceux qui les traquaient, elle l'aurait senti. Rassurée, elle sourit et s'adressa à son hôte :

– Sœur Marie et moi souhaitons nous reposer avant de reprendre notre route.

Moïra ne sourcilla pas. Sœur Marie ? Marie était la traduction latine de Moïra. Personne n'aurait cru à une religieuse appelée sœur Moïra, mais Marie était parfaite, on ne faisait pas prénom plus chrétien.

Le moine leur désigna une paillasse vide à l'extrémité de la pièce et on leur servit du brouet dans des écuelles en bois ainsi que deux tranches de pain. Moïra comprit qu'elle allait bel et bien dormir là et se demanda comment sa mère allait tracer les cercles de protection sans éveiller l'attention.

Tuatha de Danann, le peuple de Dana

De puits et de mystère

– Un peu de théorie avant la pratique.

Abigail était revenue avec le jour. Nous étions seules dans la salle à manger à peine remise en état. Je me sentais lessivée mais prête à tout pour retrouver notre mère.

– Katell, apporte la croix, nous allons l'étudier.

Finalement, tu commences à t'habituer à Katell! Fais gaffe ma vieille, tu vas finir par l'aimer! Délicatement, je retirai la croix aux motifs celtiques qui trônait sur l'autel depuis notre arrivée. Peut-être même depuis toujours.

Elle était lourde et émaillée de couleurs brunes et vertes. Je me sentais nerveuse, comme si je tenais un coquillage précieux et fragile. J'eus peur de la casser. Je me dépêchai de la remettre à Abigail.

– C'était la croix de Maria.

Aussitôt, je vis ma grand-mère aller et venir dans sa maison. La voix de la vieille Irlandaise avait le pouvoir de vous faire remonter le temps.

– Je croyais que les croix étaient un symbole chrétien, dis-je, consciente de mon ignorance.

– Pas seulement, il existe des différences qu'il faut savoir lire. Les druides ont caché leur sagesse dans les nouvelles religions pour qu'elle survive. Observe celle-ci, que remarques-tu ?

Je me concentrai.

– Il y a un cercle autour, comme une couronne...

– C'est juste. Il s'agit du premier cercle. Il y en a deux autres. Tu les vois ? Ici, entre les quatre branches de la croix, et un troisième plus petit au centre. Ce sont les trois cercles des trois mondes. Le premier, *Kergant*, représente le monde des divinités, celui du milieu, *Avred*, le monde de la mort, et celui du centre, *Gwenved*, est le monde blanc, le bonheur que nous devons atteindre. Il est représenté par le soleil qui est le centre de tout.

– C'est pour ça qu'on célèbre le solstice d'été, le jour le plus long de l'année ?

– Oui, il existe plusieurs fenêtres d'énergie générées par les astres. Le solstice d'été en est une. Nous avions commencé à préparer la cérémonie avec ta mère avant que Sir John ne l'enlève. Je vais continuer avec toi. Sur la croix, le solstice est figuré par la branche du haut qui représente aussi le nord et le feu. À droite, soit à l'est, c'est l'équinoxe de printemps qui a pour élément l'air. En bas, au sud, le solstice d'hiver et l'élément eau et enfin, à l'ouest, l'équinoxe d'automne et la terre.

Je contemplai la croix d'un œil neuf. Elle ressemblait maintenant à un schéma graphique.

– On dirait une carte, murmurai-je.

Abigail sourit.

– Tu as raison. La croix nous indique comment lire les astres mais aussi comment organiser géographiquement nos cérémonies. Le soir du solstice, la procession entrera dans le premier cercle de pierres par le nord, et au centre, un autre cercle contiendra le foyer, le feu sacré, la porte du monde blanc.

Je réalisai soudain que j'allais participer à une célébration druidique. *Carrément flippant...*

— Abigail, qu'est-ce que je devrai faire pendant la cérémonie ?

— Tu suivras mes instructions. Comme tu n'es pas encore disciple, tu n'entreras pas dans le cercle du milieu. Cela te protégera d'une énergie que tu ne pourrais pas maîtriser. Tu te contenteras d'observer. Quand je magnétiserai le feu, si tu as bien un don comme je le pense, tu devrais ressentir et voir quelque chose.

— Quoi ?

— Je ne sais pas... Peut-être un message de Maria pour nous dire où est la coupe si tu as hérité de sa faculté à communiquer avec les esprits. Il faudra faire vite, le solstice est aussi l'ultimatum donné par Sir John. Nous n'aurons pas beaucoup de temps.

— Et maman ?

— Nous nous préparions avec ta mère afin d'entrer en relation avec Maria. Nous n'étions pas certaines de réussir, Maria était la seule à savoir parler avec les âmes. Marie-Anne, là où elle se trouve, se mettra aussi en condition en se connectant à son élément, l'eau, et peut-être que grâce à toi nous entrerons en communication avec elle.

— Tu crois qu'elle va bien ?

— Je n'ai pas le pouvoir de communiquer avec l'esprit des êtres vivants ou disparus, mais je peux ressentir certaines choses. S'il lui était arrivé malheur, je l'aurais su, tu l'aurais su. Il ne faut pas avoir peur. Si nous cédons à la peur, nous avons déjà perdu.

– Pourquoi vous comptez autant sur moi ?

– Le lien du sang est très fort, rien ne le surpasse...
Nous serons là pour te soutenir. Et n'oublie pas que
tu vas t'entraîner.

Mouais... J'étais découragée. Je n'avais jamais été
spécialement douée en quoi que ce soit jusqu'à présent, ni à l'école ni en dehors. Mes frères, eux, brillaient à l'escrime, en équitation, et en tout ce qu'ils
entreprenaient. Moi, je n'étais bonne qu'à lire des
romans dans ma chambre.

Abigail me tira de mes pensées.

– On va tenter une expérience. Viens avec moi.
Nous allons interroger le puits de Maria. Dès que
nous pénétrerons dans le jardin aux herbes, tu
devras te taire, d'accord ?

J'acquiesçai.

Je la suivis en m'appliquant à ne faire aucun bruit
jusqu'au puits en pierre. J'imaginais que j'emprun-
tais le chemin de ma grand-mère. Combien de fois
était-elle passée par là pour cueillir ses herbes ?
Abigail me rappela le silence, puis m'ordonna de
plonger le seau et de remonter de l'eau. Elle me
demanda d'en boire une gorgée. C'était la première
fois que je buvais de l'eau qui ne sortait ni du robinet ni d'une bouteille. *J'espère qu'il n'y a pas d'insectes noyés dedans et que je ne vais pas attraper la
tourista...*

Elle était fraîche et douce. Elle coula lentement
dans ma gorge. Je me détendis. Je n'avais pas remarqué que j'avais été si crispée jusqu'alors. Nous nous
installâmes à genoux autour du seau et Abigail me
fit signe de me pencher et de regarder. La surface se
mit peu à peu à ressembler à un miroir. Le ciel de la
fin de matinée s'y refléta.

Je restai de longues minutes à contempler mon visage entouré de nuages qui défilaient lentement. Je commençais à avoir mal aux genoux. La position était inconfortable. Mon cou me tirait.

Au bout d'un moment, l'Irlandaise me prit par les épaules et me redressa.

– Qu'as-tu vu ?

– Euh... le ciel et mon reflet.

– C'est tout ?

– Oui.

Il ne s'était rien produit. Abigail avait l'air dépitée.

– C'est sans doute trop tôt... Tu n'es pas habituée.

J'eus l'impression d'avoir récolté un 4/20 en maths.

– Je peux recommencer ?

– Non, le moment est passé. L'eau ne te dira plus rien aujourd'hui. Nous réessayerons demain.

Je passai le reste de la journée en compagnie d'Alwena à désherber le jardin. Il était question que je me rapproche de la nature et que je me sensibilise au langage des plantes. Elle m'expliqua à quoi servait telle ou telle fleur, telle ou telle racine, telle ou telle feuille. Pour la Parisienne que j'étais encore, ce fut laborieux. La plupart du temps Alwena parla dans le vide tandis que je pensais à Tristan. *Il a dit qu'il repasserait aujourd'hui...* J'attendis la fin des cours avec impatience, espérant entendre un quad freiner devant la maison. En vain.

Le boys band rentra vers dix-sept heures en se plaignant que cela avait été la pire journée de sa vie et en demandant si nous avions des nouvelles de maman.

Déçus, les garçons se défoulèrent en remettant la maison en ordre avec l'espoir de découvrir la coupe de Maria. Je savais qu'ils ne la trouveraient pas. Elle n'était pas dans la maison. J'en avais la certitude. *Qu'est-ce que vous croyez ? Qu'elle allait ranger sa coupe rituelle dans sa cuisine avec sa cocotte-minute ?*

Je fus soulagée de retrouver ma chambre car le stress de mes frères me rendait folle. *Je vais devenir dingue avant le solstice, moi !* J'avais besoin d'être seule, vraiment seule, de contempler le Menez Hom dans le soleil couchant et de lui demander de sauver ma mère.

De cargo et d'histoire

Vingt-quatre heures plus tard, le capitaine Salaün débarqua à Sainte-Marie-du-Menez-Hom. Il avait pris le premier avion en partance de Rio dès qu'il avait reçu le mail des jumeaux.

Nous étions seuls dans la maison lorsqu'il franchit la porte. Nous attendions Alwena et Abigail parties faire quelques courses à l'épicerie bio. Nous n'étions pas préparés à le voir arriver si vite. Il avait les traits tirés, les cheveux gras et une barbe de plusieurs jours. Je ne l'avais jamais vu dans un tel état.

– Qu'est-ce qui est arrivé à votre mère ?

Personne n'osa répondre. Avec le capitaine Salaün, nous marchions toujours sur des œufs, particulièrement ce jour-là où il nous faisait face pour la première fois tremblant de colère. *L'omelette n'est pas loin*. Bertrand, en tant qu'aîné, risqua :

– Maman a été enlevée par des mercenaires envoyés par un historien anglais, les mêmes qui ont assassiné grand-mère.

J'attendis sa réaction. Jusqu'à quel point avait-il été impliqué dans l'ancienne vie de sa femme ? Que savait-il au juste ? Il fronça les sourcils.

96

– Un historien anglais... Tu te fiches de moi?

– Non, il s'appelle John Trevanion of Caerhays. C'est un lord. Il avait envoyé ses hommes voler la coupe de cérémonie druidique de Maria.

Comme par miracle, Simon sortit une feuille pliée en quatre.

– Tiens j'ai trouvé ça sur lui sur Internet, je l'ai imprimé.

Pourquoi je n'ai pas vu ce truc, moi? Sympa de me mettre au courant! Apparemment la famille de Sir John était une très grande lignée d'Angleterre, une des plus anciennes et des plus riches. Après un arbre généalogique fourni et de longs articles relatant les faits d'armes des divers lords, un petit paragraphe était consacré à notre ennemi :

Sir John Trevanion of Caerhays, dernier lord
du nom, est né en 1936 en Cornouailles britannique.
Archéologue et historien, il siège à la chambre
des Lords à Londres. Il a publié de nombreux écrits :
*L'Angleterre au temps des mégalithes, Guerriers
et Druides, une société celte très hiérarchisée*
et *Christianisation de la Grande-Bretagne.*

Je parcourus rapidement l'histoire de ses ancêtres. Tandis que je poursuivais ma lecture, la conversation continua. Le capitaine n'en avait pas fini avec nous :

– La police est venue?

– Non, Abigail n'a pas voulu.

– Elle est encore en vie, cette vieille sorcière? Apparemment, il en savait plus que ses enfants.

– Oui, elle pense que les flics ne serviraient à rien. Bertrand était toujours le seul à répondre.

– Qu'est-ce qu'elle a dit pour votre mère?

– Qu'on pouvait la sauver en retrouvant la coupe de Maria.

– On parle de moi ?

Abigail venait d'apparaître comme par enchantement sur le seuil de la porte. *Mais enfin, comment elle fait ça ?*

– Ah vous tombez à pic ! J'aimerais bien qu'on m'explique pourquoi la police n'a pas été prévenue !

– Tout d'abord, bonjour, Pierre ! Ça fait si longtemps... Tu es bronzé !

– Euh, oui, oui, bonjour...

Abigail s'amusait de la situation.

– Tu vois, ici rien n'a changé, l'ostaleri gozh est toujours comme avant.

– Abigail, OÙ est Marie-Anne ? Je ne suis pas là pour jacasser !

– Eh bien, tu as plus d'assurance qu'il y a vingt ans ! Sinon, tu n'as pas beaucoup changé, un peu grossi peut-être, c'est l'âge qui veut ç...

– Ça suffit ! Si tu ne réponds pas, j'appelle la police !

– Allons, allons, il est normal que je te taquine. Entre vieux amis !

Visiblement, le capitaine Salaün et Abigail ne s'étaient jamais beaucoup aimés.

– Pierre, ne t'inquiète pas, nous allons retrouver Marie-Anne. Nous sommes les seuls à savoir à qui nous avons à faire et à pouvoir rivaliser avec lui.

– De qui parles-tu ?

– De l'homme qui a tué Maria et enlevé Marie-Anne.

– Sais-tu au moins si elle est en vie ?

Abigail mit un temps avant de répondre. *Mon cœur s'arrêta de battre. Dis oui, dis oui...*

– Nous saurions si la mort était venue à sa rencontre. Je l'aurais ressenti, Katell l'aurait ressenti.

– Qu'est-ce que ma fille vient faire là-dedans ?

Il frémissait à nouveau de colère.

– Katell a des dons. J'en suis certaine. Peut-être même plus puissants que ceux de Maria. Il faut que nous découvrions lesquels...

– Tu n'embrigaderas pas Katell dans ta secte comme tu as essayé de le faire avec Marie-Anne ! Tu m'entends ? Si nous sommes partis pour Paris, c'est justement pour échapper à vos manipulations mentales et à vos discours de gourou !

Il hurlait. Une rancœur très ancienne remontait brutalement à la surface.

– Pierre, nul n'échappe à sa destinée.

Elle leva la main en signe d'apaisement. Une onde tiède traversa la pièce. Tout à coup, je me sentis beaucoup plus détendue. Le capitaine aussi. *Abigail, comment fais-tu ça ?*

– D'accord. Je te laisse retrouver Marie-Anne à ta façon. Je te donne dix jours, après je préviens la gendarmerie.

– Nous avons besoin de plus de temps. Jusqu'au solstice d'été. C'est l'ultimatum de Sir John, d'ici là il ne fera rien à Marie-Anne.

– Non, ce n'est pas négociable. Dix jours ou rien, je te préviens !

– D'accord, d'accord...

– Et Katell reste en dehors de tout ça !

– Impossible, j'ai besoin d'elle. Il faut le lien du sang.

Je me sentis obligée d'intervenir. J'étais trop impliquée. J'en avais déjà trop vu. *Il faut que j'aide Abigail à retrouver maman.*

– Papa, donne-moi dix jours aussi ! Il faut tout tenter pour sauver maman.

Abigail me remercia du regard et mon père comprit que j'avais déjà choisi mon camp.

– En plus, je n'ai pas d'examen cette année. Dix jours, ce n'est rien !

Il me contempla, étonné de me voir argumenter avec tant d'assurance. C'était nouveau pour moi aussi.

– Soit… vous avez dix jours. Après je m'en charge.

La discussion s'arrêta là. Pour le capitaine, le combat était perdu d'avance. Au fin fond d'une presqu'île sauvage de Bretagne, son expérience de meneur d'hommes ne valait rien face au pouvoir étrange d'une vieille femme. Lui qui avait affronté les tempêtes de toutes les mers du monde, conquis les océans et dompté les plus grands cargos, s'inclinait devant une petite Irlandaise voûtée. J'eus pitié de lui. Il serait toujours notre père par intermittence. Il serait là sans l'être complètement. Pas vraiment à sa place… *À côté de la plaque.*

Tandis qu'il montait sa valise à l'étage, les garçons reprirent vie comme si l'on avait à nouveau appuyé sur le bouton « play » pour les réactiver. Ils avaient assisté en silence au bras de fer entre Abigail et notre père. Ils se mirent à parler tous les trois en même temps *comme d'hab* :

– Dix jours ça suffira ? Le solstice est dans un mois !

– On devrait appeler les flics aussi !

– Non, on les aurait dans les pattes !

– Peut-être mais c'est mieux que rien.

– Tu crois qu'ils auraient relevé des empreintes ADN ?

– N'importe quoi ! On sait qui c'est, ça servirait à que dalle !

– La ferme, Richard !

– Toi, la ferme !

Ça y est, c'est reparti pour un tour ! Mes frères étaient au sommet de leur art. Heureusement, la voix sans « r » d'Abigail résonna.

– Du calme, du calme ! Vous aurez aussi votre rôle à jouer. Nous aurons besoin de toutes les forces et de toutes les émotions positives. Vous devez vous tenir prêts. Tous les trois.

– À quoi ? demanda Simon.

– Vous le saurez le moment venu. Maintenant, aidez votre père à s'installer, il a besoin de vous.

D'aube et de chocolat

Le dîner avec le capitaine Salaün fut des plus moroses. Nous n'avions jamais été très à l'aise seuls avec notre père. La disparition de maman élargissait le fossé qui s'était creusé entre nous avec le temps. La sonnerie hurlante du téléphone enfin réparé nous fit tous sursauter. Je me précipitai. *Tristan.* Il n'était pas repassé ici comme il me l'avait promis. *Tu ne crois pas qu'il t'a laissé tomber comme une vieille chaussette ?*

– Allô ?

– Allô, Kat ?

Je reconnus la voix de Nolwenn.

– Salut c'est Nol. J'appelle pour prendre des nouvelles. Il paraît que tu es malade ?

Je m'étonnai de la facilité et de la rapidité avec lesquelles nous étions devenues amies. Je me sentais plus proche d'elle que je ne l'avais jamais été de Valentine.

– Klanv out ? demanda-t-elle.

– Quoi ?

– C'est du breton, ça veut dire : tu es malade ?

– Oui, oui, j'ai... j'ai la grippe.

Ça craint, j'aurais dû préparer une vraie excuse !

– La grippe au mois de mai ? Bon... mais ça va ? Tu veux que je vienne avec les photocops des cours ?

– Non ! Je suis contagieuse... Donne-les à mes frères si tu veux.

– OK, je peux les filer à Richard ? Je l'aime bien celui-là.

Elle éclata de rire. Je souris. Le petit monde du lycée me parut subitement loin. J'eus l'impression d'être partie pour un long voyage. *Un étrange voyage...* Que penserait Nolwenn d'Abigail et des tueurs de druides ?

– Oui, OK pour Richard. Tu arrives à faire la différence entre les jumeaux ?

– Carrément, il est vachement plus mignon que l'autre ! Sinon, tu reviens quand ?

– Dans une dizaine de jours.

– Dis donc c'est une grosse grippe ! Pourtant, au téléphone, t'as pas l'air très malade.

– C'est parce que tu ne me vois pas.

J'avais toujours été minable pour jouer la comédie et pour mentir. *Hollywood c'est râpé !* J'espérais que Nolwenn n'insisterait pas.

– Je passe mon permis cette semaine, si je l'ai je viens chez toi samedi.

– Je ne sais pas si c'est une bonne idée.

– Mais si ! Bon, allez, repose-toi bien. Salut !
Je raccrochai.

– C'était qui ? demanda Richard.

– Ma copine Nolwenn. Elle te donnera la copie de mes cours au lycée. Bon, moi je suis crevée, je vais me coucher. Bonne nuit. Bonne nuit papa...

Je montai me réfugier dans ma chambre. J'ouvris la fenêtre et contemplai le Menez Hom qui se dressait comme une légende.

Je pensai aux Celtes qui avaient vécu là, des siècles plus tôt. Aux anciens clans, à leurs cultes et à leur magie dangereuse.

Pourquoi n'étais-je pas plus étonnée de tout ce qui m'arrivait ? C'était comme si j'avais porté en moi ces secrets depuis toujours, comme une mémoire qui se réveillait. J'étais à ma place sur cette terre magique et fascinante. J'appartenais à ce monde. Abigail avait raison, le sang du vieux peuple coulait dans mes veines.

Cette nuit encore, je rêvai de Tristan. *Ça devient vraiment une obsession !* Je me réveillai plusieurs fois sans savoir où je me trouvais. Au petit jour, la soif me tira du lit. Je me rendis comme une somnambule dans la salle de bains. Mes paupières étaient lourdes. J'avais l'impression qu'un énorme rhume m'enveloppait toute la tête. *Tartine-toi le crâne de Vicks Vaporub !*

Je me penchai vers le robinet et bus longuement puis je laissai l'eau couler sur mon visage. Enfin je me redressai, le visage trempé, et je restai d'interminables secondes à contempler l'eau qui s'écoulait. Comme maman, si souvent penchée sur son évier en étain, perdue dans ses pensées. Je fus prise de découragement. Je ne serais jamais prête pour le solstice d'été. Nous ne la retrouverions jamais.

– C'est une bonne heure pour cela...

Je sursautai et me retournai.

Alwena se tenait derrière moi dans sa chemise de nuit d'un autre temps, les cheveux dénoués. Je m'étonnai de sa beauté sans âge. *On croirait une princesse de Walt Disney. Est-ce qu'elle se transforme en Shrek la nuit ?*

– Qu'est-ce que tu dis ?

– L'aube et le crépuscule sont des moments privilégiés pour dialoguer avec les éléments. Le passage entre le monde du jour et le monde de la nuit est très court, mais il offre plus de chances d'entrer en communication avec les âmes. C'est ce moment que préférait Maria.

– Tu sais ce que je dois voir dans l'eau ?

– L'avenir, le passé, un autre présent... Ce n'est pas facile de trier les images.

– Toi, tu peux lire dans l'eau ?

– Non, je n'ai pas ce don. Seules les personnes d'exception le peuvent.

– Eh bien ce n'est pas mon cas.

Ça c'est sûr, je ne suis pas une personne d'exception !

– Ne te décourage pas. Tu as besoin d'entraînement, c'est tout.

– Mais on n'a pas le temps ! Je ne peux pas apprendre en quelques semaines ce que vous apprenez en plusieurs années !

– Je sais, pourtant il te faut avoir confiance. Les grandes énergies du solstice d'été nous permettront de retrouver la coupe et de localiser Marie-Anne. Maria nous aidera.

Alwena était d'une bienveillance et d'une bonté infinies. Sa foi était si pure que je me sentis toute petite en sa présence. Elle s'occupait des autres avec une immense douceur. *C'est la meilleure aide-soignante du monde !*

– Allez, viens déjeuner. Abigail ne va pas tarder, tu dois prendre des forces.

Un quart d'heure plus tard, je croquais goulûment dans une tranche de brioche au Nutella lorsque la vieille Irlandaise arriva. Je commençais à m'habituer à ses apparitions. Abigail était une sorte de fée sans âge échappée d'une autre dimension.

– Qu'est-ce qu'on fait aujourd'hui ? demandai-je la bouche encore pleine de pâte à tartiner, les dents toutes marron.

– Nous allons te préparer à affronter les forces obscures de la nature.

Je cessai de mâcher.

– Nous allons au dolmen du Menez Lié.

J'avalai tout rond.

– Les garçons viennent avec nous ?

Tout à coup, j'avais besoin d'être quatre. Abigail réfléchit un instant.

– Pourquoi pas ? Nous verrons bien ce qui se passera...

Il fallut arracher mes frères à leurs lits sans attirer l'attention du capitaine Salaün qui n'aurait sans doute pas apprécié qu'ils loupent les cours. Ce ne fut pas facile étant donné qu'ils ne sont franchement pas du matin. Nous essuyâmes une vague de ronchonnements pâteux et une déferlante de refus bourrus. Heureusement Alwena fit l'effet d'une canette de Red Bull. Bertrand fut debout le premier. Une demi-heure plus tard, nous étions prêts à partir.

De ciel et de genêts

Nous garâmes le 4x4 devant l'entrée d'un champ qui n'avait pas été cultivé depuis longtemps. Avant d'ouvrir les portières, Abigail nous fit ses recommandations. Nous devions garder le silence pour ne pas effrayer les esprits qui s'y trouvaient, précisa-t-elle en se tournant vers Richard. Elle allait procéder à un rituel qui consistait à magnétiser la pierre pour la faire parler. En disant cela, elle me fixa intensément. *Qu'est-ce qui va se passer ?*

Nous empruntâmes à la queue leu leu l'étroit sentier qui bordait le champ en friche en nous dirigeant vers l'orée d'un bois touffu. La matinée était maintenant entamée et le soleil brillait allègrement au-dessus des arbres. Tout avait l'air joyeux et gai autour de nous, pourtant une boule grossissait dans mon ventre.

Une silhouette se dessina à l'autre bout du pré. Bientôt, un vieil homme coiffé d'une casquette à carreaux se porta à notre hauteur. Abigail le salua :

– Bonjour, Yvon.

– Bonjour, bonjour, bougonna-t-il sans paraître ravi de nous trouver là.

– Nous allons au dolmen. Rassurez-vous, nous ne piétinerons pas votre champ.

– J'veux pas savoir où vous allez ! Et pour mon champ, de toute façon, y a plus rien qui pousse ! L'endroit est malsain, vous comprenez ? Même les plantes, elles le savent !

– Les temps sont difficiles.

– Ouais p'ête ben... C'est qui ceux-là ? demanda-t-il en nous désignant du menton.

– Des Parisiens, des touristes. Nous ne resterons pas longtemps.

L'homme grommela quelques mots que je devinai être du breton. Sans doute un juron, ou une façon pas très aimable de prendre congé.

Le dolmen se trouvait au bout du sentier. À première vue, l'endroit était paisible. Les genêts d'un jaune vif rendaient la campagne brillante. En me rapprochant, je fus saisie par le silence inhabituel. Je n'entendais plus rien, plus aucun gazouillis d'oiseau, plus aucun bruit de vent dans les feuilles, rien, du vide, comme s'il n'y avait plus d'air... *Quelque chose ne va pas...* Comme mes frères, je découvris la terre noire et les herbes brûlées au pied de l'entrée de la table en pierre. C'était là que Maria était morte.

L'endroit m'hypnotisait et je ne pouvais plus bouger. J'étais tétanisée par une angoisse inconnue, clouée sur place par la peur. Je n'allais pas tarder à céder à la panique.

Abigail fit le tour du dolmen, puis posa ses mains ridées au-dessus, très lentement, comme une caresse. Elle ferma les yeux et je l'entendis murmurer une prière ou une incantation. Mes jambes devinrent dangereusement molles.

Lorsqu'elle rouvrit les paupières et leva les mains, la même onde tiède et invisible qui avait calmé la colère de mon père vint jusqu'à moi et m'enveloppa.

Je cessai de trembler. Je me sentis protégée par la force pénétrante et rassurante d'Abigail.

Soudain, Simon laissa échapper un cri de surprise. Il nous désignait du doigt des ombres. À l'abri des arbres, dans la forêt, je devinai des silhouettes qui avançaient. J'aperçus un cavalier et des hommes marchant sous le couvert des arbres, à l'abri de la lumière. Il m'était difficile de distinguer leurs visages ou leurs vêtements. Ils étaient comme des ombres s'enfonçant dans les bois. La scène ne dura qu'une poignée de secondes mais avant qu'ils ne disparaissent, je vis briller à la ceinture de l'un d'eux un objet métallique semblable à une longue épée.

Les silhouettes ne réapparurent pas. Alors Abigail nous fit signe de rentrer. Je retrouvai avec soulagement le jaune lumineux des genêts et les gazouillis incessants des oiseaux. Je ne me retournai pas. Je savais que je ne reviendrais plus jamais à cet endroit. Il était maudit.

≈≈≈

À peine arrivés au 4x4, les garçons se mirent à parler avec agitation. Ils avaient été impressionnés.

– C'était quoi ce truc de ouf ?

– Le flip au début !

– Ouais, carrément les boules !

– Eh Simon, tu crois que c'étaient qui les mecs derrière les arbres ?

– On aurait dit des soldats…

– Ou des fantômes !

– Trop bizarre comme endroit !

– Tu m'étonnes. C'est là que Maria est morte ! C'est quand même une scène de crime…

Abigail les laissa jacasser comme des pies tandis que nous remontions à bord de la voiture. Je tentai de deviner ses pensées mais son visage n'exprimait rien. Les garçons discutèrent tout le long du trajet. *On dirait que vous venez de voir un super thriller ! Ça craint, vous êtes des malades.*

Lorsque nous arrivâmes à l'ostaleri gozh, Abigail reprit la parole :

– Il vaut mieux ne rien raconter à votre père.

– Ouais, on file au lycée avant qu'il se lève, on vous laisse dans la cour.

– Attendez ! *Je suis la seule à vouloir savoir ?* Abigail, qu'est-ce qui s'est passé exactement ? Qui étaient les hommes derrière les arbres ?

– Le message de Maria.

– Mais on n'a rien entendu ! s'exclama Richard en croyant qu'il avait manqué quelque chose.

– Et ça voulait dire quoi ? C'étaient des vraies personnes ?

– C'était une vision. Maria nous a envoyé un signe destiné aux garçons, celui des guerriers.

– Génial ! On est des guerriers !

– Excellent !

Il ne manquait plus que ça ! Abigail tu ne te rends pas compte, les garçons ne vont plus se sentir !

– Du calme… En fait, elle vous a chargés d'une mission. Vous devez être les protecteurs.

– Les protecteurs ? De quoi ou de qui ? demanda Simon.

– Dans les anciennes sociétés celtes, la classe des guerriers était chargée de veiller sur les druides et de protéger leur sagesse.

– Mais on ne sait pas comment faire ! Surtout face à des mercenaires armés !

Bertrand avait raison. L'enthousiasme des garçons se refroidit.

– Pour le moment, veillez sur Katell.

– Ça, c'est pas nouveau. On l'a toujours surveillée ! dit Richard.

Je lui lançai un regard noir. *Tu crois que j'ai besoin de toi, espèce de débile !*

– Et pour maman ? interrogea Simon.

– Marie-Anne va bien. Je vous le répète, si on lui avait fait du mal, je l'aurais ressenti, Maria nous aurait prévenus. Son message était destiné à nous préparer, à vous préparer.

La discussion fut suspendue par un signe d'Alwena depuis la fenêtre. Le capitaine Salaün n'allait pas tarder à apparaître, il était temps que mes frères partent pour Châteaulin.

Lorsque nous rentrâmes dans la cuisine, mon père était lui aussi sur le départ.

– J'ai appelé un taxi. Je m'absente quelques jours pour régler les affaires urgentes du navire. Si vous avez besoin de moi, je serai à l'arsenal de Brest. Et Abigail, n'oublie pas, tu as dix jours pas plus !

– Goodbye captain !

Et le capitaine s'en fut. Il en avait toujours été ainsi. Depuis mon enfance, j'avais l'impression qu'il ne faisait que partir. Il ne savait pas revenir, ni rester. Maman avait été la seule ancre qui le ramenait à la vie de famille, sans elle il dérivait. *Maman, tiens bon, nous allons te retrouver…*

D'espoir et d'amie

Je passai la semaine suivante en compagnie d'Abigail et d'Alwena à arpenter les sentiers secrets du Menez Hom, à m'imprégner du jardin aux herbes et à tenter de lire l'eau du puits. La grande druidesse avait estimé qu'il s'agissait des bases de ma formation. Dix jours c'était peu, le capitaine Salaün exigerait ensuite que je retourne au lycée. Je me demandais si je réussirais à le convaincre de ne pas convoquer la police. Abigail, elle, était confiante. Elle pensait que j'aurais acquis assez de savoir pour le faire changer d'avis.

Aller au puits chaque matin et chaque soir devint un rituel. Pourtant l'eau restait muette. Abigail me fit jeûner deux jours sans plus de succès.

Je luttais pour garder espoir. La routine s'installa et avec elle la sensation de ne pas progresser. Le doute s'empara de moi. Heureusement, le samedi suivant, Nolwenn, qui avait obtenu son permis de conduire, me rendit visite. J'avais besoin de redevenir une adolescente normale. Enfin, si c'était encore possible…

Mon amie klaxonna bruyamment en se garant. Elle sortit d'une 206 rouge comme s'il s'agissait d'une limousine en faisant de grands gestes de duchesse et en agitant son certificat d'examen reçu le matin même tel le drapeau de la liberté. Je me mis à rire.

– C'est le pot de yaourt de mamie, elle me l'avait promis si je réussissais mon permis !

– Bravo !

J'applaudis comme à un numéro de cirque.

– Bon tu montes, on va faire un tour ?

– Carrément, j'ai besoin de sortir de Sainte-Marie t'as pas idée !

– Tu m'étonnes, c'est perdu ici !

Si tu savais...

– On va où ? demandai-je tandis qu'elle faisait une marche arrière à nous déboîter les cervicales.

– Plomodiern ? Je t'offre un verre pour le permis !

– OK.

Nous fûmes au bourg en trois minutes. Nous nous garâmes sur la place. Je ne pus m'empêcher de jeter un coup d'œil au café internet. Tristan ne m'avait toujours pas donné de nouvelles. *Il t'a zappée, laisse tomber.*

Je suivis Nolwenn dans un petit bar presque vide et nous nous installâmes dans un coin, face à face.

– Tu bois quoi ?

– J'sais pas, un Coca ?

– Super... un Coca pour fêter le permis ! Et pourquoi pas une tisane de mémé ? Non, on trinque !

– Mais c'est l'après-midi...

– Kat, tu es vraiment trop sérieuse, faut te lâcher un peu !

Elle se moquait de moi en souriant. Elle affichait ses dents du bonheur avec fierté.

113

– OK, mais on fait gaffe parce que tu conduis maintenant je te le rappelle !

– Ce serait bête de se faire gauler par les flics le premier jour !

Elle éclata de rire. Je l'imitai. Je n'avais pas ri depuis le jour où j'avais été à l'école de voile avec Tristan.

Ah non ! Arrête de penser à lui !

– Alors, quoi de neuf au lycée ? demandai-je pour changer de sujet.

– Bof, rien. On n'a presque plus cours, les profs sont occupés avec le bac. La seconde c'est génial pour ça. La fin d'année est cool. Je ne regrette pas de redoubler ! Au fait, Richard t'a parlé de moi ?

Je compris immédiatement que je n'avais pas joué mon rôle de copine. Avant de venir, j'aurais dû sonder le boys band.

– J'imagine qu'il t'aime bien, mais j'en sais pas plus.

C'est ce qui s'appelle ne pas se mouiller. Nolwenn hocha la tête.

– Y a une teuf pour le bac de français, je vais y aller. Tes frères y vont ? Et toi ?

– C'est quand ?

– Le 21 juin ! Le jour le plus long de l'année !

Je frissonnai. *Le solstice d'été, la fête des druides.*

– Je ne pourrai pas vous accompagner.

Vite, vite, une excuse. Je suis trop nulle !

– T'as une autre fête ?

– Ah, oh, non, c'est rien, juste un truc...

Bravo, tu mérites un Oscar !

– Tu ne veux pas me dire ?

– Non, c'est pas ça, c'est juste que...

Nolwenn écarquilla les yeux.

– T'as un plan avec Tristan ! T'as un plan avec Tristan de Moëllien ! Je suis sûre que c'est ça !

– Non, n'importe quoi ! Je l'ai pas vu depuis... depuis le lycée.

– Ah bon ?

Elle semblait déçue, apparemment je la privais d'un scoop. Il n'y aurait pas de détails croustillants.

– Tu ne sors pas avec lui ?

– Non.

J'avais l'impression d'avoir la tête en feu. Nul doute que je devais être rouge comme un poivron dans une tortilla. J'en profitai tout de même pour en savoir plus.

– Il était au lycée pendant que j'étais malade ?

– Non. Déjà qu'il ne vient pas souvent, là on ne le voit plus du tout.

Je me demandai ce qui avait bien pu se passer. Tristan était-il lui aussi menacé ? Je chassai cette idée au plus vite. *Mais non, tu te fais des films.*

– Je te dis si je le croise...

– D'accord.

– On peut repasser chez toi ? Tu crois que Richard sera rentré de l'escrime à cette heure ?

– Je pense que oui.

– Cool ! Allez, on y va ! Je veux qu'il remarque que j'ai une voiture !

Nous trouvâmes les One Direction en pleine séance de jeux vidéo. *Vous comptez avoir votre bac ou quoi ?* Nous restâmes avec eux jusqu'au soir. Nolwenn se cala dans le canapé près de Richard et il aurait fallu une tornade pour l'en déloger.

Elle riait dès qu'il prononçait une phrase, même la plus débile, ce qui était le cas 99 % du temps. Bref, absorbée par mon frère, elle m'oublia totalement.

Heureusement, car il était l'heure pour moi d'aller au puits. Vu mes piètres qualités de menteuse, je fus soulagée de m'éclipser sans que personne s'en aperçoive. Abigail était déjà là. Le contraire m'aurait étonnée. Elle m'attendait calmement dans sa posture de méditation, les yeux fermés. Elle s'adressa à moi sans les ouvrir.

– Prends le seau, détache tes cheveux et bois l'eau du puits.

Je m'exécutai. Je connaissais maintenant ces gestes par cœur. Au loin, j'entendais les éclats de rire de mes frères. Je me penchai sur la surface de l'eau. J'avais déjà mal aux genoux.

Au bout d'un long moment, le sang commença à ne plus circuler dans mes jambes. Je relevai la tête. Devant moi, l'Irlandaise avait toujours les paupières closes. Sans le mouvement de respiration de sa poitrine, on aurait pu croire qu'elle était morte sur place, statufiée. *Une momie celtique...*

Je n'osais pas parler, pourtant les minutes s'envolaient et elle aurait dû me dire de laisser tomber depuis longtemps. *Où es-tu partie Abigail ? Dans quel autre monde parallèle ?*

Finalement, je murmurai :

– Abigail...

Aussitôt elle ouvrit les yeux et me fixa comme si elle regardait quelqu'un d'autre. Cela ne dura qu'un quart de seconde mais me fit froid dans le dos. Elle se reprit et me sourit. Elle n'avait pas l'intention de partager sa vision avec moi.

Seulement il fallait que je sache, sinon l'angoisse qui avait traversé son regard allait m'obséder.

– Rentrons, dit-elle doucement en se relevant.

Ah, non tu ne t'en tireras pas comme ça !

– Attends, tu dois me dire...

Elle s'immobilisa.

– J'ai vu ce qu'ils feraient à Anne-Marie si nous ne la retrouvons pas.

– Quoi ? Qu'est-ce qu'ils fe...

Je me tus. Je connaissais déjà la réponse. Pas besoin d'être une voyante extra-lucide quand on connaissait le sort qu'ils avaient réservé à Maria. Les larmes me montèrent aux yeux.

– Tu crois que maman est perdue ?

– Ce n'est qu'un futur parmi beaucoup d'autres, rien de ce que j'ai vu n'est encore arrivé.

Ses paroles ne me réconfortèrent qu'à moitié. Maman était toujours en danger. Il fallait absolument que nous mettions la main sur la coupe avant le solstice.

Lorsque je rejoignis Nolwenn et les garçons, ils étaient sur le point de sortir.

– Kat, on va fêter le permis de Nol, tu viens ?

Je m'étonnai de la facilité avec laquelle elle s'était mis mes frères dans la poche. C'était la première fois qu'ils me proposaient de les accompagner. *Merci Nolwenn, grâce à toi je ne suis plus transparente.*

– Non, je suis super nase...

À Paris, j'aurais sauté sur l'occasion mais ce soir je n'avais pas le cœur à faire la fête.

– T'es pas drôle, viens avec nous ! insista Nolwenn qui, à n'en pas douter, s'était déjà bien rapprochée de Richard.

– Désolée, je me sens encore un peu malade.

Ils partirent sans moi, et je me retrouvai seule à l'ostaleri gozh. Et tandis que tous les adolescents de la terre étaient de sortie ce samedi soir, je déambulai sans but dans une vieille bicoque du Finistère.

Commana, monts d'Arrée,
duché de Bretagne, 1251

Moïra ne se reposa pas plus à l'aumônerie que dans la forêt. Être parmi tous ces hommes n'était pas rassurant. Sa mère avait attendu que les malades et les voyageurs soient lourdement endormis pour murmurer les incantations de protection et tracer les cercles invisibles au sol et dans l'air. Elles avaient, comme chaque soir, remis leur vie et leur sommeil entre les mains de la déesse mère, la déesse Dana.

Moïra fit un rêve étrange, semblable à un cauchemar. Elle était poursuivie par des hommes en armes. Elle courait à perdre haleine dans les bois quand soudain elle tombait dans un trou. Elle se réveilla en sursaut, le front moite et le cœur palpitant. Avait-elle eu une vision ? Était-ce juste la peur qui avait pris possession de ses songes ou l'avenir qui s'annonçait ? Seraient-elles rattrapées ? Elle ne put se rendormir. Elle savait que, si on les retrouvait, la mort était la seule issue possible.

Pour se donner du courage, elle pensa à Guillaume, au bonheur qu'elle avait éprouvé avec lui lorsqu'ils étaient partis dans la forêt sacrée en mai dernier pour la nuit de Beltane.

Elle se remémora la lumière des grands feux allumés en secret dans la nature par le petit peuple qui n'avait pas abandonné les anciennes croyances. Elle ressentit la chaleur de la main de Guillaume dans la sienne.

Beltane était la fête de la lumière. Le passage de la saison sombre à la saison claire. Beltane était la nuit de la renaissance, la promesse de vie sur la terre. Beltane était l'amour de la déesse mère offert aux êtres vivants.

À l'abri des arbres et sous le ciel étoilé, ils s'étaient aimés. Moïra le savait, ils étaient faits l'un pour l'autre. Elle n'avait pas eu besoin de signes ou de vérifier dans l'eau sacrée du puits de la ferme, elle l'avait ressenti intensément dès le premier regard. Il était son âme sœur.

– Tu ne dors pas, ma fille ? demanda Anna qui était allongée près d'elle.

Moïra se contenta de secouer la tête. Par la fenêtre, il ne faisait plus aussi sombre, l'aube s'annonçait.

– Un peu de lait et de pain et nous prendrons la...

Le moine entra sans ménagement dans la pièce et réveilla les dormeurs. Il était l'heure de la messe. L'ordre des Hospitaliers avait la réputation d'être très ferme quant à la pratique des offices. Tous ceux qui pouvaient se rendre à la chapelle pour assister à l'office étaient priés de se lever. La mère et sa fille s'exécutèrent en silence. Après tout, n'étaient-elles pas des nonnes en voyage ?

Pour la première fois de sa vie, Moïra entendit un homme d'Église parler de Dieu. Elle écouta attentivement les prières et le sermon, contempla les personnes qui l'entouraient faire le signe de croix et chanter les louanges d'un Seigneur.

Où étaient les forces sacrées des arbres, du vent et des pierres ?

Où était l'énergie de la terre, du soleil, des sources, des étoiles ?

Comment la vérité pouvait-elle se trouver dans les seules paroles d'un unique homme ?

Lorsque la messe s'acheva, elle fut soulagée de sortir enfin de la chapelle et de retrouver le ciel au-dessus de sa tête.

Un vieillard assis à leurs côtés pendant la cérémonie les interpella :

– *Alors mes sœurs, où vous rendez-vous toutes les deux ? Cheminez-vous jusqu'à Saint-Jacques-de-Compostelle ?*

– *Nous venons de Morlaix et nous nous rendons à Quimper en pèlerinage nous recueillir sur la tombe de saint Corentin.*

Anna avait parlé d'une traite, son mensonge était prêt depuis longtemps.

– *Ah, continua l'homme qui était d'humeur bavarde ce matin-là, vous faites le Tro Breizh, le pèlerinage des sept saints fondateurs de la Bretagne ?*

Anna se garda de se dévoiler. La meilleure façon de ne pas répondre étant de poser une question, elle fit mine de se renseigner.

– *Par quelle route devons-nous repartir pour atteindre Brasparts ?*

– *Suivez le chemin des monts. Vous passerez par Croas Mélard et les crêtes du Menez Kador. Si vous marchez bien, je ne doute pas que vous serez à Brasparts avant la nuit.*

– *Merci brave homme.*

– *Bonne route, que Dieu vous garde...*

Il resta un instant à regarder les silhouettes des deux femmes disparaître. Il avait vu beaucoup de pèlerins dans sa vie. De toutes sortes et de toutes conditions, pourtant ces deux-là étaient différentes sans qu'il parvienne à définir en quoi. Il pria pour qu'il ne leur arrive pas malheur en chemin.

Alban Altan,
le solstice d'été

D'ombre et de feu

Au bout des dix jours d'ultimatum, nous n'avions pas de nouvelles de maman et la coupe restait introuvable. Les garçons s'étaient bien défoulés en retournant la maison. En vain.

De mon côté, mes tentatives pour lire dans l'eau demeuraient stériles. Bref, nous en étions tous au même point.

Du coup, lorsque le capitaine Salaün rentra du port de Brest et m'ordonna de retourner au lycée en disant que la plaisanterie avait assez duré, je ne m'y opposai pas.

Il s'adressa à Abigail en fronçant les sourcils :

– Cette fois, je préviens la police que ma femme a été enlevée !

– Pierre, ne fais pas ça. Le savoir des druides ne peut pas être révélé à n'importe qui et les objets sacrés doivent être protégés des convoitises. C'est ainsi que la communauté a survécu depuis des millénaires, en restant cachée !

– Je me fiche de vos croyances ridicules, je veux retrouver ma femme ! Tu as eu tes dix jours Abigail, maintenant ça suffit !

– Pierre, ne m'oblige pas à lutter contre toi, tu sais que tu ne peux pas gagner.

Nous étions tous réunis dans la cuisine. Je tentai de me faire la plus petite possible. Mes frères avaient l'air aussi mal à l'aise que moi. Alwena avait le regard navré. *Papa s'il te plaît...*

– Tu me menaces, c'est ça?

– Pierre, je t'aurai prévenu.

– On va voir ce qu'on va voir!

Le capitaine Salaün saisit le téléphone. Il ne remarqua pas le bras tendu de l'Irlandaise qui se levait lentement vers lui. Il n'eut pas le temps de composer le numéro de la police, le combiné lui échappa et s'écrasa sur le sol. Il s'immobilisa et son regard devint fixe. On aurait dit un vieux mannequin de la marine dans une exposition sur les paquebots.

– Pierre, m'entends-tu? demanda Abigail d'une voix grave que je ne lui connaissais pas.

– Oui Abigail, je t'entends.

Le son qui sortit de la gorge de mon père était monocorde, vide de toute émotion. *La vache, il est hypnotisé!* À côté de moi, les garçons étaient stupéfaits. Richard avait la bouche grande ouverte.

– Pierre es-tu prêt à m'obéir?

– Oui Abigail.

– Pierre, tu vas faire exactement ce que je te dis.

– Oui Abigail.

– Tu vas retrouver ton navire dès aujourd'hui et oublier tout ce que tu as vu et entendu.

– Oui Abigail.

– Lorsqu'on te demandera pourquoi tu es rentré en France, tu répondras que ta femme était malade et qu'elle est désormais guérie.

– Oui Abigail.

— Maintenant, monte dans la voiture, Alwena t'amène à l'aéroport de Brest.

Le capitaine se déplaça lentement sans nous regarder, comme s'il était téléguidé. Il sortit sans nous dire au revoir et s'assit dans le 4x4 tandis qu'Alwena demandait à Bertrand d'aller chercher son sac. La voiture disparut et nous restâmes sans voix.

Abigail s'écroula. L'effort avait été très violent. Nous dûmes l'installer sur une chaise et lui apporter un verre d'eau fraîche.

— Pardon, je n'ai pas eu le choix... Je dois protéger le savoir ancestral des druides... Je suis désolée que votre père soit parti ainsi.

L'étrange départ du capitaine ne nous avait pas perturbés. À chaque fois qu'il nous quittait, c'était bizarre. Il n'était pas doué pour les adieux.

— Tu l'as hypnotisé? demanda Simon.

— Oui, il ne se souviendra de rien. Vous allez devoir faire comme si votre mère était toujours avec vous.

— Mais s'il veut lui parler au téléphone?

— Il faudra trouver des excuses. Nous avons besoin de gagner du temps.

— Quand même, tenta Simon, maman a disparu, on ne peut pas rester sans rien faire.

— Marie-Anne va bien, ne vous inquiétez pas, répondit Abigail, elle est trop précieuse pour qu'ils osent lui faire du mal. Sir John veut la coupe, il a besoin d'une monnaie d'échange.

— Pourtant... *Kat, tu parles vraiment d'une toute petite voix.* Pourtant ce que tu as vu au puits l'autre jour...

– Je n'ai distingué qu'un futur possible, il y en a des millions d'autres. Nous devons avoir confiance, le pouvoir des druides est grand, très grand. Les forces du solstice nous guideront.

Après le départ du capitaine Salaün, je retournai au lycée avec soulagement. Les exercices d'Abigail et les leçons d'Alwena me pesaient, j'avais besoin de fréquenter des gens normaux. Cela m'aiderait aussi à ne plus penser constamment à maman. Et surtout, cela me redonnerait peut-être l'occasion de croiser Tristan. *Ah non, sors-le de ta tête une bonne fois pour toutes !*

Je retrouvai Nolwenn avec plaisir ainsi qu'Anaïs et Lou qui commençaient à stresser pour le bac. Les premières épreuves commençaient cinq jours avant le solstice d'été…

Comme l'avait annoncé Nol, nous passions le plus clair de notre temps à nous prélasser sur les pelouses comme des chats au soleil ou à traîner au bistrot du coin à papoter pour ne rien dire. J'aimais la nonchalance de ces journées de farniente qui contrastaient avec mes soirées consacrées aux druidesses. *Je suis une sorte d'agent double de quinze ans bientôt seize avec des oreilles pointues et des cheveux tout plats !*

– Kat, me demanda un jour Nolwenn, je n'ai pas encore vu ta mère. Elle n'est jamais chez vous ?

Ah pour ça, j'ai une réponse !

– Elle a toujours du boulot à finir sur Paris, elle ne revient que de temps en temps.

Je souris, ravie de ne pas m'embrouiller une fois de plus.

– Ça a l'air de te faire plaisir.

– Oh non pas du tout, c'est juste que c'est comme ça...

Décidément, je ne suis vraiment pas douée pour les mythos !

– Ah... Moi, ça serait pas mal que ma mère soit loin de temps en temps, ça me ferait des vacances ! Elle m'a fait tout un flan pour la soirée de samedi parce que je prends la voiture !

Je n'avais pas oublié que samedi était le jour de la fête du bac de français, mais surtout de la cérémonie du solstice d'été et que nous n'avions toujours pas trouvé la coupe. J'eus un nœud au ventre.

– Tu devrais venir, Kat, ça te ferait du bien ! On sera dehors, parce qu'il fait jour tard ! Ce sera génial !

– Oui je sais, c'est le jour le plus long de l'année, le solstice d'été, lorsque le soleil entre dans le signe zodiacal du Cancer.

J'avais débité tout cela sans m'en rendre compte, je commençais à parler comme Alwena. Nolwenn me regarda bizarrement.

– T'es pas un peu accro aux horoscopes, toi ?

Heureusement avec elle tout finissait en éclats de rire. *Tu ne t'en sors pas trop mal cette fois.*

– Allez viens, Tristan y sera peut-être, il passe le bac de français lui aussi !

Tu cherches à m'appâter comme un mannequin au régime devant une fontaine de chocolat ou quoi ?

– Il va à ce genre de soirées, Tristan ?

Sans le vouloir, je fis mouche.

– Nan, t'as raison, il est plutôt du genre solitaire. On ne le voit jamais aux fêtes, en boîte ou en ville. Pourtant, y a beaucoup de filles qui tenteraient leur chance. Il est trop canon !

Cela me fit plaisir d'apprendre qu'il était solitaire comme moi, même si cela amenuisait mes chances de le recroiser bientôt.

J'ai eu l'impression que nous étions un peu pareils, différents des autres...

– Bon, je dois y aller. Essaie de nous rejoindre à la fête, Richard m'a dit qu'il viendrait tard !

– D'accord, mais je ne te promets rien.

En la regardant démarrer, je me demandai où ils en étaient, tous les deux. En tout cas, leur histoire avait l'air d'être plus avancée que je ne le pensais. La preuve, Nolwenn était au courant avant moi de l'emploi du temps de mes frères. *Bah, c'est pas tes affaires ! Tu as d'autres chats à fouetter !*

≋

Ce soir-là, Abigail et Alwena m'attendaient pour une ultime révision de la cérémonie du solstice.

• À quel moment Abigail, en tant que grande druidesse, allumerait le bûcher.

• Où je devais me placer.

• Ce qu'on attendait de moi, c'est-à-dire pas grand-chose parce que je n'étais pas encore disciple malgré mon initiation accélérée.

Mes frères étaient aussi de la partie. Leur rôle se cantonnait à celui de simples spectateurs, mais j'étais rassurée qu'ils soient présents. Qui sait ce que les hommes de Sir John s'apprêtaient à faire ?

Abigail leur expliqua qu'à la fin de la procession ils devraient se positionner à l'extérieur du cercle de cérémonie et garder le silence. Elle leur rappela qu'ils étaient des chevaliers, des protecteurs, qu'il était important qu'ils soient concentrés.

– Un peu comme des guest stars, frima Richard.

Bertrand lui envoya un coup de coude dans les côtes pour qu'il arrête ses singeries. Je me demandai si Nolwenn se rendait compte qu'il était insupportable. *Quel bouffon !* Enfin, Abigail proposa aux jumeaux d'apporter leurs épées. Les seules épées tolérées lors des célébrations étaient celles qui n'avaient jamais tué, les lames non tachées de sang. Par précaution, Abigail les magnétisa afin qu'elles fassent office de protection et repoussent les attaques.

De soleil et de blanc

Le 21 juin, la plus longue et la plus étrange journée de ma vie débuta. Alwena me réveilla à l'aube et m'entraîna dans le jardin. La terre n'avait pas encore rendu l'humidité de la nuit, l'herbe, les feuilles et les plantes étaient perlées de milliers de gouttelettes. Derrière nous, seule la pointe du Menez Hom était éclairée par le soleil qui se levait lentement.

Nous commençâmes nos ablutions par la figure, les mains et les bras avec la rosée du matin, un rituel millénaire répété par des générations de druides et de Celtes avant nous.

Les gestes de l'ovate étaient gracieux et doux. Elle était très belle. Pas une beauté de poupée Barbie mais plutôt celle d'une fée, ou d'une nymphe sortie d'un conte fantastique. *Pas étonnant que Bertrand la kiffe !*

Quand elle estima que nous étions purifiées, elle se tourna vers moi, les traits débarrassés de toute trace de sommeil.

– Maintenant nous allons cueillir les neuf plantes rituelles qui seront offertes au bûcher ce soir, tu t'en souviens ?

Et comment! Le jardin de Maria était l'endroit où j'avais passé le plus clair de mon temps depuis le déménagement.

– Oui, il y a le thym, la sauge, le romarin, le trèfle, la jusquiame, la primevère, la verveine, la menthe et la belladone, récitai-je.

– Parfait, tiens, tu utiliseras la serpe de Maria.

Je souris. *Panoramix n'a qu'à bien se tenir!*

Notre cueillette achevée, Alwena s'assit près de moi :

– Prenons un moment pour admirer le soleil se lever. C'est aujourd'hui le jour le plus long de l'année, la fête de la lumière et de son astre. Le soleil devient victorieux. Aujourd'hui s'ouvre la porte d'immortalité.

Elle ferma les yeux et je contemplai les rayons caresser son beau visage. Je compris qu'elle s'emplissait d'énergie. J'eus moi aussi envie de ressentir la chaleur du soleil sur ma peau lavée par la rosée du matin. Il fallait que je trouve en moi assez de force pour ce qui allait venir. Comme si elle avait lu dans mes pensées, l'ovate murmura :

– Ne t'inquiète pas, nous sommes protégées par Dana.

– Dana ? demandai-je comme s'il s'agissait d'une vieille copine de bridge de ma grand-mère.

– Dana, la déesse mère, répondit-elle en conservant les paupières closes. Dana est la déesse de la fertilité et de la prospérité. Elle règne sur tous les autres dieux celtes. On les appelle les Tuatha Dé Dânann en gaélique, le peuple de Dana.

– On dirait une légende...

Alwena ouvrit les yeux.

– C'est plus que cela, c'est un héritage que tu portes en toi. Tu verras, tu le ressentiras tout à l'heure comme une évidence.

Le soir venu, Alwena alluma la bougie du petit autel, enfila sa tunique rituelle et proposa à Bertrand de conduire. La cérémonie n'avait pas lieu au Menez Hom, trop fréquenté par les randonneurs et les touristes, mais dans un lieu sacré situé aux alentours de Plonevez-Porzay, à quelques kilomètres de là.

Nous roulâmes les fenêtres grandes ouvertes. Le vent était encore tiède. Je regardai le paysage de champs, de bosquets et de lande défiler. Je tentai de me détendre même si, au fond de moi, je sentais l'angoisse monter. Qu'allait-il au juste se passer ce soir ? Serais-je à la hauteur ?

Au bout d'un quart d'heure, nous arrivâmes devant un porche de pierres très ancien, fermé par une grille qu'un homme en longue robe blanche ouvrit aussitôt. Notre voiture s'engouffra dans une large cour et nous découvrîmes un vieil édifice couvert de lierre. Alwena demanda à Bertrand de couper le moteur tandis que le portail se refermait derrière nous. J'avais la gorge sèche. Plus question de faire marche arrière cette nuit.

Nous rejoignîmes un groupe de personnes vêtues de saies et de tuniques blanches. Certaines portaient des torques autour du cou, un lourd collier de métal où je reconnus la croix celtique. Abigail était présente, majestueuse dans ses vêtements immaculés et son voile de grande druidesse.

On nous présenta et tous nous souhaitèrent la bienvenue. Je sentis les regards s'attarder sur moi lorsque Abigail expliqua que j'étais la petite-fille de Maria. J'eus besoin de me rapprocher de mes frères. *Eh, n'attendez pas trop de moi, je suis qu'une ado !*

Abigail ordonna à chacun de prendre sa place. Un vieil homme aux cheveux blancs et ondulés que je n'avais pas remarqué prit la tête du mouvement en levant un glaive devant lui. Comme me l'avait expliqué Abigail pendant ma préparation, il était le héraut, le maître de cérémonie. Un chant débuta que je ne compris pas mais que je devinai être en gaélique. La troupe se mit en marche.

À côté de moi, les garçons n'en menaient pas large non plus. Les jumeaux s'accrochaient à leurs épées. Nous suivîmes un sentier qui nous éloigna du manoir et nous nous enfonçâmes dans la végétation touffue des arbres qui entouraient le domaine. *On croirait les elfes du* Seigneur des anneaux.

Enfin, nous débouchâmes dans une clairière et nous découvrîmes trois cercles de pierres. Immédiatement je sus qu'ils avaient été tracés très longtemps auparavant, sans doute par les anciens peuples. Depuis des siècles, les druides protégeaient et cachaient ces cercles alors que leurs autres lieux de culte comme les dolmens et les menhirs étaient devenus des attractions. Je pénétrais dans un lieu intact que les civilisations modernes n'avaient pas atteint. Je frissonnai.

La procession fit trois fois le tour du cercle extérieur puis s'immobilisa au nord. Puisque nous n'étions pas initiés, mes frères et moi, nous ne devions pas le franchir. Comme nous l'avait demandé Abigail, nous nous déployâmes tout autour.

Le vieux druide au glaive se rapprocha du cercle intérieur, où étaient entassées les branches qui alimenteraient le bûcher. Avec prestance, il se tourna vers les quatre points cardinaux et pour la première fois j'entendis sa voix :

– Que la paix soit au nord ! Que la paix soit au sud ! Que la paix soit à l'est ! Que la paix soit à l'ouest !

Je sursautai lorsque tout le monde clama à l'unisson :

– Que la paix soit pour toute la terre !

Puis le héraut salua Abigail avec son glaive et elle lui donna l'ordre de tracer les trois cercles. Comme les pierres étaient déjà positionnées, il se contenta de suivre leur contour.

Mon regard fut bientôt attiré par les gestes du maître du feu qui installait le bûcher avec les essences d'arbres sacrés. Hypnotisée, je contemplai Alwena y planter les herbes rituelles cueillies le matin et j'entendis un air de harpe monter dans le soir. Un barde jouait une mélodie envoûtante dans la clairière. Lentement, la silhouette d'Abigail se dessina dans mon champ de vision : elle alluma le bûcher en trois endroits. Ses gestes étaient précis et sûrs.

La harpe se tut tandis que le feu s'élevait lentement. Il fut accompagné d'un nouveau chant. Le chant du feu.

Absorbée par les flammes rouges et orangées qui commençaient à danser, je ne sentais plus mon corps. J'eus l'impression d'être attirée par la fleur brûlante qui grossissait dans la nuit. Quelle heure était-il ? Depuis combien de temps étions-nous là ? Plus rien n'avait d'importance. Je n'avais jamais rien vu d'aussi fascinant.

Deux mains ridées se levèrent et la grande druidesse magnétisa le bûcher tandis que les voix montaient vers les étoiles. Tout brillait, les flammes, les tuniques blanches, les visages, les épées, la nuit même. Une onde tiède m'atteignit en pleine poitrine. C'était la même sensation de chaleur qui se répandait à chaque fois qu'Abigail levait les bras, mais avec beaucoup plus de puissance. Je fus clouée sur place, happée par le bûcher qui brûlait, brûlait, brûlait...

Abigail y jeta de l'eau pour symboliser la fusion des cinq éléments, le bois craqua, de la fumée s'échappa. Ce fut à ce moment que j'entendis sa voix.

– Katell, Katell...

Maman ! C'était elle, je savais qu'elle était là tout près mais je n'arrivais pas à détacher mes yeux du feu.

Je tentai de l'appeler, aucun mot ne sortit de ma gorge. J'étais paralysée. *Maman ! Oh maman !*

– Katell, Katell, ils vont arriver, écoute-moi.

Mon cœur s'emballa tandis que j'essayais de crier sans y parvenir. Et tout à coup, je la vis. Là, au milieu du feu. Elle me regardait. J'ouvris la bouche pour hurler, en vain.

– Katell, je vais bien, écoute mon message. Ne me cherchez pas. Restez avec Abigail. Je me suis enfuie et je me cache. Katell, la coupe de Maria, il faut que tu...

Je sentis mes jambes flancher tandis que le feu vacillait.

Non, maman ne pars pas ! Mais sa voix s'affaiblissait.

– Katell, la coupe est sur...

Elle disparut au milieu des flammes et je m'effondrai sans force. *Maman ! Maman !* J'entendis autour de moi des pas précipités et des mains qui tentaient de me relever. Mais je ne voulais pas. Je voulais encore fixer le feu et entendre la voix de ma mère.

On me secoua et on m'ordonna d'ouvrir les yeux. J'étais trop faible. J'eus l'impression de tomber à nouveau alors que j'étais déjà au sol. Je perdis connaissance.

De forêt et de marche

Je repris conscience en entendant quelqu'un hurler :
– Ils arrivent, ils sont là...
– Reprenez votre place ! Bertrand, Simon et Richard, emportez Katell derrière ces chênes, vite ! ordonna Abigail.

Des mains et des bras me soulevèrent en hâte. J'eus l'impression de voler. En quelques secondes, je sortis de la lumière du feu et me retrouvai au milieu des fougères à l'abri de gros troncs couverts de mousse sèche. La fraîcheur de la terre me redonna de la vigueur. Je tentai de parler. Malgré la pénombre, je distinguai les visages rongés d'inquiétude de mes frères penchés sur moi.

– Maman, c'était maman...
– Chut ! Ne parle pas ! Pas maintenant, murmura Bertrand.

Soudain l'air s'immobilisa, le bruit des feuilles dans les arbres cessa et la voix d'un homme résonna dans la clairière sacrée. Ce n'était pas une voix, c'était un son échappé d'un tombeau, un grondement gelé arrachant la peau et l'âme. Je me figeai.

– Good evening ! Quel honneur de vous voir tous réunis pour nous accueillir, moi et mes hommes !

Mon sang se glaça.

– C'est Sir John et dix mecs avec des flingues ! chuchota Richard, la main crispée sur le pommeau de son épée.

Je tentai de me redresser. Mes bras tremblaient. Bertrand me soutint.

Des hommes en treillis, lourdement armés, s'étaient déployés le long du tracé des pierres millénaires. À leur tête, un vieil homme maigre en costume trois-pièces. Ses cheveux, sa peau, ses vêtements, étaient couleur de cendre, couleur de mort. Là où il posait le pied, l'herbe semblait pourrir. Il était venu pour voler, tuer et rire. Sa fausse politesse résonna comme une menace. Il ne souriait pas, il affûtait ses crocs.

– Abigail, my dear, vous pourrez reprendre le cours de votre cérémonie dès que vous m'aurez remis ce que je vous ai demandé.

– Où est Marie-Anne ?

– The cup first !

Il avait hurlé et son regard injecté de sang était devenu bestial. Nous étions ses proies et il perdait patience. Ses hommes pointèrent leurs armes sur la druidesse. Un seul geste de sa part et ils l'exécute-raient. Je devais absolument la prévenir que maman s'était enfuie avant qu'il soit trop tard.

– Bertrand, ils ne l'ont pas, articulai-je faiblement.

– Chut, tu vas nous faire repérer !

– J'ai vu maman dans le feu, elle m'a parlé…

– Chut, Kat ! Tais-toi !

– Non, il bluffe.

– Quoi ? intervint Richard. Qu'est-ce que tu dis ?

– Maman s'est enfuie et elle se cache. Sir John ne sait pas où elle est !

Ils me fixaient de leurs trois paires d'yeux.

– Il faut prévenir Abigail, murmurai-je.

Dans le cercle de cérémonie, Sir John marchait droit sur l'Irlandaise.

– La coupe, je veux la coupe ou Marie-Anne subira le même sort que Maria !

Subitement, Richard leva son épée et je le vis sortir de l'ombre d'un bond et sauter par-dessus les fougères. *Richard, non !*

– T'auras rien, putain d'Anglais ! T'as plus de prisonnière ! cria-t-il.

Immédiatement, les hommes de Sir John dirigèrent leurs pistolets vers mon frère. Sa vie ne tenait plus qu'à une pression de doigt sur la détente d'une arme. Dans un silence de mort, le rire glacial et tranchant de Sir John résonna :

– What ? Qui c'est celui-là ! Tu crois me faire peur, boy, avec ton épée ?

– Il a raison !

Simon, Bertrand, pas vous ! Mes trois frères étaient maintenant à découvert. Les mercenaires ne se retiendraient pas longtemps pour les abattre. *Les pauvres fous...*

– Nous sommes des chevaliers et nous savons qu'elle s'est enfuie !

– Des chevaliers ! Vous vous croyez dans une fête médiévale, petits morveux ?

– Répondez, Sir John ! Ces garçons disent-ils la vérité ?

Le ton d'Abigail était dur comme la roche. Tandis qu'elle parlait, une onde tiède vint jusqu'à moi. Qu'allait-elle tenter contre cet homme ?

– Je ne partirai pas sans la coupe !

– Vous ne l'aurez pas !

Désormais l'onde nous enveloppait complètement, Abigail nous tenait entre ses mains, pourtant Sir John ne semblait rien remarquer, aveuglé par sa haine.

– Je n'ai qu'un geste à faire ! Le flegme britannique a ses limites, surtout envers les Irlandais !

Soudain, une lumière aveuglante jaillit du bûcher. L'air s'embrasa et les herbes sèches de la clairière ne résistèrent pas aux étincelles qui avaient fusé du foyer comme des balles. Des cris et des coups de feu retentirent. Des ombres en toges blanches couraient dans la nuit, les masses sombres des hommes de l'Anglais tiraient au hasard au risque de s'entretuer.

Je parvins à me traîner à travers les arbres pour échapper au feu. Je ne savais pas où étaient mes frères, encore moins Abigail. Devant moi, un druide tomba lourdement. Je crus un instant qu'il était mort. Mais il se redressa en se tenant la jambe. Du sang teinta ses mains et ses manches. Je reconnus le héraut qui avait guidé la procession.

Un barde se précipita à son secours. Avant qu'il puisse l'aider, le vieux druide me désigna d'un geste. Aussitôt, le barde m'emporta sur son dos et s'enfuit dans la forêt aussi vite que possible, laissant le blessé derrière nous.

L'écho des cris et des combats se fit de plus en plus lointain. Enfin, nous n'entendîmes plus que le murmure de la nuit et des arbres. Le barde s'arrêta et me déposa à terre pour reprendre son souffle.

Je n'avais pas eu le temps de contempler son visage. Il était plutôt jeune comparé aux autres druides, sans doute une trentaine d'années.

– Comment ça va ? me demanda-t-il d'une voix essoufflée.

– Ça va. Merci de m'avoir sauvée. Comment tu t'appelles ?

– Mael.

Il avait les cheveux très courts et l'allure d'un sportif. Il ne ressemblait pas du tout à l'image que je me faisais d'un barde.

– On va attendre ici ? m'inquiétai-je.

– Non, j'ai juste besoin de récupérer un peu. La route n'est pas loin. Après nous allons devoir marcher.

– Et les autres ?

– Ils nous retrouveront plus tard. J'imagine que tout le monde s'est dispersé.

Ouais, j'ai eu le flip de ma vie.

– Tu penses qu'il y a des blessés ?

Je n'osais pas dire « morts », j'avais trop peur que la cérémonie se soit terminée en bain de sang.

– Nous étions sous la protection des astres, nous avons eu le temps de procéder à nos incantations. Les forces de la nature nous accompagnaient. Abigail a choisi le bon moment.

– Tu veux dire que l'explosion était prévue ?

– Oui, nous comptions sur l'effet de surprise pour désorganiser Sir John et ses hommes.

C'est ça le grand pouvoir des druides ? Des tours de passe-passe ? De la poudre aux yeux ? J'étais atterrée. Abigail était-elle vraiment en mesure de nous protéger ? Où étaient mes frères qui s'étaient battus avec de simples épées face à des hommes armés jusqu'aux dents ?

– Et le druide blessé à la jambe? demandai-je. *Les forces du cosmos n'avaient pas empêché des balles de transpercer son corps.*

– Espérons que ce ne soit pas trop grave. Alwena connaît la médecine qui soigne ce genre de blessure.

Nous reprîmes notre marche en silence. Je n'avais qu'une angoisse, que mes intrépides frères se soient fait tirer dessus. Bientôt, nous atteignîmes la route.

Nous avançâmes un temps infini sans croiser une seule voiture. Il devait déjà être très tard ou peut-être même très tôt. N'était-ce pas la nuit la plus courte de l'année?

Soudain, au loin, des phares apparurent. Mael me fit signe de me cacher dans le fossé. Pourtant, je ne bougeai pas. Mon instinct me soufflait que je ne craignais rien. La lumière des phares nous cloua sur place comme des insectes nocturnes. Le véhicule s'arrêta à notre hauteur. Une portière s'ouvrit et j'entendis la voix de Bertrand :

– Kat! C'est nous! Kat!

De bleus et de couette

De retour sains et saufs à l'ostaleri gozh, mes frères me racontèrent la fin des combats. Comme l'avait expliqué Mael, l'incendie, la fumée et la panique avaient empêché les mercenaires de s'organiser. Seul le héraut avait été blessé. Alwena l'avait soigné sur place une fois les attaquants mis en déroute. Quant à mes frères, ils s'étaient jetés dans la mêlée, l'épée au poing, pour tenter de désarmer les hommes de l'Anglais.

– On voulait leur donner une leçon ! Ça a frité dur !

– Ça a déchiré !

Le chaos provoqué par l'explosion avait forcé Sir John et ses sbires à battre en retraite. La partie était perdue, ils s'en étaient retournés bredouilles. Ne leur restait que leur haine à digérer.

Mes frères, *ces héros*, étaient encore pleins d'adrénaline. J'eus droit au résumé désordonné de leurs exploits. Je ne compris pas qui frappa qui et qui désarma qui, ils étaient indemnes, c'était le principal.

Seul Richard avait un œil violacé et injecté de sang mais il était ravi de montrer qu'il était un « sacré cogneur ». Je ne comprenais pas comment ils pouvaient s'amuser des événements de la soirée. *Quelqu'un aurait pu être tué !*

– L'explosion du bûcher nous a servi de protection. On avait une armure de lumière ! C'était d'enfer ! Les pouvoirs des druides sont vraiment géniaux.

– Ouais et nos épées étaient magnétisées, on se serait crus dans *Star Wars* en 3D !

Ben voyons... Et vous étiez immortels ! Et Abigail était Wonder Woman ! Bande de cinglés !

J'eus l'impression d'être la seule à évaluer la gravité de la situation. Mes frères se prenaient pour des stars de catch qui font semblant de se battre comme des demi-dieux sans qu'il leur arrive jamais rien. *À part peut-être un claquage et encore !* Heureusement, Abigail apparut et calma leurs ardeurs. J'espérais qu'elle allait nous fournir des explications. Elle s'assit à la table de la cuisine et posa ses mains ridées sur le bois. Elle jeta un coup d'œil au petit autel où la bougie restait allumée puis se tourna vers moi.

– Katell, je crois que tu as un message pour nous.

Avec leurs singeries, j'en avais oublié l'essentiel.

– J'ai vu maman, commençai-je, dans le feu...

– Le feu... J'aurais dû y songer, murmura la grande druidesse, et dire que nous avons passé tant de temps à tenter de communiquer à travers l'eau.

– Pardon ?

– Je pensais que, comme ta mère et Maria, tu pouvais lire les événements ou entrer en contact avec les morts et les vivants grâce à l'eau. En fait, c'est le feu que tu sais ouvrir, c'est un don très rare... Mais qu'a dit Marie-Anne ?

Je n'eus pas de mal à me remémorer les paroles de ma mère, sa voix était gravée en moi.

– Elle va bien. Elle se cache.

– Où ? demanda Richard qui avait enfin décidé de plaquer un sac de petits pois congelés sur son œil.

– Je ne sais pas...

– C'est pour ne pas vous mettre en danger. J'imagine qu'elle va rester cachée jusqu'à ce que nous ayons mis la main sur la coupe de Maria ?

– Elle n'a pas eu le temps de me dire où elle se trouvait.

Abigail réfléchit un instant :

– Katell, je crois que nous allons continuer ta formation. Nous avons maintenant un élément clé pour avancer : tu parles la langue du feu...

– Mais, et Sir John ? s'inquiéta Simon.

– Sans Marie-Anne et la coupe, il va devoir réviser ses plans. Cela nous laisse du temps pour retrouver la coupe de Maria.

– Abigail, lançai-je, il faut qu'on se protège mieux. Ils étaient armés !

– Oui, mais le cercle de protection a fonctionné, je les maîtrisais.

– Tu veux dire qu'ils étaient sous hypnose comme papa ?

– Non, je ne peux pas hypnotiser autant de personnes à la fois. Toutefois je peux éviter que la mort les accompagne.

– Pourtant le héraut a été blessé.

– Oui, la vie peut se montrer imprévisible...

≈≈≈

Abigail prit congé en nous conseillant de nous reposer. Il était quatre heures du matin pourtant nous n'avions pas envie de nous coucher. Une fois la druidesse partie, Richard proposa :

– Bon, on va à la fête des premières ? J'ai promis à Nol.

– Tu as vraiment envie de faire la fête ? demandai-je. *T'es malade !*

– En tout cas, j'ai pas envie de dormir ! On a une bonne baston à célébrer !

Mes frères avaient besoin de se défouler. C'était leur façon à eux de se décharger de leur angoisse et de leur trop-plein d'adrénaline. *Après tout, ce ne sont que des garçons.*

– Allez-y sans moi. Je suis crevée. Je vais attendre Alwena.

Le 4x4 démarra et je demeurai seule dans l'ostaleri gozh. Je rallumai la bougie de l'autel qui menaçait de s'éteindre et contemplai la croix celtique. Petit à petit, une émotion monta en moi. Malgré notre « victoire » comme avait dit Richard. J'étais bouleversée. J'éclatai en sanglots. Il fallait que ça sorte.

Je me dirigeais vers la cuisine pour récupérer des mouchoirs quand je vis sur le buffet le téléphone qui avait été scotché après être tombé des mains du capitaine. Sans réfléchir, je composai le seul numéro de portable que je connaissais.

– Allô ?

– Allô, Nol, c'est Kat !

– Oh, Kat, pourquoi t'es pas là ? Richard vient d'arriver ! Eh tu as vu son œil ?

Malgré le bruit assourdissant de la musique, je décelai de la fierté dans sa voix. Elle sortait avec un vrai bad boy.

– Écoute, j'ai un service à te demander.

– Quoi ? J'entends rien avec la sono !

– J'ai besoin que tu m'emmènes quelque part !

– Tu veux que je vienne te chercher ?

– C'est pas loin. S'il te plaît !

– Oh t'es pas drôle ! T'avais qu'à venir avec Richard !

– C'est très important.

– Bon j'arrive! Mais tu fais chier!

Je souris. Nolwenn était ma meilleure amie, la sœur que je n'avais pas. En l'attendant, je griffonnai un mot pour que mes frères ne s'inquiètent pas de mon absence sans leur révéler où j'allais.

≈≈≈

Nol arriva quelques minutes plus tard. Elle portait une mini-jupe en jean et un micro-top. Elle avait dû faire impression.

– Bon, on va où?

– À Pors Ar Vag, dis-je en refermant la portière.

– Qu'est-ce qu'on va faire à Pors Ar Vag à cinq heures du mat? T'es givrée!

Le jour pointait. La route jusqu'à l'école de voile me parut longue et courte à la fois. Je ne savais pas pourquoi je devais aller là-bas, c'était plus fort que moi. Je savais juste qu'il y était.

– C'est Tristan, hein? demanda Nolwenn en stoppant sa 206. Tu ne veux pas m'expliquer?

– Pas ce soir. Un jour, promis, je te revaudrai ça.

– J'espère que tu sais ce que tu fais.

– Moi aussi... Allez sauve-toi, Richard t'attend.

Elle me laissa seule devant la baraque de l'école de voile. Je frappai à la porte, ne sachant pas trop ce que j'allais dire. Derrière moi, les vagues se réveillaient. La plage reprenait des couleurs. Il faisait presque jour. La porte s'ouvrit et il apparut. Les yeux gonflés de sommeil et les cheveux en broussaille dans un vieux tee-shirt de surf délavé et un short de plage qui devait lui servir de pyjama.

– Kat? s'étonna-t-il.

– Je peux entrer ?

– Ouais bien sûr.

Il s'écarta en se frottant la tête.

– T'es pas à la fête des premières ? s'étonna-t-il, tout le monde y est.

– Tout le monde sauf nous.

La fatigue s'abattit sur moi d'un coup. Comme si j'étais enfin arrivée à destination après un voyage éprouvant.

– J'ai besoin de m'asseoir.

Il débarrassa une chaise de jardin où étaient entassées des bouées en mousse.

– Pourquoi tu n'es pas repassé après l'enlèvement ?

Il me fixa de ses yeux clairs et je sus que j'avais eu raison de venir. *Pourquoi je n'ai pas osé plus tôt ?*

– Je veux rester en dehors de tout ça. Je ne veux pas m'en mêler parce que mon père est druide et qu'on est en froid. On ne se voit presque plus, je préfère squatter à l'école de voile. Je veux que ma vie reste normale...

– Il y a eu une attaque ce soir.

– Quoi ? Qui a été attaqué ?

– Les druides, pendant la cérémonie de Beltane, par les hommes de Sir John.

Je lui racontai rapidement ma vision dans le feu et l'explosion de lumière. Je finis par lui dire que seul un vieux druide avait été légèrement blessé et que Richard avait un œil au beurre noir.

– Si j'avais su... Et toi, ça va ?

C'était la première fois de la soirée – *non la première fois depuis des années* – qu'on se préoccupait de savoir si j'allais bien. J'en fus bouleversée.

– Ça va, merci. J'avais besoin de parler à quelqu'un qui me comprenne.

Il sourit. Je le trouvai plus beau que la première fois que je l'avais vu.

– Tu veux un chocolat chaud ? C'est presque l'heure du petit-déjeuner, ça te fera du bien.

– Merci. Je peux rester ici cette nuit, enfin pour ce qu'il en reste ? demandai-je, intimidée tout à coup.

– Bien sûr. C'est dimanche, on peut dormir tard, personne ne viendra nous dire qu'il est l'heure de se lever !

Tristan fit chauffer du lait sur un petit réchaud à gaz au fond de la baraque. Il s'était installé une sorte de mini-cuisine. Cela devait faire un bout de temps qu'il vivait là. Il s'était organisé. Nous nous assîmes sur le perron, nos tasses fumantes à la main. Devant nous, le soleil se levait. Le sable passa du gris au blanc. La mer devint bleue.

Quand nos tasses furent vides, nous montâmes dans sa mezzanine où il avait installé un matelas entre les kayaks.

– Ce n'est pas le grand luxe, désolé.

– C'est parfait.

Je décidai de dormir en tee-shirt. *Trop tard pour faire des manières.* Je m'allongeai, épuisée. Je ne voulais plus penser à rien. Tristan déploya la couette pour que nous n'ayons pas froid. Je sombrai aussitôt dans le sommeil et les bras de Morphée ressemblèrent étrangement à ceux de Tristan.

Brasparts, monts d'Arrée, duché de Bretagne, 1251

Le sentier serpentait à travers la lande. La brume du petit jour resta longtemps accrochée aux ajoncs et à la bruyère du chemin des monts. Vers la fin de la matinée, le temps se dégagea et le soleil apparut, haut dans le ciel.

Moïra détacha sa cape. Elle commençait à avoir chaud. Depuis leur départ, elle n'avait pas échangé une seule parole avec sa mère. Elle avait cueilli ici et là quelques plantes dont elle connaissait les vertus. Dans leur fuite précipitée, elle n'avait pas pu emporter sa pharmacie, sa cueillette leur serait utile au cas où elles devraient se soigner en urgence.

Depuis plusieurs années, Moïra apprenait à reconnaître et utiliser les herbes médicinales. Cela faisait partie de sa formation d'ovate mais c'était surtout un geste naturel, un don qu'elle avait hérité de sa mammgozh, une passion qu'on se transmettait de mère en fille et de grand-mère à petite-fille.

Quand le soleil fut au zénith, Anna proposa de se restaurer et de se reposer. Elles marchaient depuis plusieurs heures, nul doute qu'elles atteindraient Brasparts avant la nuit.

Elles s'assirent sur une petite butte et mangèrent en silence. Devant elles, les crêtes du Menez Kador se doraient sous les rayons de midi.

Quand elle eut achevé son repas, Moïra demanda :

– Maman, marcherons-nous vraiment jusqu'à Saint-Jacques-de-Compostelle ? Est-ce là-bas que nous devons cacher la sagesse des druides ?

Sa fille avait raison, elle devrait la mettre au courant au cas où elles seraient séparées.

– Nous sommes proches de la fin de notre voyage. Si jamais malheur devait m'arriver, continue vers l'ouest, jusqu'à ce que tu trouves la dernière montagne avant la grande mer. Ne t'arrête que lorsque tu seras certaine d'être au bon endroit. La déesse Dana guidera tes pas.

En parlant, elle avait instinctivement posé la main sur sa besace et le secret qu'elle protégeait. La pierre millénaire des ancêtres ne devait pas tomber entre les mains des soldats.

– Allons, debout, ce soir nous dormirons chez une famille amie.

La mère et la fille reprirent leur marche silencieuse à travers la solitude des monts, emportant avec elles l'histoire sacrée des druides et leur destinée gravée dans la roche.

Lia Fail,
la Pierre de la destinée

De sel et de papier

Le bruit du ressac et le vent tiède m'arrachèrent au sommeil. J'avais la sensation d'avoir dormi une vie entière. J'étais seule dans le lit. En bas, la porte de la baraque était ouverte. Le soleil était déjà haut, il devait être très tard.

Je lézardai un peu, pelotonnée dans la couette qui avait l'odeur salée des embruns. J'étais heureuse d'être là. Je bâillai un grand coup et m'étirai comme un chat. Pour le moment, maman était saine et sauve. Je devais juste mettre la main sur cette fichue coupe. La situation aurait pu être pire.

Et surtout j'avais dormi avec Tristan. Je rougis instantanément. *Allez Kat, il ne s'est rien passé, sois pas mytho !*

Je finis par me lever.

Lorsque Tristan me vit sur le seuil, il me fit de grands signes. Il chahutait dans les vagues. Je restai un moment à le regarder. J'hésitais, je n'avais pas de maillot de bain. Comme la plage était déserte, je pris mon courage à deux mains et décidai de me baigner en sous-vêtements. Je priai juste pour qu'ils ne soient pas transparents une fois mouillés.

Entrer dans l'eau fut plus difficile que prévu. *La vache, elle est glaciale!* J'avançais lentement, crispée par le froid mais bien décidée à ne pas passer pour une mauviette de Parisienne. *J'ai l'impression de nager pour quitter le* Titanic. Mes cuisses devinrent couleur écrevisse trop cuite, comme mordues par des vagues venues directement du cercle polaire.

Tristan me tendit la main.

– Elle est bonne une fois qu'on est dedans.

Tu parles.

Je la saisis en me retenant de la serrer trop fort tellement j'étais frigorifiée. Au prix d'efforts surhumains je m'immergeai jusqu'au ventre. Je suivis Tristan dans les remous. Nous plongions dès qu'une grosse langue d'écume se présentait. Je passais mon temps à boire la tasse. Cela nous fit rire. Lorsque mes lèvres virèrent au bleu, il suggéra qu'il était temps de nous sécher.

– Tu bois tellement d'eau que la mer va disparaître si tu continues!

Je l'éclaboussai en représailles. Cinq minutes plus tard, je m'emmitouflai dans la grande serviette de plage qu'il me posa sur les épaules. Je grelottais. Pour nous réchauffer, il prépara du chocolat chaud avec le reste de lait et sortit un paquet de BN.

– La prochaine fois, je prévoirai les croissants!

La prochaine fois? Oui, je veux bien qu'il y ait une prochaine fois.

Petit à petit, mon corps reprit sa température normale. Je cessai de trembler. Je pus à nouveau sentir mes orteils. Devant nous, des promeneurs apparurent et des familles installèrent leurs parasols. Nous étions dimanche, je l'avais presque oublié, comme si le fil des jours ne comptait plus.

– Kat, hier tu as dit qu'un druide avait été blessé.
– Oui, c'était le héraut. Tu le connais ?
– Le héraut, tu es sûre ? Celui qui était à la tête de
la procession ?
J'acquiesçai en croquant dans un troisième BN.
– Alors c'est mon père...
– Oh je suis désolée ! Il est touché à la jambe.
Alwena est restée le soigner. Je pense qu'il va bien.
Il ne répondit pas. Il regardait au loin, par-delà les
vagues. Je ne sus pas s'il était triste ou en colère, ni
même s'il éprouvait un sentiment quelconque.
– Tristan, ça va ?
– J'ai un truc à te montrer. Viens, habille-toi. Je n'ai
pas de douche mais tu peux utiliser le tuyau d'eau
qui sert à rincer les gilets.
J'enfilai rapidement mes vêtements sans oser lui
poser de questions. Une poignée de minutes plus tard,
j'étais assise derrière lui sur le quad, mes cheveux
mouillés séchant au vent. *Tant pis pour mes oreilles.*
Nous zigzaguâmes le long de petites routes de
campagne. Je m'accrochai à lui, retrouvant avec plai-
sir la sensation de liberté que j'avais éprouvée lors de
la course-poursuite avec mes frères.
Je reconnus la grille en fer forgé et le porche de
pierre. Nous étions de retour au manoir de la veille.
Sous le soleil de l'après-midi, l'endroit, bordé d'hor-
tensias bleus, était beaucoup moins inquiétant.
Tristan se gara dans la cour et me fit face :
– Bienvenue chez moi.
J'étais interloquée.
– C'est chez toi ici ?
– Oui, le manoir de Moëllien est celui de ma
famille.
Mais oui ! Nol l'a appelé Tristan de Moëllien !

– Tu es noble, alors ? demandai-je entre admiration et envie de rire.

– Faut croire, dit-il d'un œil malicieux en me montrant son tee-shirt jaune usé avec le logo de l'école de voile et ses tongs brésiliennes râpées.

Je ris. Il ne ressemblait pas à un seigneur retrouvant son château.

– On passe vite fait voir comment va mon père et après je te montre un truc.

Je le suivis dans sa majestueuse demeure d'un autre temps. L'atmosphère du lieu avec ses grandes cheminées, ses portraits d'illustres ancêtres, ses antiques tentures, ses larges escaliers en pierre aux marches usées et ses hauts plafonds, m'impressionna.

Tristan frappa et poussa une vieille porte qui donnait sur une vaste chambre au parquet ciré. Je reconnus l'homme aux cheveux blancs qui avait porté le glaive la veille. Il était alité, sa jambe bandée dépassant des draps. Il nous souhaita la bienvenue :

– Ah Tristan, je me doutais que tu viendrais aujourd'hui, ça fait bien un mois que je ne t'ai pas revu !

– Bonjour, père. Katell m'a appris pour votre blessure.

Quoi, il vouvoie son père ?

– Bonjour Katell. Merci de m'avoir amené Tristan. Comment vas-tu depuis hier ?

– Ça va merci, dis-je d'une toute petite voix.

J'avais plutôt envie de me faire oublier.

– Nous ne restons pas, je voulais juste savoir comment vous alliez.

Tristan parlait d'une voix neutre. Comme il l'avait dit, il était en froid avec son père. *C'est plus que froid, c'est un gros morceau de banquise !*

Le vieux druide nous expliqua qu'Alwena s'était bien occupée de lui et avait retiré la balle. La blessure n'était pas très profonde. Il remarcherait bientôt normalement. Il devait se reposer pour que la plaie se referme correctement et parce qu'il avait perdu du sang. C'était tout ce que Tristan voulait savoir.

– Père, on doit partir, je reviendrai dans la semaine.

– Avant que tu t'en ailles, passe par mon bureau, le secrétaire est ouvert. Prends ce dont tu as besoin.

– Merci. À plus.

– Au revoir mon fils.

Nous nous retrouvâmes dans le couloir. La visite avait duré cinq minutes top chrono. En descendant l'escalier en colimaçon, je lui demandai :

– Et ta mère, elle est où ?

– Elle est morte quand j'avais onze ans.

– Oh, pardon !

C'est ce qui s'appelle « mettre les pieds dans le plat ». Je devinai que les problèmes entre Tristan et son père venaient de là. *Pas besoin d'être Freud.*

– T'inquiète, j'ai fait mon deuil. Tu ne pouvais pas savoir…

Puis il redevint gai et prit un air mystérieux.

– C'est la bibliothèque que je voulais te montrer…

Lorsque nous y pénétrâmes, j'eus le souffle coupé. L'endroit était une succession de pièces aux murs recouverts de rayonnages en bois remplis d'ouvrages dont certains semblaient avoir traversé les siècles. Ça sentait le vieux papier et le cuir. Ça sentait tout le savoir du monde… C'était comme un sanctuaire, un lieu où l'on chuchotait. Ici et là, dépassaient des

rouleaux jaunis et des pochettes en peau racornie. Je
n'osai toucher à rien. Je n'osai même plus respirer.

Tristan apprécia son petit effet et me laissa m'imprégner de l'atmosphère avant de se rapprocher de moi.

– Pas mal hein ?

On se croirait à Poudlard.

– C'est la bibliothèque de mon père, poursuivit-il,
on ne sait pas combien elle comporte de livres.

– Ton père les a tous lus ?

– Tu es folle ! Il y en a trop ! C'est tout ce que mes
ancêtres ont stocké depuis des siècles. Sans doute
depuis que l'écriture existe. Tu as devant toi la plus
grande bibliothèque druidique du monde. C'est pour
cela que Sir John l'a cambriolée. Heureusement, il
n'a pas trouvé ce qu'il cherchait !

– C'était quoi ?

– Ça...

Et il actionna une petite manette dissimulée entre
deux panneaux de bois qui déverrouilla un méca-
nisme caché derrière une lourde étagère.

– Aide-moi ! dit Tristan en la poussant.

Je m'empressai d'y ajouter mon poids de crevette.
Lentement, une pièce cachée apparut.

– Et voilà ! fit-il en écartant les bras. C'est ici que
sont entreposés les manuscrits sacrés des druides
depuis des millénaires.

Je n'en croyais pas mes yeux.

– Regarde, ce texte druidique vient d'Allemagne.

Il sortit d'une boîte une grosse pierre plate qui
ressemblait à une ardoise. Comme elle était très
lourde, il la posa par terre pour que nous puissions
la contempler. En nous penchant, nos cheveux se
frôlèrent. Immédiatement, je me recoiffai pour dissimuler mes oreilles.

Sur la pierre, une multitude de petits signes étaient gravés.

– Qu'est-ce que c'est ? demandai-je.

– Un texte en runes.

– Des runes ? C'est quoi ?

– Un alphabet.

– Ça veut dire quoi ? Tu sais les lire ?

J'étais impressionnée. *Tu dois avoir les yeux comme des balles de ping-pong...*

Tristan se concentra quelques secondes.

– Je ne sais pas tout déchiffrer. Ce symbole-là par exemple qui ressemble à une flèche vers le haut est un T, on dit Tiwaz, il représente le dieu Tir. Celui-ci à gauche en forme de parenthèse pointue est un K, on dit Kenaz, il représente la torche, le feu...

– Comment tu sais tout ça ?

– Ma mère était barde, elle s'occupait des traductions avec Maria. Avant de mourir, elle avait commencé à m'apprendre.

Je me sentis infiniment triste pour lui.

– Alors plus personne ne sait lire les runes ? Même pas ton père ?

– Si, mais ma mère et Maria avaient découvert des formules très anciennes sans avoir eu le temps de les déchiffrer entièrement. Cela représente des années de travail, mon père est trop vieux et Abigail n'a pas vu ce qui allait arriver.

Tristan rangea la pierre et ouvrit d'autres tiroirs.

– Qu'est-ce que tu cherches ?

– La Pierre de la destinée.

À nouveau ma curiosité se réveilla. Des antennes imaginaires sortirent de ma tête.

– C'est bizarre, je ne sais pas où elle est. Pourtant, elle est toujours rangée là.

– C'est des runes aussi ?

– Oui, sans doute le plus ancien texte druidique au monde. Il parle d'une prophétie. Décidément, je ne la trouve pas !

– Et qu'est-ce qu'elle raconte ?

– Selon la légende, elle désigne un druide extraordinaire.

– Avec des supers pouvoirs ?

– Ouais, mais ne t'attends pas à voir débarquer Superman ! dit-il en riant.

Je rougis.

– Il viendra quand ?

– On ne sait pas, il faudrait traduire le texte entièrement. C'est très compliqué, les runes sont d'abord des symboles, elles peuvent posséder plusieurs sens. En plus, comme la pierre est très vieille, une partie du texte est effacée et certains signes ne sont plus lisibles.

– Tu crois que Sir John la cherchait lorsqu'il a cambriolé la bibliothèque ?

– Peut-être, elle a beaucoup de valeur. En tout cas, il n'est pas près de la trouver, elle n'est plus là...

– On devrait peut-être prévenir Abigail ?

– Non, je ne veux pas me mêler de ça. Allez viens, Kat, on dégage. Il fait trop beau pour rester enfermés avec des vieux cailloux.

Nous refermâmes la pièce secrète avec précaution. Avant de partir, Tristan passa par le bureau de son père retirer de l'argent du secrétaire. En fourrant les billets dans sa poche d'un air gêné, il me dit :

– Dès que je peux me débrouiller seul, je coupe les ponts et je me barre ! Comme ça, je ne lui devrai plus rien.

– Tu sais Tristan, tu n'as que dix-sept ans.

– Bientôt dix-huit.

– OK, tu as bientôt dix-huit ans, c'est normal que ton père t'aide ! Il faut bien que tu vives. Tu mangerais quoi sinon ?

– Je sais, mais ça m'énerve.

Nous regrimpâmes sur le quad. Il était déjà tard. Je lui effleurai l'épaule.

– Je devrais rentrer chez moi.

Il me ramena en silence. Il dépassa le cloître de la petite église de Sainte-Marie-du-Menez-Hom et s'arrêta loin de la porte d'entrée de l'ostaleri gozh. Mes frères ne pourraient pas nous entendre à cette distance. Le faisait-il exprès ?

– Merci, dis-je en descendant, c'était une super journée.

Tu crois qu'il va t'embrasser ? C'est à toi de le faire ? Non, j'ai pas le cran.

– Ne parle à personne de la pièce des runes, d'accord ?

– Bien sûr, ça reste entre nous.

Tu n'auras pas de baiser mais tu partages avec lui un secret.

– Bon, ben salut, tu viens à Pors Ar Vag quand tu veux.

Il m'embrassa sur la joue et démarra avec précipitation. J'eus l'impression qu'il s'enfuyait, comme s'il avait peur de se brûler.

De runes et de frères

Je rentrai à la maison avec des ailes dans le dos. *Une vraie fée Clochette!* Alwena m'accueillit avec un sourire. Je fus soulagée qu'elle ne me pose pas de questions. Mes frères jouaient à *God of War*, avachis sur le canapé du salon, sans doute la gueule de bois. Nolwenn était là aussi, elle n'avait pas meilleure mine. Ils avaient dû passer une nuit blanche.

– C'était bien la fête? lançai-je.

– Salut Kat! répondit Nolwenn. Tu as loupé la meilleure soirée de l'année!

J'ai rien loupé du tout, si tu savais...

– Richard et ton œil?

– Ça va, ça va, j'attends qu'il dégonfle.

– La prochaine fois que tu laisses un mot, Kat, dis-nous au moins où tu es! Heureusement que Nol savait!

Ça m'énerve quand tu te prends pour le chef de famille, Bertrand!

Je me tournai vers mon amie qui m'avait trahie :

– Tu leur as raconté?

– J'étais bien obligée...

163

Je sortis sur-le-champ, furieuse. *Ils mériteraient tous que je leur balance leurs quatre vérités !* Je rejoignis Alwena dans la cuisine. Je m'assis sur le plan de travail. Elle était en train de ranger les ustensiles de décoction des plantes. Je devinai qu'il s'agissait des remèdes pour le père de Tristan. J'eus soudain envie de la sonder.

— Tu es au courant pour la prophétie ? lançai-je.

Elle se retourna vers moi, étonnée.

— Comment tu sais ça, toi ?

Bon, tu peux lui dire, de toute façon elle est au courant.

— Tristan m'a montré des runes.

— Ah oui, j'aurais dû m'en douter… Il t'a montré la Pierre de la destinée ?

— Non, il ne l'a pas trouvée.

Son expression changea. En une seconde, notre conversation devint grave.

— La pierre n'était pas dans la pièce des runes ?

— Non, elle n'y était pas.

— Il faut avertir Abigail !

Tout à coup, je réalisai l'importance de la pierre sacrée. Elle donnait à celui qui saurait la déchiffrer le pouvoir de connaître l'avenir.

Le téléphone sonna. Nous sursautâmes. Je sautai du plan de travail pour répondre afin que l'affreuse sonnerie cesse.

— Allô ?

— Allô Katell ? C'est papa.

Le capitaine…

— Ah, ça va ?

— Oui, et vous ? J'appelais pour savoir comment s'était passé le bac de français des jumeaux.

– Ils sont à la console.

– Passe-moi ta mère alors.

– Attends, ils arrivent, ne quitte pas !

Je posai précipitamment la main sur le combiné et hurlai :

– SIMON ! RICHARD ! C'EST PAPA, MAGNEZ-VOUS !

Je laissais aux jumeaux le soin de mentir au capitaine Salaün, je ne me sentais pas d'attaque pour raconter des craques à mon père. J'en avais marre de devoir trouver des mensonges à tout bout de champ. *J'ai l'impression de cultiver des salades !*

Nolwenn me fit signe qu'elle s'en allait. J'hésitai à la raccompagner jusqu'à la voiture car je n'avais pas envie de subir un interrogatoire sur ma nuit à l'école de voile. Heureusement, Richard passa le combiné à Simon et s'en chargea. Je montai dans ma chambre et retirai mes vêtements tachés par la nuit en forêt et raidis par l'eau de mer. J'enfilai mon pyjama préféré, le plus moelleux et le plus informe, et me jetai sur le lit.

Je restai un long moment sans bouger à contempler le Menez Hom devenir roux à la lueur du soleil couchant. La montagne sacrée semblait aussi lourde que moi, écrasée de fatigue. Pour elle également le solstice avait été une longue journée. Peu à peu, je me détendis. Je finis par m'endormir.

Le lendemain, le petit-déjeuner eut l'air d'un conseil de famille – un conseil de famille recomposée et un peu dingue avec deux druidesses à la place d'une mère recherchée par un historien anglais fou et d'un père capitaine sous hypnose. *Bientôt on sera aussi cinglés que les Simpson ou la famille Addams.*

– Les enfants, commença Abigail avec son élégant accent d'Outre-Manche, nous devons faire le point sur ce qui s'est passé ce week-end.

J'avalai d'un coup un demi-verre de jus d'orange en observant le boys band.

Les garçons n'ont pas l'air plus frais que moi.

– Le solstice d'été a modifié le rapport de force entre nous et Sir John. Mais nous ne devons pas nous reposer sur nos lauriers. Tout d'abord, Katell, tu dois absolument t'entraîner à lire dans les flammes. Ta formation continue. C'est très bien que tu n'aies plus besoin de retourner au lycée. Deuxièmement, nous devons récupérer la coupe de Maria. Grâce au don de Katell peut-être. Enfin, nous devons mettre en place une parade pour la prochaine intervention de Sir John et ses hommes. Car il reviendra, c'est certain, peut-être plus tôt que prévu.

Je pris la parole à mon tour :

– Et quatrièmement, nous devons retrouver la Pierre de la destinée !

Mes frères me fixèrent sans comprendre. Richard cessa de mâcher, des miettes collées au coin des lèvres. *Quoi ? Ne me regardez pas comme une tarée !* La grande druidesse aussi me scrutait mais avec une expression différente. Comme si elle essayait de me percer à jour. Elle finit par reprendre la parole.

– Katell a raison, la Pierre de la destinée a disparu. Cela peut avoir des conséquences graves.

– Mais c'est quoi cette histoire ? demanda Bertrand.

– Ouais, on aimerait bien être au courant ! s'écria Richard sans que les miettes se décollent du coin de sa bouche.

– C'est une pierre sur laquelle est gravé en écriture runique un texte très ancien. Selon la légende, il annonce la venue d'une personne avec des dons extraordinaires. C'est une prophétie que Maria et la mère de Tristan cherchaient à comprendre. Si ce texte était traduit et qu'il tombait entre de mauvaises mains, ce grand druide serait menacé avant même de maîtriser ses dons.

– Et il va venir quand ce super druide ? enchaîna Richard d'un ton sarcastique.

– On ne sait pas, aujourd'hui, dans mille ans…

– Pourquoi personne n'a encore traduit le texte ? intervint Simon.

– Parce que personne n'a encore réussi. Il s'agit de runes. Les runes ne sont pas des lettres mais des signes dans une langue dont seuls des rudiments nous sont parvenus. Tout est dans l'interprétation. Le temps a également beaucoup détérioré les gravures, c'est un peu comme un parchemin à moitié effacé qu'il faut deviner…

Nous restâmes silencieux un moment. *Un mystère de plus.*

– Elle a été volée, cette pierre ? demanda Bertrand qui voulait toujours montrer à Alwena qu'il s'impliquait plus que les jumeaux.

– Elle n'est plus dans sa boîte, c'est tout ce qu'on sait, dis-je.

– Tu m'as l'air bien informée ! C'est à se demander ce que tu as fabriqué avec ton Tristan dimanche ! Où vous êtes allés ? Il n'est pas net ce mec !

Richard, t'es qu'un débile !

– Ça ne te regarde pas ! C'est pas open bar ! Et
d'abord, il est vachement plus classe que toi ! Lui au
moins il n'a pas le QI d'un hamster !

– Oh mademoiselle « Je sais lire dans le feu » s'enflamme ! Oh, on dirait qu'elle est amoureuse !

– VA TE FAIRE...

– Katell assieds-toi ! intervint fermement Abigail.
Et toi, Richard, arrête de provoquer ta sœur. Votre
mère n'aimerait pas vous voir comme ça.

L'évocation de ma mère me retint de lâcher le
flot d'injures qui m'était monté à la gorge. Richard
avait le don de me mettre hors de moi. Je tentai de
me calmer, je ne voulais pas lui donner le plaisir de
savoir qu'il avait visé juste. Ce fut Simon qui trouva
la porte de sortie à notre dispute. Comme d'habitude, il se montra plus perspicace que nous.

– Je ne comprends pas. Si maman s'est enfuie et
se trouve en sécurité comme elle l'a dit à Kat, pourquoi elle n'appelle pas ? Qu'est-ce qui l'empêche de
nous envoyer un mail ? Sir John n'en saurait rien...

– Élémentaire, mon cher Watson, compléta
Bertrand en se tournant vers Abigail.

L'Irlandaise prit son temps pour répondre. J'eus la
désagréable impression qu'elle pesait ce qu'elle pouvait et ce qu'elle ne pouvait pas nous dire.

– Si Marie-Anne n'entre pas en contact avec nous,
c'est qu'elle a une bonne raison.

– Laquelle ? En plus, on ne pourra pas continuer
longtemps à mentir à papa si elle ne lui répond pas !

Richard n'avait pas tort. Le capitaine Salaün ne
tarderait pas à exiger d'avoir sa femme au bout du
fil. Le lavage de cerveau d'Abigail n'était qu'une solution provisoire.

– Peut-être qu'elle ne peut pas communiquer de l'endroit où elle se trouve, suggéra Alwena en posant une main sur celle de Bertrand.

Il me sembla le voir rougir.

– Alors qu'est-ce qu'on fait ? demanda Richard avec impatience.

– Katell a pu lui parler, nous l'avons vu samedi soir. Nous allons à nouveau essayer, dit Abigail pour clore la réunion.

Encore une fois, tout repose sur moi ! J'en ai marre d'avoir la pression !

De parfum et de fer

Le reste de la semaine fut des plus studieux. Bertrand ne quitta pratiquement pas sa chambre pour réviser sa dernière épreuve d'anglais et les jumeaux se rendirent à Brest tous les jours pour effectuer leur stage d'escrime de fin d'année. Ils me privèrent par la même occasion d'un moyen de locomotion et de la possibilité de me rendre à Pors Ar Vag car Alwena les conduisait tous les jours jusqu'à Brest.

Moi, je repris ma formation intensive auprès d'Abigail. Le temps fila sans que je trouve la moindre excuse pour rejoindre la baraque à voile. Tristan ne se manifesta pas. Je me demandais ce qu'il éprouvait de son côté.

Chaque soir, quand j'avais enfin un moment libre, je pensais à lui. *Tu deviens plus barge qu'une fan de Justin Bieber !* Je l'imaginais en train de se coucher au milieu des kayaks ou de boire son chocolat devant la mer, les pieds pleins de sable et les cheveux en broussaille. J'étais en manque de lui mais je n'arrivais pas à retourner à la plage.

Comme pour l'eau, le feu resta muet. L'étrange pouvoir qui m'avait envahie le jour du solstice s'était envolé. Je luttais pour ne pas me décourager. Si j'avais été capable de le faire une fois, je devais pouvoir le refaire !

Pourtant, petit à petit, je me mis à douter de ma capacité à lire à travers les éléments. Mes tentatives avaient lieu chaque soir entre chien et loup. Abigail m'avait expliqué :

– Lorsque le jour devient nuit, il existe un moment où toute l'énergie solaire emmagasinée par la terre dans la journée s'échappe. C'est une fenêtre, une ouverture où les forces astrales sont très concentrées.

Tous les soirs, donc, nous allumions un feu avec les différentes essences d'arbres sacrés. Et je me concentrais sur les flammes jaunes tandis que la fumée montait lentement vers les étoiles. Chaque fois, le foyer se consumait sans que je voie quoi que ce soit. L'humidité nous surprenait avec la nuit et le froid nous poussait à rentrer. La grande druidesse me conduisit vers d'autres cercles de pierre et des clairières sacrées, mais rien n'y fit, je restais aveugle.

Le samedi suivant, le jour de la fin officielle des épreuves du bac, Abigail relâcha la pression :

– Katell, on fait un break ce week-end, tu es fatiguée. Vois tes amis, sors, amuse-toi et change-toi les idées !

Immédiatement l'image de Tristan me vint à l'esprit mais il n'était pas l'ami que je pouvais appeler. J'étais paralysée dès que je pensais à lui. *T'es pas normale comme fille.* Non, en réalité, il n'y avait qu'une personne qui correspondait aux critères d'ami : Nol.

Je décidai de lui téléphoner. *T'as vraiment besoin d'une grande bouffée d'oxygène !*

— Salut, c'est Kat !

— Salut. Je croyais que tu ne voulais plus me parler depuis la fête des premières !

Je laissais franchement à désirer en matière d'amitié. *T'as pas assuré, tu ne peux pas appeler seulement quand tu en as besoin !*

— J'ai été super occupée, désolée.

— Occupée à quoi, on est en vacances !

Pitié, j'en ai marre d'inventer des mensonges pourris ! Je changeai de tactique. Au lieu d'imaginer une histoire à dormir debout, je décidai de ne pas répondre.

— Tu fais quoi aujourd'hui ? enchaînai-je.

— Je pensais assister à la présentation d'escrime de Richard. Tu veux venir ? Oh si, viens, c'est plus rigolo d'être à deux !

De Richard et Simon, corrigeai-je mentalement.

— Pourquoi pas...

J'aurais plutôt été tentée de faire un tour du côté de la plage, mais je lui devais bien ça. J'acceptai donc à contrecœur.

— Cool, je passe te prendre vers quatorze heures !

Nolwenn arriva vêtue d'un jean slim et d'un top moulant décolleté dans le dos. Elle avait relevé ses cheveux. Une odeur de parfum me saisit à la gorge lorsque j'entrai dans la voiture. Je m'installai à ses côtés et lui demandai si je pouvais ouvrir la fenêtre. *Je ne veux pas mourir asphyxiée par Thierry Mugler !*

– Y a plein de CD, mets un truc qui déchire mais pas David Guetta, ça me gave ! me dit-elle en me tendant une pochette remplie de disques copiés. *Eh bien, ça en fait au moins une qui a la patate aujourd'hui !*

Elle fit demi-tour devant la petite église tandis que je feuilletais sa collection. *DJ Kat !*

– La présentation est à trois heures. Richard m'a dit que c'était une chorégraphie genre *Pirates des Caraïbes...*

Elle en savait plus que moi sur mes frères.

– Tu sors avec lui ? demandai-je.

Elle sourit et m'adressa un clin d'œil de midinette.

– Et toi, tu sors avec Tristan ?

Je n'avais pas vu le boomerang revenir. *Tu aurais mieux fait de la fermer !*

– Vas-y, Kat ! Réponds ! Tu sors avec lui ou pas ?

– Je ne sais pas.

– Tu ne sais pas ? Mais c'est impossible de ne pas savoir ! T'as passé la nuit avec lui ! T'as pas couché avec lui au moins ?

Tu m'énerves avec tes questions ! Tu te prends pour ma mère ?

– Et si je l'avais fait, ça changerait quoi ? Et toi, t'as couché avec Richard ?

Nolwenn se tut. Je compris que je l'avais blessée.

– Désolée, bredouillai-je en baissant la musique.

Elle ne répondit pas tout de suite. *Ça y est, j'ai flingué la journée.*

– Écoute, Nol, je...

Je cherchais quelque chose de sympa à dire. Pour ça non plus je n'étais pas très douée. Avec mes frères j'avais plus appris à me défendre qu'à me confier.

– Nan, laisse tomber, c'est pas grave. Tristan est un mec bien, ça se voit. Tu es amoureuse de lui ?

J'admirai sa bonne humeur à toute épreuve.

– On ne s'est même pas embrassés, avouai-je finalement.

Elle se tourna vers moi et m'offrit un magistral sourire avec ses dents du bonheur. *Mieux que Brigitte Bardot, mieux que Vanessa Paradis !*

– Tu as peut-être tes chances ce soir, c'est la soirée des terms !

– C'est pas sûr qu'il vienne...

– Alors on ira le chercher !

Elle venait de m'offrir l'excuse rêvée pour retourner à Pors Ar Vag. Je ne regrettais pas de lui avoir téléphoné. Rien que pour ça, ça valait le coup de se farcir le spectacle d'escrime de fin d'année des jumeaux ! Je montai le volume. Nous connaissions la chanson, nous nous mîmes à hurler jusqu'à Brest.

Finalement je ne m'ennuyai pas à la représentation de Richard et Simon. Nous passâmes plus de temps à commenter les fesses des escrimeurs et à retenir nos fous rires qu'à suivre leurs prestations. Nous devions ressembler à deux dindes se tortillant dans les gradins mais je m'en fichais. Ce fut pour moi un après-midi génial.

Vers dix-huit heures, les jumeaux nous retrouvèrent :

– On reste au pot de l'assos. Vous pouvez y aller, un mec de Châteaulin va à la soirée, il nous y amènera. On se retrouve là-bas, d'accord ?

Avant de les quitter, Nolwenn embrassa Richard à pleine bouche et je me sentis gênée. Peut-être parce qu'il s'agissait de mon frère et peut-être aussi parce que je les enviais. Serais-je un jour capable d'en faire autant...

– On va voir s'il est à l'école de voile ? me proposa Nol dès que nous fûmes sorties.

La route jusqu'à Pors Ar Vag me parut interminable. J'avais le ventre noué comme un scoubidou. Plusieurs fois, je vérifiai que mes cheveux couvraient bien mes oreilles dans le miroir du pare-soleil.

Lorsque nous arrivâmes en vue de la baraque, je remarquai aussitôt que la porte était fermée et qu'il n'y avait personne. Seules quelques mouettes se dandinaient sur la plage. *T'avais qu'à te bouger cette semaine !*

– On va frapper quand même, proposa Nol.

Peine perdue, le cabanon était vide. Je digérai ma déception en silence.

– Tu sais où il habite ? On passe chez lui si tu veux ?

Si tu savais où il habite...

– C'est pas la peine, laisse tomber, viens on y va... répétai-je.

Je ne voulais pas rester là comme un vieux paquet de goémon échoué. Comment avais-je pu penser que je comptais pour lui ? *Kat, à partir de maintenant tu arrêtes de tirer des plans sur la comète !*

D'alcool et de néons

La soirée avait lieu dans une boîte de nuit de Châteaulin. Sur la porte, un écriteau annonçait : « Entrée gratuite pour les filles ou sur présentation d'une convocation aux épreuves du baccalauréat. » Nous entrâmes sans difficulté. Nolwenn connaissait le videur. Elle lui fit la bise.

Dans la pénombre, la foule déjà dense et la musique assourdissante, nous parvînmes à retrouver Anaïs et Lou qui semblaient avoir pas mal bu. Lou dansait tout en nous parlant et Anaïs me regarda comme si j'étais Bob l'éponge.

– Venez, les filles, s'écria-t-elle, on va fêter ça !

Je fus entraînée vers le bar. Les boissons étaient à moitié prix car la soirée était sponsorisée par une marque d'alcool fort. On me servit un petit verre translucide que j'avalai d'un jet en imitant les autres. Un incendie se propagea dans ma gorge. J'eus envie de tousser et de vomir. Je tentai de ne rien laisser paraître. C'était la première fois que je buvais de la tequila.

– Allez, encore un !

Lou était déchaînée. J'évitai de trinquer une deuxième fois en m'éclipsant aux toilettes. J'avais la tête qui tournait. Comment faire pour ne pas goûter à nouveau cette affreuse chose sans passer pour une *grosse nulle*? C'était la soirée à ne pas manquer et pourtant je n'y étais pas. Comment avoir le sentiment d'être comme les autres après tout ce qui m'était arrivé depuis notre déménagement au Menez Hom? Non, décidément, j'étais très loin d'être la reine des dancefloors et des concours de teq frappée...

Je sortis des toilettes. Devant moi, des hôtesses en mini shorts rouges distribuaient des sombreros en paille. On se les arrachait. J'évitai un groupe de garçons surexcités.

Quand je retrouvai les filles, une nouvelle tournée m'attendait. *Pas moyen de tricher.* Je les imitai à contrecœur. Cette fois-ci je toussai. Nolwenn éclata de rire et me tapa dans le dos. Je lui souris en retour tandis qu'une sensation de légèreté m'envahissait. Je me mis à ricaner bêtement. L'ambiance me parut tout à coup beaucoup plus détendue et j'eus envie de m'amuser.

Je suivis les filles sur la piste et nous nous mîmes à danser en nous tenant par le cou. Je fus prise d'un fou rire. Totalement décomplexée, je me tortillai avec elles. Un sombrero atterrit sur ma tête, je me lançai dans une impro endiablée et je perdis le compte de ce que j'avalais.

J'ignore combien de temps je dansai à en perdre haleine mais tout finit par vaciller autour de moi. Je tentai de regagner les toilettes en titubant. Nolwenn me rattrapa de justesse avant que je ne m'étale de tout mon long.

– Kat, ça va? T'es hyper blanche.

– Je crois que je vais gerber, murmurai-je, en sentant mon ventre prêt à remonter jusque dans ma gorge.

Elle me traîna tant bien que mal à l'extérieur. Nous eûmes à peine le temps de dépasser la file de lycéens qui attendaient, convocation à la main, pour entrer. Je vomis contre le mur, à la vue de tous, sous l'enseigne lumineuse. Ce fut comme si je rendais toutes mes tripes, comme si mon corps se vidait violemment, comme si je l'avais bien mérité. À mes pieds, une infâme bouillie rosâtre se répandit. *Après la tequila, la tortilla.* Au moment où je croyais mourir sur place, j'entendis sa voix :

– Kat, c'est toi ?

Je relevai la tête. *Oh non pas lui...*

Tristan et Micka. Tous deux me regardaient d'un air dégoûté. C'était le coup de grâce. Je tentai de me débarrasser du ridicule sombrero que j'avais sur la tête. Je renonçai à répondre, de peur que mes vomissements nauséabonds ne me reprennent. Je saisis le mouchoir en papier que Nolwenn me tendait et m'essuyai la bouche. Je n'avais jamais eu aussi honte de toute ma vie.

– Elle est complètement bourrée, expliqua Nolwenn comme si personne ne l'avait remarqué.

– Il faut la ramener, dit Tristan. Micka, tu veux bien ? Nol, tu nous prêtes ta voiture ?

– D'accord.

Ils me transportèrent jusque sur le siège arrière où je m'affalai. Micka prit le volant et Tristan s'assit à l'avant à côté de lui.

– Ça va aller ? me demanda-t-il en se retournant.

– Mmm, acquiesçai-je, incapable de parler sans me remettre à rendre mes tripes.

Tout le long du trajet, j'hésitai entre le mal de mer et un sommeil de plomb. Je ne reconnus l'ostaleri gozh qu'une fois extirpée de la banquette. Je m'accrochai à Tristan tandis qu'il me portait dans ma chambre. Je nageais dans le brouillard, probablement des vapeurs d'alcool. Il me déposa sur mon lit. J'entendis au loin la voiture qui redémarrait.

D'ailes et d'air

Forcément, je me réveillai avec des djembés dans la tête. J'eus du mal à décoller mes paupières et la langue de mon palais. J'étais sous ma couette et quelqu'un m'avait retiré mon jean et mes chaussures. *La honte! C'est forcément Tristan.* Je n'entendis aucun son autour de moi. Il n'était certainement plus là, je pouvais me lever en toute sécurité.

Je parvenais maintenant à deviner le moment de la journée en fonction de la course du soleil au-dessus du Menez Hom. Je m'assis sur mon lit et contemplai la montagne sacrée en tentant de récupérer mes facultés mentales. *Il n'est pas plus de dix heures...*

Le résultat de la fête était catastrophique : j'avais la gueule de bois et sans doute perdu toutes mes chances avec Tristan. *C'était la pire soirée de ma vie...* J'eus envie de pleurer. *Qu'est-ce que tu fais, Kat? Tu te saoules alors que ta mère se cache en attendant que tu retrouves la coupe?* Je jurai de ne plus jamais boire une goutte d'alcool et de me concentrer sur ma formation druidique.

La douche fut miraculeuse. Je m'éternisai sous l'eau chaude. Ce fut aussi le plus long brossage de dents de ma courte existence. Il fallait que je me débarrasse au plus vite de cet insupportable arrière-goût qui imprégnait ma bouche. Enfin, dernière étape de ma métamorphose, un solide petit-déjeuner allait réconcilier mon estomac avec la nourriture. *Faut que je bouffe !*

En descendant l'escalier, j'entendis du bruit dans la cuisine. Je n'avais pas vraiment envie de croiser Alwena, mais l'appel du Nutella fut le plus fort.

Je m'apprêtais à affronter le regard de la jeune ovate lorsque la silhouette d'un garçon aux cheveux châtain clair en broussaille me cloua sur place. Tristan se retourna, deux tasses fumantes à la main. Il souriait.

– C'était la douche du *Guinness Book des records* ou quoi ? Je t'ai entendue te lever, j'ai pensé qu'un thé et un verre de jus d'orange te feraient du bien.

J'étais décontenancée. Il n'avait pas fui cette nuit. Il avait dormi ici. *Mais où ? Avec moi ? J'espère que je n'ai pas ronflé. En plus je devais trop sentir la gerbe...* Je pris la tasse en murmurant un merci. Je vérifiai que mes cheveux cachaient bien mes oreilles. Que dire ? Par où commencer ?

– J'ai installé le petit-déjeuner dans la véranda, tu viens ?

Il était parfait et moi nulle. Je le suivis en silence. Il avait préparé des tartines et coupé des bananes en petits morceaux.

– Y avait pas d'autres fruits pour faire une salade, mais ce sera bon quand même !

– C'est très bien, merci.

J'avalai d'un coup mon jus d'orange. Il fallait que je retrouve contenance au plus vite. *Parle ! Tu dois t'excuser grosse patate !*

– Pour hier, commençai-je hasardeusement, je…
j'ai pas l'habitude de… c'était la première fois… je ne
sais pas comment…

– Pas grave, le principal c'est qu'on soit arrivés au
bon moment pour te ramener.

– Merci, bredouillai-je à nouveau.

Un sourire plus large se dessina sur son visage
bronzé.

– En revanche, laisse tomber le sombrero, ça ne te
va pas du tout !

LOL. Je l'accompagnai dans son éclat de rire.

Je me sentais beaucoup mieux. Je pus déjeuner
tranquillement et redevenir Kat. Il m'avait par-
donnée. J'étais contente qu'il ne soit finalement
pas rentré chez lui cette nuit. C'était si bon de le
retrouver.

Quand nous fûmes rassasiés, je l'aidai à débarrasser la table.

– J'ai un super remède contre le mal de crâne, ça
te dit ?

– C'est quoi ?

– Surprise. Ça te dit ? répéta-t-il d'un air malicieux. Allez on y va.

– Mais on n'a pas de voiture et mes frères dorment
encore.

– Pas besoin, on y va à pied.

Nous passâmes devant l'enceinte de la chapelle puis
remontâmes vers le centre hippique pour trouver un
chemin de terre qui s'enfonçait en zigzaguant dans la
lande vers le Menez Hom. Prendre l'air me fit un bien
fou. Heureusement, le soleil n'était pas encore trop

haut, il faisait bon. Au bout d'un moment, le sentier se fit plus pentu et nous rencontrâmes des éboulis provoqués par les dernières pluies. Comme je trébuchais, il me tendit la main. Je la saisis et il m'aida à grimper. J'entendais sa respiration et sentais la chaleur de ses doigts refermés sur les miens. Je me laissai guider. Peu importe où il m'entraînait tant que j'étais avec lui. J'étais prête à le suivre au bout du monde. *Mais tu y es déjà, n'est-ce pas la fin de la terre ici ?*

Arrivés en haut, nous découvrîmes la mer tout en bas, bleu vif, un bleu d'été. Devant nous, l'horizon se dessinait à perte de vue. De l'autre côté de l'océan, c'était l'Amérique. *Oui c'est bien le bout du monde.*

Au sommet, un petit groupe de quatre personnes vêtues de combinaisons aux couleurs vives nous attendait. Un homme d'une trentaine d'années vint à nous.

– Salut Tristan ! Salut, Kat c'est ça ? Moi c'est Malo !

– Salut !

De grandes voiles multicolores étaient étalées sur l'herbe.

– Tu as déjà fait du parapente ? se renseigna Malo.

– Non, répondis-je, sentant l'angoisse m'envahir.

– Tu vas voir, c'est comme voler. En plus aujourd'hui les conditions sont idéales. Juste ce qu'il faut d'air et un ciel dégagé !

Tristan me tendit une combinaison et nous nous habillâmes. Je n'en menais pas large.

– Je vais voler toute seule ?

– On peut voler à deux.

– Ah…

Je ne fus pas rassurée pour autant. En tout cas, Tristan avait raison, j'avais déjà oublié ma gueule de bois…

– Tristan, demanda Malo, tu voles avec Kat ?

– Oui.

Mes jambes devinrent aussi molles que du Flanby.

– Ça va être cool, tu vas voir.

Je risque de ne rien voir du tout ! On va juste s'étaler comme des bouses de vache !

Je fus harnachée avec une sellette devant lui. Il m'expliqua que je devais courir de toutes mes forces au décollage et replier mes jambes à l'atterrissage. Je respirai un grand coup. L'océan scintillait sous le soleil et la plage où nous devions nous poser était toute blanche et... *très éloignée. Ne réfléchis plus, fais ce qu'il te dit ! Tant pis si tu t'écrases ! Sur ta tombe on gravera : Ci-gît Catherine, non Katell, non Kat. Oh et puis tant pis !*

Nous nous élançâmes le long de la pente. D'un seul coup, l'aile nous retint et nous nous retrouvâmes suspendus dans les airs. Nous volions ! Un souffle nous portait au-dessus de la lande, le long du versant du Menez Hom. Il n'y avait que le bruit du vent dans la toile. Sous mes pieds, les bosquets et les fins sentiers s'éloignaient si vite...

Je planais, portée par l'air venu de la mer, bercée par le mouvement dansant du champignon multicolore au-dessus de nos têtes.

Tristan tira sur les commandes et nous bifurquâmes vers la droite.

– Regarde en bas, souffla-t-il.

J'osai baisser les yeux et découvris un minuscule hameau : Sainte-Marie-du-Menez-Hom ! L'ostaleri gozh et la petite église. Le centre équestre et les quelques maisons qui l'entouraient. Tout semblait appartenir à des nains ou des Schtroumpfs. Nous volâmes un peu plus bas et Tristan vira à gauche.

– On va vers la plage, m'indiqua-t-il.

Je profitai de ce moment intense avant qu'il ne s'achève. *Je vole, je vole !* Je savais ce qu'éprouvaient les oiseaux. Tristan était devenu mes ailes. Le ciel était son royaume.

Nous nous posâmes sur le sable de la plage de Pentrez à côté de Pors Ar Vag. Je cherchais quelque chose à dire avant que ce moment à deux ne s'achève. Comment décrire ce que j'avais ressenti ? Comment mettre des mots sur la sensation d'être un ange ? Je restai muette. Nous venions de partager quelque chose de fort que je n'oublierais jamais. Nous étions liés pour toujours.

– Alors Kat, comment t'as trouvé ? me demanda Malo en nous rejoignant.

– C'était trop bien, mieux que trop bien, répondis-je en décrochant mes yeux de Tristan.

– C'est le meilleur trip ! À peine posé, on veut revoler, c'est ça être accro…

Un break peinturluré au logo du club de parapente déboucha sur la plage. Il était temps de ranger le matériel. Tout en pliant les ailes, Malo me raconta avec fierté que le club du Menez Hom était le premier en France, le plus vieux. Je me dis que de toute façon, tout ici était vieux et ancien, même le parapente…

– On vous ramène ? proposa-t-il une fois le coffre chargé.

– Non, merci, on va marcher jusqu'à Pors Ar Vag. Je dois passer à l'école de voile.

– OK, à plus tard ! Kat si tu as envie de revoler, c'est quand tu veux !

– Merci, à bientôt.

– Salut.

Le break disparut et nous nous retrouvâmes seuls sur la plage. Nous prîmes le chemin de la baraque. Je me sentais encore bouleversée par l'expérience. Nous retirâmes nos baskets pour marcher dans le sable blanc et tiède. La marée était haute. Je brûlais de lui reprendre la main comme au matin, mais je n'osai pas. C'était le genre de chose que je ne savais pas faire.

Nous arrivâmes à l'école de voile. Tristan sortit la clef de sa poche et ouvrit le cadenas.

– On va se baigner? proposa-t-il.

Sur ce, il me fit un clin d'œil et retira son tee-shirt tout en s'élançant vers la mer.

Je lui emboîtai le pas en courant.

Brasparts, monts d'Arrée,
duché de Bretagne, 1251

Elles arrivèrent à Brasparts en fin d'après-midi. Elles n'avaient pas croisé âme qui vive de tout le chemin. En apercevant les premières maisons en pierres grises, Anna fut soulagée de ne plus être seule. Elle avait senti qu'une ombre les poursuivait, qui n'était ni un cheval ni un soldat. Elle avait deviné que ce qui était en marche était le destin des druides et qu'elle y laisserait sa vie. Elle espérait avoir le temps de mettre sa fille à l'abri.

Elles frappèrent à la porte de l'une des maisons du bourg. Aussitôt, elle s'ouvrit et une très vieille femme apparut.

– Nous vous attendions, entrez.

Elles pénétrèrent dans une petite pièce à peine meublée. La terre battue avait été nettoyée avec soin et un feu brillait dans le foyer sous une marmite fumante. Un vieil homme, sans doute le mari, était assis près de l'âtre. Anna se dirigea vers lui et lui prit les mains.

– Maître, murmura-t-elle.

Moïra comprit immédiatement qu'il était grand druide. Cette nuit, elles seraient sous sa protection.

187

– Avez-vous la destinée ?

– Oui, répondit Anna en ouvrant son sac et en s'apprêtant à prendre la pierre.

– Non, non, ne la sors pas. Elle ne doit pas être exposée à la tentation. Seules les gardiennes de la prophétie peuvent la voir, les autres seront perdus...

Moïra nota que, malgré ses paroles, le vieillard avait les yeux brillants et ne pouvait les détacher du sac de voyage de sa mère. Elle connaissait ce regard. À chaque fois que quelqu'un s'était penché sur la pierre pour la contempler, une flamme étrange s'était allumée dans son regard, comme un désir violent. Les hommes étaient capables de tuer pour elle.

– Les cercles ont été tracés et la communauté s'est rassemblée pour veiller cette nuit, soyez rassurées, dit le grand druide en arrachant ses yeux de la besace.

– Merci, murmura Anna, merci mille fois. Voici Moïra, ma fille.

Moïra se rapprocha timidement. Le regard du vieil homme se fit apaisant. Il l'observait en profondeur comme s'il savait tout d'elle, le passé et l'avenir. Elle se demanda s'il avait deviné ce qu'elle cachait à sa mère. À sa réponse, elle sut que son secret avait été percé à jour.

– Tu dois reprendre des forces, petite, toi aussi tu portes la lumière d'un jour nouveau.

La femme du grand druide fit honneur à ses invitées en les régalant. Pourtant Moïra fut distraite tout le repas. Les paroles de l'homme résonnaient dans sa tête. Il fallait absolument qu'elle parle à sa mère, il fallait absolument qu'elle lui dise qu'elle était enceinte.

Bansidh,
la messagère de l'autre monde

De roche et de robe

Nous reçûmes un mail du capitaine Salaün qui, furieux de ne pas avoir eu sa femme au téléphone – « Bon Dieu Marie-Anne, qu'as-tu fait de ton portable ? » –, expliquait qu'il ne serait pas de retour avant le 14 juillet et que ce serait bien que quelqu'un se décide enfin à réserver la traditionnelle semaine familiale au club en Tunisie.

Richard élabora une réponse en tentant de se faire passer pour maman : il prétexta que les portables ne captaient pas au Menez Hom et que le fixe de Maria était si vétuste que nous attendions les agents d'EDF pour remettre la ligne en état. La ruse fonctionna et nous accorda du répit. Nous fîmes comme si nous nous étions chargés de la réservation. Il était hors de question de quitter la presqu'île. Qui penserait à se dorer la pilule au bord d'une piscine à vingt-huit degrés dans un contexte pareil ?

Mes frères attendaient leurs résultats du bac et je poursuivais mon initiation en compagnie d'Abigail. Tristan donnait des cours de voile et louait des kayaks aux hordes de touristes en short qui commençaient à débarquer.

L'inquiétude planait en permanence sur l'ostaleri gozh. À tel point que les garçons décidèrent de fêter le bac à Paris avec leurs anciens copains de lycée, afin de ne pas devenir fous. Ils insistèrent pour que je les accompagne. Je savais que c'était uniquement pour m'avoir à l'œil en cas de danger. *Ça me gonfle d'aller à Paris...*

Je demandai si Nolwenn serait de la partie.

– Nan, elle part pour trois semaines de colo dans le Morbihan, elle ne t'a pas prévenue ? s'étonna Richard.

Décidément, il a toujours une longueur d'avance sur moi en ce qui concerne Nol !

– Elle rentre quand ?

– Fin juillet.

Je décidai de le chambrer un peu, histoire de voir où leur « couple » – si on pouvait appeler ça un « couple » – en était.

– Elle va beaucoup te manquer, trois semaines c'est long !

Il riposta aussitôt :

– Mêle-toi de tes affaires, Kat !

Heureusement, Abigail arriva pour notre routine druidique quotidienne.

– Katell, tu es prête ?

– Ouais, on va où aujourd'hui ?

– Il est temps de retourner aux cercles du manoir. Même si l'énergie emmagasinée là-bas est hostile, c'est le seul lieu où tu es entrée en communication avec ta mère. Il faut essayer.

Depuis le solstice, personne n'avait pénétré dans la forêt du domaine. L'endroit avait été profané, des combats s'y étaient déroulés, du sang avait été versé.

– Tu es sûre que c'est une bonne idée ? Les garçons viennent avec nous ?

J'ai les pétoches tout à coup.

– Non, nous irons seules. Seules et purifiées. Tu vas jeûner jusqu'à demain matin, fini le chocolat ! Au lever du soleil, tu te laveras le visage avec la rosée de l'aube comme te l'a montré Alwena. Ensuite, tu cueilleras les plantes sacrées puis nous retournerons allumer les restes du foyer du solstice.

– On ne fait pas de tentative aujourd'hui ?

– Non, tu dois te mettre en condition.

Aujourd'hui encore je n'irais pas voir Tristan.

Je restai seule la majeure partie de la journée. Bertrand était au centre équestre et les jumeaux avaient rendez-vous à Châteaulin avec des copains. Je m'occupai du jardin aux plantes et nettoyai le petit autel. *Tu deviens une parfaite druidesse d'intérieur !* Dans l'après-midi, le téléphone se réveilla. La sonnerie était affreuse, comme un hurlement de vieille machine à l'agonie. *Pourvu que ce ne soit pas papa...*

– Allô ?

– Allô, Kat ?

C'était une voix jeune et féminine mais je ne reconnus pas Nol.

– Oui.

– Salut, c'est Valentine...

Je mis un temps avant de réagir.

– Oh, salut, ça va ?

– Ouais, je suis en vacances, ça fait du bien !

– Quoi de neuf dans le douzième arrondissement ?

Je ne voyais pas pourquoi elle appelait et de quoi nous pourrions bien parler.

– Rien… Ça t'intéresse vraiment de savoir ?

Je sentis les reproches arriver. Je pris les devants.

– Désolée de ne pas avoir répondu à tous tes mails, j'ai été assez débordée ces temps-ci et on n'a pas Internet à la maison.

– Tu n'as répondu à <u>aucun</u> de mes mails, corrigea-t-elle.

– Excuse-moi…

J'eus envie de lui demander si elle appelait juste pour me faire culpabiliser.

– J'imagine que tu as un tas de nouveaux potes.

– Pas trop, tu me connais.

– Je pensais qu'entre sauvages vous alliez bien vous entendre ! rit-elle.

Je me forçai à ricaner aussi. *Ça ne rime à rien de se parler comme si on était encore ensemble au bahut.*

– Les gens sont cool ici. On a été en boîte pour la fête des terms et je me suis pris une murge.

Pathétique, rien que du fake ! Surtout que je n'en étais pas fière, c'était juste pour lui clouer le bec.

– Bravo, tu te décoinces ! Au fait, j'ai appris que tu venais sur Paris avec tes frères pour fêter le bac.

– Encore faut-il qu'ils l'aient…

– C'est sûr. Je voulais t'inviter à une soirée, le samedi. Chez moi. Mes parents me laissent l'appart. Il y aura toute la classe…

J'hésitais. Je n'avais pas encore décidé si je montais à la capitale. Je fis un effort. Après tout, qui n'avait pas donné de nouvelles alors qu'un simple mail ou SMS aurait suffi ? Je décidai de me racheter.

– Super, merci. Je serai très contente de venir. Tu
peux compter sur moi.

– Excellent ! Il y a un thème : « tenue de soirée
exigée » !

Je regrettai aussitôt d'avoir accepté. C'était bien
une idée de Valentine ce genre de thème *cucul*.

– D'accord, je mettrai une robe ou un truc dans le
genre.

Elle rit à nouveau.

– J'attends de voir ça ! C'est cool que tu viennes, ce
sera trop bien de se revoir.

– Ouais...

– Et aussi, un peu comme pour les promos de fin
d'année aux États-Unis, mais c'est pas une obligation
pour toi, il faut être accompagné.

Et pourquoi ça ne compte pas pour moi ? Je suis
trop coincée pour avoir un copain ? Elle devina à mon
silence qu'elle m'avait vexée.

– Comme tu viens de Bretagne, on comprendra
si tu ne l'es pas, c'est difficile vu la distance, s'em-
brouilla-t-elle.

J'abrégeai son calvaire et le mien. Je me sentais
assez rabaissée pour la journée.

– Je dois y aller là, mentis-je, on se retrouve à
Paris.

– Oui, oui, à samedi, vingt heures chez moi !

Elle raccrocha et je reposai lentement le combiné. Je n'étais pas certaine d'avoir fait le bon choix.
Valentine était une fille géniale mais à aucune de ses
soirées je ne me sentais à ma place. Je ne savais pas
danser. Je ne savais pas boire. Je ne savais pas fumer.
Je ne savais pas raconter de scoops. Je ne savais pas
faire semblant de m'intéresser aux autres et à leur

conversation. Je me sentais moche et inintéressante. Et toujours je rentrais tôt et déprimée. *La fille la plus nulle de la terre.*

Valentine m'avait collé deux problèmes sur le dos. Il fallait que je trouve une robe et un cavalier, rien que pour l'orgueil.

Je commençai par ce qui me sembla le plus facile : la tenue de soirée !

Je fis vite le tour de mon armoire, à part des jeans et des tee-shirts, il n'y avait rien de très glamour. *Bonjour la fille sexy.* Je décidai d'inspecter les placards de maman.

En poussant la porte de sa chambre, j'eus un pincement au cœur. Elle n'avait même pas eu le temps de déballer toutes ses affaires. Je m'assis sur le lit qui gémit. Des larmes me montèrent aux yeux. *Où es-tu ? Pourquoi ne nous appelles-tu pas ?* Je décidai de ranger ses vêtements et de mettre de l'ordre pour que sa chambre soit accueillante lorsqu'elle rentrerait. *Si elle rentre un jour...*

Hélas, je ne trouvai pas de robe potable pour une fille de quinze ans bientôt seize. La seule solution qui me restait était d'envoyer un SOS à Nolwenn. Je l'appelai.

– « Tenue de soirée exigée » ? dit-elle. C'est pas un peu bourge comme thème ?

– Non, c'est juste pour faire classe.

– Bon, j'ai la robe que j'ai mise au mariage de ma cousine.

– Ce serait trop bien.

– Je suis à Châteaulin avec Richard, je la lui donne pour que tu l'essayes, OK ?

– Merci, tu me sauves la vie.

Je respirai, au moins un problème de réglé. Je me couchai tôt et un peu moins angoissée par rapport à la tentative de lecture du feu du lendemain. *À croire que porter une robe te stresse plus que les forces obscures des druides...*

De braise et de coupe

Alwena nous déposa devant les grilles du manoir de Moëllien à l'aube. Un bout de lune racorni traînait encore dans le ciel bleu gris. J'avais procédé au rituel d'ablution et jeûné depuis la veille, aussi je me sentais un peu vaseuse. Comme d'habitude, je devais respecter le silence. Je suivis donc Abigail qui marchait en s'appuyant sur sa canne le long du sentier de la procession. Je tentai de rester concentrée et de me détendre. *Avec Abigail rien de mal ne peut t'arriver...* J'étais assez lourdement chargée, je portais un panier contenant des bûches, des brindilles et les plantes sacrées.

Lorsque nous débouchâmes dans la clairière dévastée, une immense tristesse s'empara de moi. Les cercles de pierre avaient été piétinés, l'herbe était brûlée et arrachée, la terre calcinée et noire. On aurait dit qu'une armée romaine avait incendié un village de Celtes.

Sans un mot, nous ramassâmes les débris afin de les réunir en un foyer. Je me sentais peinée et abattue. Jusqu'où Sir John serait-il capable d'aller ?

197

Abigail me fit signe de disposer les plantes sacrées et alluma les brindilles. Tout était silencieux, nous n'entendions que notre respiration et le bruit de la braise.

Nous nous assîmes et contemplâmes les flammes. La grande druidesse leva ses mains magiques et, tandis qu'elle magnétisait le foyer, l'onde tiède s'empara de moi.

Les bûches crépitaient paisiblement. Peu à peu, je fus hypnotisée par la large fleur orange qui se tortillait devant moi. Je ne sentis plus mon corps et j'eus l'impression d'entrer dans le feu sans être brûlée.

Tout à coup, là, au milieu du foyer, comme posé sur les braises, je distinguai un objet scintillant. Je tentai de tendre la main sans y parvenir. Je me concentrai, faute de bouger, et peu à peu les contours de l'objet se précisèrent. On aurait dit un petit bol doré avec un pied. La coupe ! C'était la coupe ! Mon cœur se mit à battre très fort. Je devais l'attraper…

Je fis un effort surhumain pour m'en approcher. Je pus bouger la main mais aussitôt le calice se volatilisa.

Je sortis de ma torpeur en sursaut. Je pris conscience de la forêt et de la clairière. Abigail était toujours là. J'avais eu une vision.

La vieille druidesse me tendit de l'eau et je bus à grosses goulées. Mes jambes tremblaient. Je fus prise de vertige. Il était grand temps que je mange. La tête me tournait.

— Restons assises un moment, rien ne presse, me rassura Abigail.

J'étais immensément faible.

— J'ai vu la coupe, elle était dans le feu. Je voulais la prendre mais je n'ai pas réussi.

L'Irlandaise réfléchit quelques secondes.

– Je crois que c'était un message de Maria, afin que tu la reconnaisses le moment venu.

– Quand ?

– Je ne sais pas. Maria te donne un coup de pouce en t'envoyant l'image de la coupe sacrée. Le jour où tu la verras, tu n'auras sans doute pas beaucoup de temps pour t'en saisir.

Malgré toute l'eau que je venais d'avaler, j'eus à nouveau la gorge sèche.

– Abigail, j'ai peur…

– Je sais, tu es si jeune. Mais ne t'inquiète pas, les forces de l'univers sont avec nous. Sir John n'est qu'une épreuve, il ne renversera pas à lui seul le grand pouvoir des druides. Depuis des millénaires nous sommes attaqués de bien des façons. Personne n'a réussi à nous détruire. Ce n'est qu'une bataille de plus dans la longue histoire des druides.

– Maman…

– Ta mère sait ce qu'elle fait, aie confiance. Nous aurons bientôt de ses nouvelles.

Je la regardai, stupéfaite et pleine d'espoir. *Elle sait un truc.*

– Tu lui as parlé ?

– Non, c'est juste une intuition, rectifia-t-elle en souriant. Allons, il est temps que tu manges. Vous les ados, vous jeûnez moins bien que nous. C'est normal, vous êtes en pleine croissance !

En retrouvant l'ostaleri gozh, j'ouvris chaque placard et croquai pratiquement dans tout ce qui me tombait sous la main. *Une vraie ogresse boulimique !*

Le boys band me regarda en se tordant de rire. *T'as pas fini de te faire chambrer.* Enfin, lorsque je fus rassasiée, je leur racontai ma vision et ce qu'en avait déduit Abigail. Ils voulurent une description détaillée de la coupe et je tentai de leur faire un dessin sur un post-it qui ne les avança à rien. *Un gribouillage de maternelle!* De toute façon, j'avais la certitude que je serais la seule à la trouver.

– Et quand est-ce qu'Abigail a dit qu'on aurait des nouvelles de maman? interrogea Bertrand.

– Bientôt.

Comme d'hab, elle garde ses secrets.

– Donc il ne faut pas qu'on se sépare au cas où tu aurais une autre vision. Tu viens avec nous à Paris, conclut Simon.

– Nol m'a donné ça pour toi, ajouta Richard en me tendant un sac.

– Merci.

La robe. Je montai dans ma chambre en réalisant que je n'avais résolu que la moitié du problème concernant la fête de Valentine. *Il faut que tu demandes à Tristan.* Je déballai la tenue de Nolwenn. Elle était en soie noire. Plutôt jolie. Sans doute un chouïa courte. *Tu n'as pas le choix, va le voir!* Je la repliai sans l'essayer. De toute façon je n'en avais pas d'autre, ce serait celle-ci, point! *Allez, tu dois lui demander!* Je redescendis dans le salon et trouvai mes frères scotchés à leur console.

– Bertrand, tu veux bien m'amener à Pors Ar Vag?

– Maintenant?

– Oui, je dois voir Tristan, je n'en ai pas pour longtemps.

Je n'avais qu'à prononcer son nom pour qu'ils se défoulent sur la petite sœur que je serais toujours. Cela ne loupa pas. Les plaisanteries s'abattirent sur moi en rafale et Richard finit par se jeter sur Simon en faisant mine de lui rouler une pelle. *Dégueu.*

De rivage et d'illusion

Une fois dans la voiture, je donnai mes instructions à Bertrand. Sans les jumeaux, il m'écouterait.

– Tu me déposes au bout de la plage et tu viens me chercher dans vingt minutes, d'accord ?

– Ouais mais ne traîne pas. Je n'ai pas fini de mettre à Richard sa raclée à *God of War* !

– Promis.

Je ne voulais pas qu'il se gare près de l'école de voile. Je préférais longer la plage à pied. La marée était basse et je zigzaguai entre les serviettes des vacanciers en me répétant mentalement ce que j'allais dire à Tristan. En arrivant devant la baraque, j'étais certaine de la phrase que je devais prononcer.

Hélas, c'était sans compter sur la créature de rêve adossée à l'endroit même où nous avions bu notre chocolat au lait. Je m'attendais à tout sauf à tomber sur un top model blond, mince et bronzé. D'habitude, il était seul ou avec Micka. *C'est quoi ce mannequin ? L'agence Élite recrute à Plomodiern maintenant ? On tourne une pub pour des déos ?*

– Salut ! me lança la fille d'un air nonchalant.

Sourire Colgate ultra brite. Je la détestais déjà.

– Salut, répondis-je froidement. Tristan est là ?

Je n'eus pas à entendre à nouveau sa voix de sirène. Il apparut.

– Ah salut Kat ! Ça fait longtemps... Ça va ?

Mon beau discours et mes phrases parfaites s'évaporèrent dans l'instant.

– Oui, je passais juste comme ça, bredouillai-je.

Juste comme ça ? Pauv' cruche !

– Je te présente Léa, elle fait partie de l'équipe des sauveteurs.

– Des sauveteurs de quoi ? demandai-je sans réfléchir.

– Des sauveteurs en mer, ceux qui surveillent la plage ! On voit que tu viens de Paris ! s'exclama-t-elle.

Elle se fichait de moi. Je devins écarlate comme si on m'avait écrasé une tomate pourrie en pleine figure. *Ça ne peut pas être pire... Patate !*

– C'est pour ça qu'elle a un maillot rouge, expliqua Tristan, pour être visible sur la plage.

Je me disais bien aussi qu'elle ressemblait à Pamela Anderson.

– Le poste de secours est à côté de l'école de voile, minauda-t-elle. C'est pratique.

Très pratique en effet.

– Léa bosse tout l'été. Elle était déjà là l'année dernière. Peut-être que cette saison elle sauvera encore un baigneur !

L'admiration dans sa voix me fit plus mal que la plastique de rêve de Léa. Elle était belle, *trop belle,* et pire elle sauvait des vies ! En plus, ils se connaissaient depuis longtemps. Elle faisait comme chez elle à la baraque à voile. Leur complicité était évidente. Moi, je n'étais qu'une *Parisienne* avec des oreilles pointues qui n'avait jamais mis les pieds qu'à la piscine municipale de Reuilly.

– Je passais juste dire bonjour, répétai-je tandis qu'une envie furieuse de traverser l'Atlantique à la nage s'emparait de moi. Je dois y aller, Bertrand m'attend.

– Salut, dit aussitôt Léa comme pour me pousser à partir.

– Salut, lança à son tour Tristan en me décrochant un sourire qui m'écorcha le cœur.

Et je battis en retraite telle une misérable, totalement en vrac.

– Déjà de retour ! s'étonna Bertrand.

Je craquai dans la voiture avant qu'il ait eu le temps de mettre le contact. *À ce train-là, tu vas vite remplir une baignoire.*

– Tristan était là ? me demanda-t-il.

Je suffoquais tellement que je ne pus prononcer qu'une bouillie de syllabes.

– Tu veux que j'aille lui parler ?

Pitié, surtout pas ! Je fis aussitôt « non » de la tête.

– Qu'est-ce qui s'est passé ?

Rien. C'était ça le problème.

– Kat, dis quelque chose ! Je ne t'ai jamais vue comme ça. S'il t'a fait du mal, on va lui régler son compte, Richard, Simon et moi ! Il t'a larguée ? Il s'est conduit comme un salaud ?

Comment expliquer à Bertrand ? Comment lui dire que c'était uniquement dans ma tête et dans mon cœur ? Je me sentais comme une photo qu'on aurait déchirée, moi d'un côté, et Tristan de l'autre. Je parvins finalement à articuler :

– Non. Ça va aller. Je ne veux pas que vous vous en mêliez. Tu ne dis rien aux autres, d'accord ?

– J'sais pas.

– Promets-moi que tu ne raconteras rien à Simon et Richard et que vous me laisserez gérer ça toute seule !

J'avais presque crié.

– OK, promis, répondit-il à contrecœur.

Nous ne parlâmes plus jusqu'à la maison. J'avais envie de disparaître, d'oublier, de ne plus être moi.

Malheureusement, le répit n'était pas encore à l'ordre du jour. En arrivant à Sainte-Marie, nous découvrîmes, garée dans la cour, une voiture noire inconnue avec le volant à droite. Sur le coffre, un autocollant avec les initiales GB. *Great Britain*. Je jetai un regard à Bertrand. Ses sourcils se froncèrent.

– Reste dans le 4x4, je vais voir si tout va bien. Si je ne suis pas là dans dix minutes, tu te réfugies au centre équestre.

– Non, je viens avec toi.

La perspective d'attendre seule m'angoissait plus que celle d'affronter le visiteur, quel qu'il soit.

– Kat, c'est peut-être dangereux ! Tu restes ici !

Peine perdue. Il sortit en prenant soin de ne pas claquer la portière. Je l'imitai sur-le-champ. Il me lança un regard lourd de reproches. Nous traversâmes la cour le plus silencieusement possible. Il me fit signe de passer par-derrière. La porte du jardin aux herbes grinça et Bertrand grimaça. La véranda était déserte. Des éclats de voix nous parvinrent.

– Ils sont dans le séjour, murmura Bertrand, attends là.

– Non, soufflai-je en le collant de plus belle.

Nous nous approchâmes. La maison ne sentait plus les parfums habituels de tisanes aux plantes. Une odeur de mort flottait, comme une brume prête à nous asphyxier. Et il faisait étrangement froid. Ce n'était pas un froid d'hiver, de neige ou de bac à glaçons. C'était un froid venu de très loin, un froid archaïque échappé d'un caveau ou de catacombes.

Dès que nous atteignîmes le séjour, je le reconnus immédiatement : Sir John en personne encadré de deux gardes du corps. Il était aussi terrifiant que la première fois. À peine humain. Je n'avais jamais contemplé son visage d'aussi près. Son regard me glaça. Ses yeux étaient sombres et sans fond. Il n'avait pas d'iris, seule une immense pupille noire se détachait du blanc comme une ultime note. Sir John promenait son œil d'outre-tombe et de silence sur le monde et les gens comme une sentence finale.

Apparemment, il n'était pas venu se battre mais négocier, sinon la scène aurait été beaucoup plus violente. C'était aussi pour cela qu'il avait pu pénétrer dans les cercles de protection.

– Encore des Biactol ! ricana-t-il en nous apercevant. Abigail, crois-tu réellement qu'une bande d'adolescents boutonneux soit de taille à rivaliser avec moi ?

Son rire diabolique résonna dans la pièce et j'eus envie de lui faire payer sa méchanceté. Il était la pire personne que j'eus jamais rencontrée. *Criminel !*

Abigail ne broncha pas. Les deux mains posées sur la table, elle était prête à intervenir.

– Avez-vous toujours la Pierre de la destinée ?

Il était venu uniquement pour dire cela, pour faire son petit effet, balancer un missile balistique auto-propulsé supersonique anti-druide de longue portée nucléaire ! Nous fûmes tous pris de court. Comment connaissait-il l'existence de la pierre ? Comment savait-il qu'elle avait disparu ?

Il continua, l'œil toujours aussi sombre et la voix menaçante :

– Je sais que vous n'avez plus de traducteur. Sans Marie-Anne, vous ne pouvez rien. Nous vous surveillons, si elle se manifeste nous la recapturerons. Par chance, elle nous a laissé une copie du texte avant de s'enfuir. Heureusement, nous disposons d'un autre traducteur. C'est simple : je vous propose le texte en échange de la coupe !

Comme les autres, j'étais sous le choc. Sir John avait enlevé maman pour qu'elle traduise la prédiction ! Heureusement, elle n'avait pas terminé. Alors il revenait faire son odieux chantage. La coupe était encore en jeu. Pourtant une menace plus grande pesait : que se passerait-il lorsqu'il aurait traduit tout le texte ? Le temps nous était compté. Il fallait que nous trouvions un moyen de l'en empêcher.

Il se leva en rajustant son veston rayé et nous fixa de son regard d'oiseau de proie.

– La balle est dans votre camp : la coupe contre le texte ! Abigail my dear, je compte sur toi pour faire le bon choix !

Aucun d'entre nous ne le salua lorsqu'il sortit. Richard cracha par terre derrière lui. C'était tout ce qu'il méritait.

Lorsque le bruit du moteur se tut au loin, Abigail retira ses mains de la table et nous regarda les uns après les autres d'un air navré. Alwena se tourna vers elle.

– Mais qui est encore capable de traduire la pierre ? Maria et Elen sont mortes toutes les deux…

– Je ne vois pas quel traducteur Sir John a pu trouver, répondit Abigail songeuse. Maria avait transmis une partie de son savoir à Marie-Anne avant qu'elle ne parte pour Paris, mais Elen n'en a pas eu le temps. Elle est morte quand Tristan avait onze ans.

Elen était donc le prénom de la mère de Tristan. Elle avait dû être aussi importante que notre grand-mère dans la communauté des druides.

– Tu crois qu'il y a un sale traître parmi les druides? demanda Richard.

– Peut-être qu'il bluffe, suggéra Simon.

– Non. Il a véritablement l'intention de traduire la prophétie. Nous devons l'en empêcher. Heureusement, la traduction est complexe et personne jusqu'à présent n'est parvenu à la mener à bien.

– Elles ont laissé des copies?

– Il semblerait que non, soupira Alwena, j'ai trié les papiers de Maria après sa mort et je n'ai rien trouvé…

– Alors qu'est-ce qu'on fait?

– La coupe, il faut la coupe.

Tous les yeux se posèrent sur moi. *Non, je n'y arriverai pas.* Pourtant, je savais qu'elle était là tout près. Maria l'avait mise en lieu sûr, peut-être même avait-elle laissé des indices pour la retrouver. Nous étions comme des aveugles alors qu'elle était à portée de main.

De béton et d'instinct

Les résultats du bac tombèrent la semaine suivante. Bertrand le décrocha de justesse, Richard et Simon obtinrent respectivement neuf et treize de moyenne en français. Je n'osais pas leur demander s'ils avaient vu les notes de Tristan lorsqu'ils avaient consulté les listes au lycée. Je me retins de vérifier moi-même, il fallait absolument que je l'oublie. *Question de survie.*

Avant notre départ pour Paris, mes frères faxèrent depuis la poste de Plomodiern leurs résultats à notre père comme si c'était maman qui les lui envoyait. Ils expliquèrent aussi qu'ils l'appelleraient une fois de retour de notre week-end de fête. Encore deux jours de gagnés. Nous eûmes droit à une bénédiction ou plutôt à un signe protecteur de la part d'Abigail en montant dans le 4x4. Elle n'était pas très rassurée de nous laisser partir, surtout après la visite surprise de Sir John. À regret, elle nous regarda quitter Sainte-Marie.

Le trajet fut gai, les garçons étaient sur leur petit nuage depuis l'annonce des résultats et excités par la prometteuse soirée qui s'annonçait.

Moi, je me sentais soulagée. Après ma déconvenue avec Tristan et le chantage du Britannique, j'avais besoin de faire un break, *un vrai*. *Peut-être cela m'aidera à y voir plus clair au retour ?*

Nous roulâmes pendant sept heures en nous gavant de Haribo et de chips au vinaigre, une pause cra-cra dans le régime diététique, bio et druidique d'Alwena.

Faire la route en sens inverse me fit penser à maman. Je comprenais mieux pourquoi elle avait voulu quitter la Bretagne. C'était pour nous, pour élever ses enfants comme les autres, pour que nous soyons *normaux*. Et pourtant... Comme l'avait dit Abigail, « Nul n'échappe à sa destinée ».

Maman. La mère que j'avais connue s'était envolée, je la voyais sous un jour nouveau. Elle était telle une héroïne de roman. Une druidesse échappant à ses poursuivants. Une femme à la sagesse cachée, qui savait traduire des runes millénaires et communiquer avec les éléments. Je me demandai si plus tard je serais comme elle. Je n'étais pas certaine d'avoir son courage.

La chaleur et la pollution du périphérique nous prirent à la gorge en arrivant. J'avais oublié combien Paris pouvait être grise et sale. Nous restâmes bloqués dans les embouteillages une bonne heure. Les garçons en profitèrent pour envoyer des milliers de messages puisque leurs iPhone captaient à nouveau. *Back to civilisation*.

Bertrand me demanda si je voulais qu'il me dépose tout de suite chez Valentine. Je répondis que j'avais une course à faire dans le quartier. En fait, je préférais passer devant notre ancien appartement. J'irais chez Valentine à pied.

Marcher dans la rue de Wattignies me fit tout drôle. Mon existence depuis mon arrivée en Bretagne avait été bouleversée. Je n'étais plus la lycéenne en doudoune qui rasait les murs en rentrant après les cours.

Je m'arrêtai devant notre immeuble. Rien n'avait changé. Je contemplai les larges fenêtres de notre ancienne vie, les rideaux que nous avions tirés en partant. Petit à petit, une idée germa en moi. Et si maman avait laissé un indice à l'intérieur ? Un indice qui nous aiderait à la retrouver ? Je devais en avoir le cœur net !

Je m'immobilisai devant le digicode. *3554.* Je n'avais pas oublié. *Pourvu qu'il n'ait pas changé !* Ouf ! La porte s'ouvrit aussitôt et je m'engouffrai dans le hall. *Ah la bonne vieille odeur de la cage d'escalier...*

Dans l'ascenseur, je sortis mon trousseau de clefs nerveusement. J'avais gardé celle de notre appartement en souvenir. J'espérais que les serrures n'avaient pas été changées. *Non, tout est comme avant.* Je me sentais fébrile. *J'ai les mains qui tremblent comme Parkinson !*

Les pièces sans meubles me parurent plus grandes qu'avant, tristes.

Nous avions été heureux ici. C'étaient les murs de mon enfance, je n'avais jamais eu d'autre maison. Nous l'avions abandonnée.

Par habitude, je pris le chemin de la cuisine. Comme si je rentrais du lycée, comme s'il y avait des Pitch au chocolat dans le placard.

Je me figeai sur le seuil. Une assiette et des couverts sales traînaient dans l'évier. *Quelqu'un est venu ici !*

Je pris conscience du danger. Les hommes de Sir John avaient forcément fouillé l'endroit à la recherche de notre mère et peut-être étaient-ils encore dans le coin ! Quelle idée absurde de venir seule sans rien dire à personne. Je devais déguerpir au plus vite ! *Fiche le camp !*

– Katell ?

Cette voix ! Mais c'est la voix de...

Je me retournai. Ma mère se tenait derrière moi, le marteau de la caisse à outils à la main, prête à m'assommer. Elle le laissa tomber en me reconnaissant et je me précipitai dans ses bras. *Maman, Maman...* Nous nous serrâmes l'une contre l'autre un long moment. Puis elle me redressa la tête et me regarda, les yeux baignés de larmes.

– Katell, que fais-tu là ? murmura-t-elle.

– On est à Paris pour fêter les résultats du bac.

– Bertrand a eu son bac ?

– Oui et les jumeaux ont eu neuf et treize en français, dis-je sans avoir besoin de préciser qui avait eu quelle note.

Je réalisai qu'elle n'était au courant de rien. Elle non plus n'avait pas eu de nos nouvelles depuis des semaines. Elle sourit puis redevint sérieuse.

– Tu n'as pas été suivie ? s'inquiéta-t-elle.

– Non, je ne pense pas, je n'ai pas fait attention, répondis-je, désolée.

– Si quelqu'un d'hostile franchit les cercles de protection que j'ai tracés autour de l'immeuble, je le saurai. Le plus important, c'est que vous alliez tous bien.

– Mais et toi ? Qu'est-ce que tu fais ici ? On te cherche partout. Et pourquoi tu ne nous as rien dit ?

Je me retins de poser les mille autres questions qui me torturaient.

– Viens, lança-t-elle, je vais te montrer quelque chose.

Je la suivis jusque dans sa chambre. Au sol, elle avait dessiné d'innombrables cercles blancs et des inscriptions en runes. *On croirait les tags d'un fou.* Il devait s'agir de formules magiques pour se protéger. Elle avait installé une planche sur trépied qui débordait de papiers épars noircis de signes runiques. Des tableaux et des formules mathématiques étaient accrochés aux murs. Elle avait dû travailler sans relâche depuis sa fuite et ne prendre de pauses que pour dormir.

Je m'assis sur le lit.

– Raconte-moi...

De récit et de cachette

Elle me raconta son enlèvement. Les sbires de Sir John l'avaient attachée et jetée dans un petit avion de tourisme qui avait traversé la Manche de nuit puis elle avait été enfermée dans une demeure perdue de la Cornouailles britannique. Elle était parvenue à s'enfuir un jour de grosse pluie pendant que ses gardiens tentaient de se protéger du déluge. Elle n'avait eu qu'une poignée de secondes pour tromper leur vigilance.

Ensuite, elle avait marché en se cachant des voitures pour rejoindre la ville la plus proche et fait du stop jusqu'à Londres. Là, elle avait convaincu l'ambassade de France qu'on lui avait volé ses papiers et sa carte bleue. Après de longues tractations, elle avait fini par prendre l'Eurostar pour Paris.

Son aventure me laissa sans voix. J'avais du mal à imaginer ma mère s'échappant comme un agent secret. Mission impossible, *manque que Tom Cruise !* *Non, c'est Marie-Anne Cruise !*

– Le jour du solstice, je n'étais pas encore à Londres. Je ne sais même pas si vous avez eu mon message !

– Pas entièrement, tu n'as pas eu le temps de m'expliquer où était la coupe de Maria.

– Vous ne l'avez pas trouvée ?

– Non, on ne sait pas où elle est.

– Moi non plus. J'ai juste eu une vision de Maria qui me précisait qu'elle était sur l'autel.

– Il n'y a que la croix celtique sur l'autel et on a fouillé toute la maison !

– Au moins, elle n'est pas entre les mains de Sir John. Et comme il n'a plus personne pour lui traduire la pierre, il est hors-jeu pour le moment !

– Si, il a quelqu'un...

– Quoi ? C'est impossible ! Qui est-ce ?

– Il ne nous a rien dit. Il nous a juste proposé le texte de la prophétie contre la coupe.

– Chantage ! Surtout, ne lui donnez jamais la coupe !

Elle se précipita vers son bureau et brandit une feuille comme un trophée. Je remarquai seulement combien ses doigts étaient maigres. Tout à ma joie de la retrouver, je n'avais pas fait attention à sa silhouette beaucoup plus mince. *Beaucoup trop mince.*

– Je me suis enfuie avec la seule et unique copie des gravures de la prophétie et je ne lui ai laissé qu'un exemplaire falsifié ! Quel que soit son traducteur, il n'a pas la bonne version !

Elle rayonnait. Je souris, ma mère était redoutable.

– Je croyais qu'il avait volé la pierre ?

– Non, il s'est juste procuré une copie sur papier.

– Mais alors qui a la pierre ? demandai-je, inquiète.

– Elle n'est plus au manoir ?

– Non, elle a disparu !

– C'est très inquiétant.

– Maman, je crois que tu devrais rentrer.

– Impossible tant que je n'ai pas fini la traduction. C'est trop risqué, il faut que je reste cachée. Je ne peux pas mettre tout le monde en danger. Tant que Sir John pense que vous n'avez pas la pierre et que vous allez lui fournir la coupe, vous serez protégés. S'il apprend où je suis et ce que je fais, il risque de vous attaquer à nouveau.

Elle avait raison. Je la regardai avec tristesse. J'avais tellement envie qu'elle revienne parmi nous.

– Papa pense qu'on va au club en juillet, on n'arrive plus à lui donner le change.

Son visage s'assombrit. Nous lui manquions autant qu'elle nous manquait.

– Je vais l'appeler. Promis.

– Il faudrait qu'on puisse communiquer. Abigail m'entraîne à lire dans le feu mais ça ne marche pas beaucoup, je préférerais qu'on s'envoie des mails ou qu'on se téléphone.

Elle réfléchit un instant.

– Non les mails, c'est trop risqué, Sir John vous surveille sans doute en permanence. Idem pour les portables et le téléphone. Vous êtes probablement sur écoute. Il faut trouver un autre moyen. Connais-tu quelqu'un qui ne serait pas lié à la communauté des druides et chez qui je pourrais envoyer du courrier ?

– Oui, ma copine Nolwenn à Châteaulin, répondis-je sans être sûre que ce soit une bonne idée.

– Parfait. Elle sera notre boîte aux lettres en cas de besoin.

– Et quelle excuse je lui donne ?

Je suis nulle pour mentir et inventer des histoires, si tu savais !

– Eh bien, trouve un truc d'ado.

Un truc d'ado, super...

— Tu n'as qu'à lui raconter que tu ne veux pas que tes frères fouillent ton courrier !

— Elle sort avec Richard.

— Ah bon, Richard a une petite copine !

— C'est pas une petite copine, il sort avec elle c'est tout.

— C'est quoi la différence ?

— Maman, laisse tomber, d'accord ?

— OK, OK. Dis-lui que tu ne veux pas que ta mère lise ton courrier.

— Ouais, c'est mieux. Et moi j'écris où ? Ici ?

— Oui, je ferai transiter notre courrier par une boîte postale. Mais à n'utiliser qu'en cas d'urgence absolue !

Nous avions réglé les questions pratiques. Je contemplai les murs recouverts de signes étranges.

— Ce sont des calculs ?

— La prophétie semble codée. La traduction est complexe, il y a tant d'interprétations possibles. Sans compter que je ne dispose que d'une copie et que certaines runes sont pratiquement illisibles. Si seulement nous avions la véritable pierre.

— Tu auras fini quand ?

— Je ne sais pas...

Elle soupira de fatigue. Mon téléphone vibra. C'était un message de Valentine : « T où ? ».

— Maman, je dois y aller. Je reviens demain avec les garçons.

— Non, ne prenez aucun risque. Ne leur raconte rien. Je sais que je t'en demande beaucoup...

— Ça va, je gère, ne t'inquiète pas.

Tu gères que dalle ouais. Je fis de mon mieux pour ne pas lui montrer que la situation me dépassait complètement.

– Je n'arriverai pas à mentir à Abigail, ajoutai-je.

– Abigail doit être au courant, tu peux le lui dire.

Nous traversâmes lentement l'appartement vide. J'eus envie de pleurer. C'était le pire au revoir de ma vie. *Maman, reviens vite s'il te plaît !* Elle me serra dans ses bras avec un beau sourire qui signifiait « Tout va bien finir, aie confiance en moi ». Pourtant j'eus la gorge nouée lorsqu'elle me prit dans ses bras. Je respirai son odeur une dernière fois et me retrouvai dans la rue bruyante et embouteillée.

Je manquais d'air. En Bretagne, j'aurais aspiré fort le vent de l'océan chargé d'embruns qui m'aurait redonné courage. Ici je m'asphyxiais dans la pollution brûlante de l'été parisien. Je pris la direction de l'appartement de Valentine en regrettant de ne pas avoir un manteau pour passer inaperçue. *Pense à demander à Abigail une formule pour devenir la femme invisible.*

De regrets et de paillettes

– **T**'étais où ? me demanda Valentine en ouvrant la porte de l'appartement de ses parents.

– Désolée pour le retard.

– Tu as juste le temps de te changer avant que les invités arrivent. Tu n'as pas oublié ta robe au moins ? s'inquiéta-t-elle.

Je sortis immédiatement la robe de Nolwenn de mon sac et la lui collai sous le nez. Nous traversâmes le salon très chic où elle avait poussé les meubles et installé une grande table avec une nappe blanche chargée de bouteilles et de verres colorés.

– Tu as vu ma déco ? J'ai mis des paillettes pour respecter le thème et mes parents ont même acheté une caisse de champagne !

– La classe, dis-je faussement impressionnée.

En réalité je n'avais pas du tout l'impression d'être à ma place. *Qu'est-ce que je fiche ici, moi ? Maman, au secours.*

– Allez, mets vite ta robe, sinon t'auras pas le temps de te maquiller.

Sinon, TU n'auras pas le temps de me maquiller.

Une fois que je fus habillée, elle me contempla d'un air professionnel.

– Pas mal, je dois avouer! En plus tu es déjà assez bronzée. Bon, montre-moi les chaussures.

Merde, je savais bien que j'avais oublié un truc. Je la regardai comme une gamine de six ans ayant fait une grosse bêtise. Elle éclata de rire.

– Oh Kat tu ne changes pas, un vrai garçon manqué! Quelle fille oublierait ses chaussures pour une soirée habillée? Heureusement que tu m'as! Tiens essaie ces petites noires, elles n'ont pas trop de talons.

Je n'eus pas le temps de me demander si je tiendrais en équilibre toute la soirée sur les escarpins qu'elle me tendit, on sonnait déjà.

– Ça y est, ça commence! Vite dépêche-toi! dit-elle très excitée.

Mes anciens camarades de classe arrivèrent les uns après les autres, vêtus de robes de soirée et de costumes cravate. Tandis que Valentine distribuait son champagne dans ses verres à pied bigarrés, je répondis aux nombreuses questions qu'on me posa sur la Bretagne et mon nouveau lycée.

Pour la première fois de ma vie, je fus le centre d'intérêt. Je me laissai griser par toutes ces marques d'attention, ma timidité s'envola. Je me sentais tellement captivante! Même Maxime qui m'avait snobée toute l'année s'assit sur le canapé à côté de moi pour écouter ce que j'avais à dire sur ma presqu'île perdue. Il me regardait intensément et je fus flattée. Je me trouvai spirituelle et jolie. Je minaudai. Enfin un garçon qui semblait se passionner pour ma personne. *Pas comme Tristan.* Je regrettai d'avoir pensé à lui. *Oublie-le! De toute façon il y a Léa.* Je me retournai et décochai un sourire aussi grand que la pièce à Maxime. Il me fit un compliment que je pris pour de l'or et me tortillai de plus belle. *Un vrai cornichon.* Il se rapprocha de moi en dénouant sa cravate de soie noire et je ne reculai pas. Sans savoir comment, je me retrouvai dans ses bras, affalée au fond du sofa, sa bouche plaquée sur la mienne. Je ne protestai pas et lui rendis son baiser. *Pourquoi pas lui puisque le seul garçon qui m'intéresse dans l'univers n'en a rien à faire de moi ?* Au bout d'un moment, Valentine me tira par le bras pour me redresser.

– Bon ça suffit, Kat ! Maxime, laisse-la !

Il râla mais mon amie insista.

– Kat, va te coucher !

J'obéis, même si elle se prenait pour ma mère. Je m'effondrai sur le matelas qu'elle m'avait préparé et m'endormis.

Le lendemain, je me réveillai et j'eus honte. En me repassant le film de la soirée, j'eus l'urgent besoin de me jeter dans un trou et d'y rester pour l'éternité. *Affligeant...* À côté, dans son lit, Valentine dormait toujours.

En traversant l'appartement, je constatai qu'elle avait déjà fait le ménage. On aurait dit qu'aucune soirée n'avait eu lieu. Si Valentine n'était pas une druidesse, elle était au moins une fée du logis. Je me réfugiai dans la cuisine et ouvris le frigo. Un immense verre de Coca frais me fit le plus grand bien.

À côté de l'évier, il y avait une corbeille de fruits et un blender. Je décidai de préparer le meilleur jus de fruits du monde pour Valentine. Elle ne mit pas longtemps à émerger, sans doute réveillée par le bruit. Je lui tendis ma mixture et elle sourit.

– Merci.

J'avalai moi aussi mon jus de fruits qui ressemblait à une purée liquide. *Ou du vomi de Tropicana...*

– J'ai pas compris pourquoi tu es sortie avec Maxime, fit-elle après avoir bu. Maxime, Kat ! Ce qu'il veut c'est juste se taper le plus de filles possible. Pas toi Kat ! Tu es trop bien pour lui !

– Apparemment non...

Elle posa les pots de confiture sur la table et me regarda sérieusement.

– Kat, arrête de te dévaloriser. Tu es belle et intelligente ! Tu vaux largement mieux que n'importe quel crétin de la classe. Et le pire de tous en plus. Celui qui se prend pour un beau gosse et qui se la pète alors que c'est un idiot !

Elle se mit à rire et continua à se moquer de moi.

– Je ne le crois pas, Maxime ! Comment tu as pu sortir avec Maxime ?

Le déjeuner fut gai. Elle me raconta les derniers potins du lycée. Finalement, j'étais contente de retrouver Valentine, même si ses soirées n'étaient définitivement pas faites pour moi.

Brasparts, monts d'Arrée,
duché de Bretagne, 1251

Elles reprirent leur route avant le jour, des hommes de la communauté ayant averti le grand druide que de nombreux cavaliers en armes étaient arrivés dans le pays de Commana. Elles prirent congé sans avoir mangé. La vieille femme leur offrit du pain et des fruits. En remplissant leurs besaces, Moïra nota le regard insistant de l'homme sur le bagage de sa mère. Elle se demanda si la pierre serait un jour en sûreté, si les druides eux-mêmes sauraient résister à la tentation de la posséder au détriment de la communauté. Les hommes étaient capables de tuer pour elle.

Elles retrouvèrent les odeurs de la terre et des plantes sauvages. Elles cheminèrent aussi vite que possible et toujours en silence.

Moïra se répéta qu'elle devait parler à sa mère. Le grand druide avait raison, elle portait en elle la lumière d'un jour nouveau. L'enfant qui grandissait dans son ventre n'était-il pas le fruit de la nuit de Beltane ? Celle où ils s'étaient aimés pour toujours, Guillaume et elle ? Oui, il était la volonté de la déesse mère, la promesse de vie.

Les enfants conçus la nuit du solstice d'été étaient des enfants sacrés, des enfants du feu et des étoiles. Elle savait que, pour les chrétiens, elle était une fille perdue parce qu'elle n'était pas mariée mais, pour la communauté des druides, elle réalisait la volonté de Dana. Pourtant, Moïra pensait toujours à la vie semée en elle avec une douleur dans le cœur. Guillaume n'en saurait jamais rien. Elle était partie sans avoir pu le lui dire. Elle allait élever leur enfant seule, loin de lui et de son amour. Sa gorge se noua et des larmes lui brûlèrent les yeux.

Elle tenta de se concentrer sur le chemin afin d'éviter les cailloux qui menaçaient à chaque pas de la faire trébucher. Elle ne devait penser qu'à avancer, ne pas se laisser surprendre par le chagrin, ne plus penser à Guillaume.

Elle fut arrachée à sa tristesse par sa mère qui lui désignait un ruisselet :

— Une source. Viens, je sens qu'elle nous appelle, écoutons ce qu'elle a à nous dire.

Elles s'éloignèrent du chemin et s'agenouillèrent près du cours d'eau. Par habitude des rituels, Moïra sortit sa coupe. Afin de se purifier et d'entrer en communion avec la source, il fallait utiliser les objets sacrés. Sa coupe était le seul cadeau de Guillaume qu'elle avait eu le temps d'emporter. C'était une écuelle de métal qu'il avait forgée et qui ressemblait à celles utilisées par les prêtres chrétiens pour dire la messe. Sauf qu'il y avait gravé de minuscules runes rien que pour elle.

Moïra la leva haut vers le ciel et le soleil avant de la plonger dans l'eau. Elle la tendit à sa mère qui y but et la lui rendit.

À son tour, Moïra y porta ses lèvres.

L'eau était fraîche. Elle ferma les yeux tandis qu'en face d'elle Anna se penchait vers la source.

Lire dans l'eau était facile, elles en avaient l'habitude. Mais pour interpréter les images qui s'y dessinaient, il fallait avoir une grande sagesse. Moïra laissa donc sa mère communiquer avec le miroir naturel, elle avait trop peur des visions qui risquaient de surgir.

Elles restèrent ainsi un long moment, jusqu'à ce que Moïra ouvre les yeux.

– Maman, la matinée est déjà bien avancée et…

Anna leva subitement les yeux, s'arrachant à sa contemplation, et lui ordonna :

– Fuis ! Vite ! Prends la pierre et fuis à travers la forêt !

Moïra n'eut pas le temps de répondre qu'un hennissement se fit entendre. Les soldats du duc lancés à leur poursuite étaient là ! Elle regarda sa mère avec effroi, elle ne pouvait partir sans elle.

– Cours, Moïra ! Je reste là. C'est la seule solution pour protéger la pierre ! Fuis ! Sauve-toi !

– Maman…

Les mots s'étaient bloqués dans sa gorge. Anna lui mit le sac dans les mains et se dirigea vers le chemin. Elle se retourna une dernière fois vers sa fille, les yeux emplis de larmes et d'espoir, puis s'en fut affronter les soldats.

Moïra se mit à courir vers la forêt. Son cœur battait fort dans sa poitrine, le sang cognait à ses tempes. Derrière elle, le galop des chevaux se rapprochait.

Tout à coup, elle reconnut le paysage de buissons et de troncs : elle était dans la forêt qu'elle avait vue en rêve. Elle aperçut le passage où elle était tombée et s'y jeta.

Tandis qu'elle chutait, elle entendit le souffle des chevaux tout près et le cliquetis des armures et des épées. Lorsqu'elle toucha violemment le sol, elle ne cria pas. Elle serra les lèvres et garda le hurlement en elle. Le corps meurtri et tremblant, elle resta immobile dans la pénombre. Elle savait maintenant que ce qu'elle avait cru être un cauchemar était une prémonition. Il fallait qu'elle reste cachée là comme une petite bête dans son terrier sans bouger et sans bruit.

Futhark,
l'alphabet runique

De retour et d'espoir

Nous atteignîmes le Menez Hom à la nuit tombée après une journée de route dans la chaleur étouffante de juillet. Il était tard et nous étions morts de fatigue. Nous roulions les fenêtres grandes ouvertes. Le long des petites routes, cela sentait bon les champs et la terre, cela sentait bon la campagne bretonne.

À notre arrivée, il y avait de la lumière dans la salle à manger de l'ostaleri gozh. Alwena et Abigail nous accueillirent avec de généreux sourires et un repas de fête.

On aurait dit que nous étions partis depuis plusieurs mois, ne manquait qu'une affiche « Welcome home » et des guirlandes multicolores genre *High School Musical*.

– Qui a encore faim ? proposa Alwena alors que nous avions déjà le ventre aussi gros qu'un ballon de foot.

– Aucun d'entre nous ne peut plus rien avaler, constata Abigail. Alors Katell, si tu nous racontais ce que Marie-Anne t'a dévoilé !

Comment elle sait ça ! Je devais garder le secret ! Mes frères se tournèrent vers moi, surpris.

– Quoi, tu as vu maman et tu ne nous as rien dit ? cria Richard dont l'énergie n'avait pas été vaincue par les quatre assiettes qu'il avait englouties.

– Tu as eu une vision ce week-end ? supposa Bertrand.

– Euh non, en fait je suis passée la voir, répondis-je en cherchant mes mots.

– Tu l'as vue en vrai ? hurla Richard de plus belle comme si j'étais sourde comme un pot.

– Katell, parle, tu veux bien ? proposa Abigail pour calmer tout le monde.

Je racontai tout en détail : l'appartement, la fuite incroyable de maman, la traduction, le faux texte qu'elle avait laissé à Sir John, l'appel prochain à papa… tout sauf notre accord concernant la boîte aux lettres de Nolwenn. Cependant, cela n'échappa pas à Simon :

– Comment on fait pour la joindre maintenant qu'on sait où elle est ?

– On peut lui écrire en cas d'urgence, elle va créer une boîte postale. Sinon on attend qu'elle nous contacte. Elle trouvera un moyen. Elle ne veut pas nous téléphoner parce qu'elle pense que nous sommes surveillés. Il faut faire comme si de rien n'était et continuer à utiliser normalement le fixe et nos portables.

– Elle a certainement raison. Pour éviter de mettre la puce à l'oreille de Sir John, continuons à vivre comme d'habitude, conclut Abigail.

Bertrand hocha la tête, Richard repoussa son assiette et Simon resta immobile. Il était tard. Mieux valait retrouver sa couette.

Les garçons débarrassèrent la table et montèrent les premiers, le pas lourd comme un troupeau de buffles. J'aidai Alwena à fermer les volets puis je lui souhaitai bonne nuit en bâillant.

– Avant que tu n'ailles te coucher, Katell, sache que Tristan est passé hier.

Je m'immobilisai sur la première marche.

– Il voulait me voir ?

Ben oui banane, sinon elle ne te le dirait pas !

– Oui, il n'a pas précisé pourquoi.

Mais on s'en fiche pourquoi ! Il voulait me voir, il n'y a que ça qui compte ! Tout à coup, je ne fus plus fatiguée du tout. Je me sentis regonflée à bloc. C'est sûr je n'allais pas dormir de la nuit. *IL VOULAIT ME VOIR !*

Je montai dans ma chambre le pied léger. J'avais envie de danser et de crier. J'ouvris la fenêtre et contemplai le Menez Hom dans le noir. Les bruits de la nuit envahirent la pièce. Pour éviter une invasion de moustiques, je n'allumai pas la lumière. Et puis je préférais penser à lui dans l'obscurité, en secret.

Dès le lendemain matin, je téléphonai à Nolwenn. Il fallait que je lui demande de recevoir mon courrier. Cette fois-ci, j'avais soigneusement préparé mon mensonge. Comme je savais qu'elle travaillait, j'espérais tomber sur son répondeur. Manque de chance, elle décrocha à la première sonnerie.

– Nol, c'est toi ? m'exclamai-je, surprise.

Elle rit.

– Ben oui, Kat, tu t'attendais à qui, au père Noël ?

– Je pensais que tu étais en train de bosser avec les enfants.

Richard m'avait vaguement parlé de la colo qu'elle encadrait trois semaines dans le Morbihan.

– Ce matin, je suis de courses, on prépare un pique-nique pour le groupe poney.

– Ah d'accord...

– Qu'est-ce qu'il y a ?

– Est-ce que je peux me faire envoyer du courrier chez toi ? Ma mère ouvre mes lettres. Ça m'énerve.

– Des lettres ? Ben ouais si tu veux. Tu sais, Facebook, ça existe !

– Oui mais c'est bien d'écrire aussi.

– Et qui est-ce qui t'écrit des lettres mod kozh ?

– Quoi ?

– Des lettres à l'ancienne, comme avant !

– Ah, juste mes potes de classe de Paris.

– OK, pas de problème.

– Et si tu pouvais ne pas mettre Richard au courant...

Elle ne répondit pas tout de suite.

– C'est louche tous ces mythos, Kat ! Bon, pour Richard, c'est OK vu qu'il ne m'a pas appelée une seule fois depuis que je suis partie. D'ailleurs balance-lui que j'en ai marre de laisser des messages.

– Promis.

Pauvre Nol, je crois que c'est over avec Richard.

– Je dois finir mes courses. On se voit quand je rentre ?

– Oui.

– Tu as prévu un truc pour ton anniversaire ?

Ah j'avais oublié que j'aurai seize ans le 1er août, quelle poisse !

– Je ne sais pas trop.

– Oh ben si, on va faire la fête, en plus je serai rentrée !

– D'accord, d'accord.

– Cool, allez kenavo ma vieille !

– Salut.

En raccrochant, j'eus le sentiment de m'être fait avoir. J'étais loin d'avoir les talents de Valentine pour organiser une soirée, et d'ici là qui sait ce qui pouvait se passer à l'ostaleri gozh...

Je décidai de remettre la préparation de l'événement à plus tard, pour le moment j'avais surtout envie d'aller à Pors Ar Vag. J'implorai Bertrand de m'amener en voiture. Mais après mon silence concernant mes retrouvailles avec maman, il m'en voulait. *Allez sois pas vache...* Je lui promis en échange de passer l'aspirateur dans sa chambre. C'était cher payé vu le désordre, mais pour aller à l'école de voile j'étais prête à tout. Il me déposa un quart d'heure plus tard devant la plage.

– Tu téléphones pour rentrer, je ne t'attends pas comme la dernière fois !

Je répondis par l'affirmative. *Peut-être que je ne rentrerai jamais...*

D'été et de fille

Le sable était plus blanc que d'habitude, presque aveuglant. Un léger vent tiède balayait les serviettes et faisait frissonner les parasols. J'avais oublié que c'étaient les grandes vacances. Depuis toujours, ma vie n'avait été qu'école ou vacances, il ne pouvait rien y avoir d'autre. J'eus le sentiment bizarre d'être hors du temps.

Tristan aidait une famille de plaisanciers à tirer un catamaran au sec. Il portait un short bleu et une casquette râpée. Je décidai de l'attendre devant la baraque et m'assis sur le bord d'un kayak.

À quelques mètres, l'Algeco des surveillants de baignade faisait face à la mer. La sculpturale Léa semblait absente. Seul un garçon en short rouge armé de jumelles inspectait la mer. Je ne me sentais pas de taille à rivaliser avec Barbie Pors Ar Vag.

Enfin, Tristan regagna la baraque et aida la famille de vacanciers à se débarrasser de ses gilets de sauvetage.

– Salut, dis-je en me levant pour l'aider à rincer le matériel.

– Salut, répondit-il en ouvrant le robinet. T'es rentrée hier de Paris ?

Il me souriait et mes jambes devinrent aussi molles que des œufs en gelée. Il était plus bronzé que la dernière fois. *C'est pas le moment de perdre tes moyens, trouve un truc !*

— Oui, je suis allée avec mes frères fêter les résultats du bac.

Je réalisai que lui aussi avait passé le bac de français.

— Et toi ?

— Ça va, je m'en tire avec douze de moyenne. C'est pas trop mal pour quelqu'un qui pense arrêter l'école après le lycée.

— Tu ne veux pas faire d'études ? m'étonnai-je en lui tendant le dernier gilet.

— J'ai prévu un tour du monde à la voile pour surfer sur toutes les vagues de la planète.

Je le regardai, impressionnée.

— Mais tu n'as pas de bateau.

— Pas besoin, je me ferai embarquer comme équipier.

Il avait l'air si sûr de lui que je compris qu'il avait tout prévu depuis longtemps. Je l'enviai, moi je n'arrivais même pas à choisir mes options pour l'année à venir.

— Je suis passée t'inviter à ma soirée d'anniversaire, le 1er août.

Je croyais que ça te gonflait de préparer un truc ?

— Cool, c'est où ?

— Ben, je ne sais pas encore, j'ai juste la date.

Minable, l'invitation…

— Pourquoi on ne la ferait pas ici ?

— Dans la baraque ? Tu crois qu'il y a la place ?

— Mais non, sur la plage ! L'été, on fait la fête sur la plage !

L'idée était bonne et j'acceptai avec enthousiasme. Cela me donnait aussi une excuse pour passer à la cabane quand je voulais. Bertrand vint me chercher et je rentrai avec un cœur tout neuf. Ce n'est qu'une fois à Sainte-Marie que je réalisai que je ne lui avais pas demandé pourquoi il avait cherché à me voir le samedi précédent. *Cool, encore une raison pour retourner à Pors Ar Vag!*

Mes frères, séduits par l'idée d'une soirée sur la plage, me proposèrent de se charger des courses.

– Tu penses inviter du monde? demanda Bertrand.

– Ben pas trop. Je n'ai pas tellement d'amis ici.

Ah parce qu'à Paris tu en avais des tonnes?

– Il y aura Tristan et Micka, Lou, Anaïs et Nol, comptai-je en jetant un regard à Richard.

L'évocation de Nolwenn ne lui fit ni chaud ni froid. Ma copine avait du souci à se faire.

– On peut proposer à quelques potes de venir?

L'avantage de se retrouver sur une plage, c'est qu'on n'est pas limité par le nombre.

– Si tu veux...

C'était mon anniversaire mais si mes frères s'occupaient de tout, ils pouvaient inviter qui ils voulaient. Pourvu que Tristan soit là.

– On devrait peut-être inviter Alwena aussi? proposa Simon.

Bertrand rougit et Richard en profita pour le chambrer. Aucune discussion sérieuse ne fut plus possible à partir de là.

De poussière et de mots

J'étais dans la cuisine à la recherche d'un providentiel paquet de gâteaux lorsque Abigail apparut. Depuis mes retrouvailles avec maman, je n'avais plus pensé à mon initiation. Quel besoin avais-je de m'entraîner à lire dans le feu maintenant que nous avions repris contact ?

– Katell, il est l'heure, dit-elle simplement. Suis-moi.

J'obtempérai, avec Abigail impossible de se rebeller. Devant le perron, le 4x4 ronronnait, Alwena était au volant.

– On va où ? demandai-je.

– Faire un peu de lecture, répondit-elle en souriant.

Je ne fus pas étonnée de découvrir que nous empruntions la route qui menait au manoir de Moëllien. Nous passâmes le porche et nous garâmes dans la cour tapissée de graviers. Aussitôt, le père de Tristan apparut dans l'embrasure de la porte d'entrée. Avec ses longs cheveux blancs qui tombaient sur ses épaules, il ressemblait à Merlin l'enchanteur. Il avait troqué sa tunique de cérémonie pour une chemise bleu ciel et un pantalon. *J'aurais préféré une cape avec des étoiles et un chapeau de sorcier !* Il nous accueillit avec bienveillance et je compris qu'il était très lié avec Abigail. Ils semblaient se connaître depuis un temps infini. Une autre vie peut-être.

Nous nous rendîmes à la bibliothèque. Comme la première fois, je fus intimidée par l'endroit. Nous prîmes place autour d'une grande table en bois qui servait à dérouler les parchemins.

– Il est temps de reprendre l'ouvrage inachevé d'Elen et Maria, commença Abigail. Aujourd'hui nous reformons un groupe de travail. Yann, y a-t-il des copies du texte de la prophétie ?

Le père de Tristan ne faisait pas que porter des vêtements normaux, il avait un prénom.

– Par mesure de sécurité, il n'y en a jamais eu beaucoup, peut-être une ou deux. Nous n'avons pas retrouvé les documents de Maria, elle les a probablement dissimulés comme sa coupe.

– Mais alors, comment Sir John a-t-il pu se procurer le texte ? s'étonna Alwena.

Aucun des deux druides ne répondit et j'eus l'impression qu'ils en savaient plus qu'ils ne voulaient bien l'avouer. *Encore un mystère... Un mystère ou un mensonge ?*

– Le plus important est que Marie-Anne lui a laissé un exemplaire falsifié et qu'elle a sans doute beaucoup d'avance sur le traducteur qu'il a embauché.

– Je me demande qui ça peut être, murmura l'ovate.

– Katell, sais-tu où en est ta mère ?

– Elle a juste parlé de dates et de codes mais je n'ai rien compris, m'excusai-je.

Subitement, Alwena se leva et se dirigea vers une étagère où étaient entreposés des livres beaucoup plus récents. Elle en tira un gros volume poussiéreux qu'elle posa sur la table.

– Mais c'est une encyclopédie sur la symbolique des arbres ! s'exclama Abigail. Qu'est-ce que cela a à voir avec la prophétie ?

Alwena sourit.

– Sureau, souffla-t-elle en posant son doigt fin sur un minuscule caractère.

Nous la regardions avec des yeux ronds, elle était la seule à comprendre.

– La première fois que j'ai vu la pierre, je me souviens avoir eu du mal à identifier certaines runes. Elles n'étaient pas les runes habituelles et je me rappelle un signe en particulier. Un signe très différent que je n'avais jamais rencontré. Celui du sureau.

– Pour les Celtes le sureau représente le cycle de la vie, la mort et la renaissance. Il est associé au mois de novembre, compléta Abigail.

– Si tu as vu juste, Alwena, le nouveau druide sera révélé lors d'un solstice d'hiver, murmura Yann.

– Abigail, tu penses que ce druide se trouve déjà parmi nous et qu'on ne saura qui il est qu'en novembre ?

Elle mit un certain temps à répondre.

– Les druides connaissent cette prophétie depuis la nuit des temps. Si c'est le cas, nous saurons le reconnaître le moment venu. D'autant plus que Marie-Anne traduit le texte. Katell, envoie-lui un message pour l'informer de notre découverte. En attendant, restons sur nos gardes à cause de Sir John. Si seulement nous savions où se trouve la coupe...

De rage et de rouge

Je rentrai à l'ostaleri gozh avec un dictionnaire de runes et des textes anciens à traduire. *Super, des devoirs de vacances...* Pour la vieille Irlandaise, il fallait que je sois capable de déchiffrer les signes les plus simples.

Je passai donc la semaine en compagnie d'Alwena à me familiariser avec l'alphabet runique et la façon d'écrire des anciens peuples. La tâche était ardue, il ne s'agissait pas de traduire littéralement les runes, il fallait leur donner un sens. Je me couchais épuisée le soir après avoir torturé mon pauvre cerveau toute la journée. Heureusement Alwena était d'une patience exemplaire et je ne me sentais pas déprimée si j'échouais. *T'as pas la pression, quoi!*

Les garçons furent les bienvenus au cours de traduction druidique mais ils se lassèrent vite. Le soleil, la mer, les balades à cheval et leurs nouveaux copains eurent raison des grimoires poussiéreux des druides. Bertrand résista plus longtemps à cause d'Alwena puis capitula.

Un jour, en fin d'après-midi, alors que nous venions de refermer nos ouvrages, le téléphone sonna.

Je décrochai rapidement pour mettre fin à l'affreuse sonnerie.

– Allô, Katell, c'est papa.

Je faillis raccrocher. *Oh, non pas le capitaine, je ne sais pas mentir !*

– Bonjour.

– Je rentre mardi prochain.

– Ah oui...

– Préviens tes frères et... Abigail.

– D'accord.

– À mardi alors.

– À mardi papa.

La discussion avait été expéditive. Maman avait dû lui donner des consignes. Quoi qu'il en soit, il était au courant. Nous allions devoir attendre son retour pour savoir à quelle sauce nous serions mangés. Le boys band parut soulagé alors que je m'inquiétais de sa venue. Avoir notre père à la maison n'avait jamais été commode et, vu les circonstances, l'atmosphère risquait d'être tendue. Sans parler d'Abigail.

〰〰

Le mardi, je fus dispensée de leçon de runes, Alwena ayant proposé à Bertrand d'aller chercher notre père à la gare de Brest. Je leur demandai de me déposer à Pors Ar Vag pour voir Tristan.

Il était midi, la plage s'était vidée. Le soleil brillait au zénith, le point le plus haut du ciel. Je ne le regardais plus de la même manière depuis que j'étudiais les astres. Avant, j'aurais plutôt pensé à prendre de la crème de protection indice 50 + à cause de ma peau blanche, depuis mon initiation, j'avais l'impression de voir tourner l'univers.

Je trouvai Tristan et Micka en train de pique-niquer avec l'équipe des sauveteurs. Je me retins de grimacer en découvrant Léa et son maillot de bain rouge, *à la limite du string brésilien...*

— Salut Kat, tu manges avec nous ? proposa Micka.

— Non merci, je me réserve pour le dîner, mon père rentre ce soir.

— Y en a beaucoup qui aimeraient avoir un père comme le tien : jamais là, tranquille quoi ! blagua-t-il en fixant Tristan qui ne réagit pas.

Micka n'était pas au courant pour les druides et les cérémonies. Je me demandai ce que Tristan avait pu raconter à son meilleur copain.

— Alors il paraît que tu fais une fête pour ton anniversaire, cool !

Léa. J'eus envie de lui envoyer un coup de rame dans la figure. *Et tu crois que t'es invitée ?*

— Tristan nous a dit que c'était le 1ᵉʳ août, c'est ça ?

— Ouais.

Quelle mauviette ! Je croyais que tu ne voulais pas d'elle à ta fête ?

— Tu auras quel âge ?

— Seize.

— Ah tu es jeune encore !

Cette fois, j'eus envie de donner à la Pamela Anderson de Pors Ar Vag des milliers de coups de rame, jusqu'à l'enfoncer dans le sable et la faire disparaître à jamais.

— Et toi tu as quel âge ? demandai-je comme si nous étions des gamines de primaire.

— Dix-neuf depuis mai. On ira acheter l'alcool pour toi si tu veux !

— Pas la peine, mes frères s'occupent de tout ! rétorquai-je pour lui clouer le bec.

241

– C'est bien que tes frères viennent, on sera nombreux finalement.

Tristan. Sa voix me calma aussitôt.

– Oui, ils ont beaucoup de copains, répondis-je en décidant de faire comme si Léa n'existait pas.

– Bon, il est temps de reprendre le taf ! nous coupa le chef de l'équipe des sauveteurs.

Avec soulagement, je vis Léa et les shorts rouges se dispatcher le long de la plage et grimper à bord de leur Zodiac. Micka se leva à son tour pour débarrasser les restes du pique-nique. *Enfin un moment avec Tristan !*

– J'ai commencé l'étude des runes, annonçai-je.

– Fais gaffe Kat, murmura-t-il, ne te laisse pas embarquer trop loin avec Abigail et mon père.

– Quoi ? Mais on doit retrouver la coupe, et la pierre ! On ne peut pas laisser Sir John...

Je fus interrompue par Micka qui revenait. Il était temps pour eux aussi de retourner travailler. Des touristes voulaient faire de l'Optimist.

– Tu restes à la plage ? me demanda-t-il d'un air plus gai.

– Désolée, mon père rentre ce soir, je dois y aller.

Je restai un moment à les regarder mettre le bateau à l'eau et à hisser la voile. Qu'est-ce que Tristan avait cherché à me dire ? De quoi voulait-il me prévenir ? Que savait-il sur la communauté que j'ignorais ?

De feu et de complices

Nous étions comme un équipage pris en flagrant délit de mutinerie. Le capitaine, dès son arrivée, nous toisa les uns après les autres.

– J'ai eu votre mère au téléphone, heureusement pour vous et pour Abigail ! La prochaine fois, vous verrez de quel bois je me chauffe !

Nous baissâmes les yeux tous les quatre. Enfin, après un interminable silence, il désigna l'un d'entre nous comme s'il appelait un chef de quart au rapport :

– Simon, tu me passes en revue la situation.

Il s'assit et nous prîmes cela pour une autorisation de repos. Nous le rejoignîmes autour de la table pour écouter ce que le plus sage d'entre nous allait raconter. *Pitié Simon, fais attention à ce que tu vas dire...*

– Comme tu le sais, Maria a été assassinée au dolmen du Menez Lié, commença méthodiquement notre frère. Nous pensons que l'homme qui a tout manigancé est un certain Sir John, un riche historien anglais qui cherche à s'approprier les objets de culte des druides. Comme Maria ne lui a rien révélé en ce qui concerne l'emplacement de sa coupe sacrée, il a kidnappé maman dans le but de nous faire chanter pour la récupérer. Seulement nous ne l'avons toujours pas trouvée. Par chance, maman a réussi à s'échapper et à se réfugier à Paris. Pendant ce temps, on a découvert qu'une vieille pierre sur laquelle est gravée une prophétie a disparu. Sir John connaît l'existence de ce texte secret et il avait en réalité kidnappé maman pour qu'elle le traduise. Heureusement, elle a laissé derrière elle une fausse copie de la prophétie. Cela nous fait gagner du temps. Avant que Sir John ne se rende compte qu'il possède un texte falsifié, maman aura fini la traduction. On l'espère parce qu'il paraît que la prophétie annonce la venue d'un druide aux pouvoirs extraordinaires.

Simon se laissa retomber sur le dossier de sa chaise. Il avait fini son exposé. *Bravo, 20/20!*

– Et Katell? interrogea le capitaine.

Simon me fit un signe du menton. *Oh s'il te plaît, pour une fois réponds à ma place!*

– Je... je suis une formation avec Alwena.

– Une formation druidique accélérée! précisa Richard.

Je le fusillai du regard. *Merci pour ton aide!*

– Une formation druidique pour apprendre à maîtriser certains dons comme lire dans le feu.

– Lire dans le feu? Katell tu te moques de moi? C'est quoi ces bêtises?

– Non, c'est vrai, ça ne marche pas à tous les coups mais je lis dans le feu! Comme si je recevais des visions.

Il me regarda, perplexe, puis finit par dire :

– Bon, admettons… Si je résume la situation, nous devons attendre que Marie-Anne termine la traduction, traduction qu'elle doit finir avant que Sir John ne se rende compte de la supercherie car qui sait de quoi il sera capable. Idem pour la coupe, il faut absolument la retrouver pour éviter qu'elle ne tombe entre ses mains.

Il nous dévisagea un par un une fois de plus.

– Et je vous préviens, au premier mensonge, on rentre à Paris et je raconte tout à la police. Je suis certain qu'elle serait intéressée de savoir comment les restes de Maria se sont volatilisés avant l'autopsie !

Sur ce, il se leva. Je pus presque imaginer maman dire « fin de la discussion ». Notre père avait soulevé un détail important : en effet comment la dépouille calcinée de Maria avait-elle pu disparaître ? Les garçons aussi avaient relevé ce point. Dès que le capitaine fut monté ranger ses affaires, nous nous retrouvâmes dans la cuisine.

– Vous pensez qu'Abigail a volé le corps de Maria ? chuchota Bertrand.

– Comment une vieille pourrait-elle embarquer un cadavre sans se faire remarquer ? rétorqua Richard.

– Alwena nous a raconté qu'elles avaient dispersé les cendres de Maria lors d'une cérémonie.

– C'est sûr que ce sont les druides qui ont fait le coup ! Mais comment ? On n'entre pas facilement dans un institut médico-légal, ajouta Richard.

Nous réfléchîmes quelques instants.

– Vous pensez sérieusement qu'Abigail a des pouvoirs magiques qui lui permettent de traverser les murs ? demanda Bertrand.

– C'est pas la fée Morgane, sinon moi je suis le roi Arthur! souffla Richard.

Tu ne serais pas plutôt le roi des c...

– Je ne vois qu'une solution, murmura Simon, elles ont eu le soutien de quelqu'un à l'intérieur.

– Tu sous-entends quoi?

– Quelqu'un de la police les a aidées à récupérer le corps.

– Un complice?

– Un flic druide?

– Il se peut que les druides soient plus puissants qu'on ne l'imagine, pas juste une bande de rêveurs isolés sachant parler aux étoiles et aux morts.

Simon avait parfaitement raison. *Si mes frères ont un cerveau, c'est dans le crâne de Simon qu'il se trouve!*

De noir et de souvenirs

Dès le lendemain, pour m'affranchir de mon père, je proposai à Alwena de travailler à la bibliothèque du manoir.

Nous convînmes avec Bertrand qu'il nous déposerait le matin et viendrait nous chercher en fin d'après-midi. Les garçons avaient eux aussi besoin du 4x4 pour fuir la présence pesante du capitaine.

Je passai la matinée à bûcher sur un texte assez ardu gravé sur une stèle plusieurs milliers d'années auparavant. Je ne comprenais rien. Autant essayer de traduire des hiéroglyphes sans la pierre de Rosette !

Pendant que je mâchonnais mon crayon devant mon dictionnaire ouvert, Alwena inspectait les étagères et les tiroirs de la bibliothèque.

Au bout d'un moment, alors que mon stylo ressemblait à une tige sans fleur déchiquetée par une armée de chenilles, je remarquai qu'elle contemplait fixement un papier jauni.

– Qu'est-ce que c'est ?

Elle se retourna vers moi comme si elle avait oublié ma présence.

– C'est beau non ? lança-t-elle en posant sous mes yeux un parchemin où s'enlaçaient des symboles.

On aurait dit de la calligraphie chinoise. J'attendis qu'elle m'éclaire.

– Elen était douée, une véritable artiste, murmura-t-elle.

J'observai plus attentivement les courbes tracées à l'encre noire par la mère de Tristan.

– Son pinceau ne tremblait jamais, comme si ses doigts et son esprit étaient en symbiose. Ici, elle nous parle de Mor, la mer. Elle a utilisé des oghams pour écrire le symbole de Manannan, le dieu celte de la mer et de la connaissance cachée.

– Tu as passé beaucoup de temps avec elle ?

– Pas assez. Elle est morte l'année où je suis entrée en apprentissage.

– Elle est morte comment ? osai-je d'une petite voix, comme si Tristan ou son père risquaient de m'entendre.

– Lors de la cérémonie de Beltane. La journée avait été parfaite, il faisait très beau. C'était ma toute première fête, j'étais excitée. Beltane célèbre la première lune de mai, elle annonce les premiers fruits de la saison et les récoltes abondantes. Pendant cette période il y a de nombreux rituels de fertilité, de joie et d'amour. Pour participer, j'avais préparé des biscuits de lait et d'avoine comme le veut la tradition. Tout était nouveau pour moi, je découvrais tant de choses.

– Tu avais quel âge ?

– Un peu moins que toi.

– Et qu'est-ce qui est arrivé ?

J'avais cessé de mâchonner mon Bic comme s'il n'avait plus de goût.

– Le rituel avait lieu au plus profond de la presqu'île. Nous sommes tous rentrés en voiture. Je me souviens, il faisait à peine jour. Sur le chemin du retour, Yann et Elen ont été percutés par un véhicule. Des jeunes qui sortaient de boîte et qui avaient trop bu. Yann n'a pas pu les éviter, Elen ne s'en est pas sortie.

Terrible. Il n'y a pas d'autre mot. Je ne pus qu'imaginer le chagrin de Tristan quand on lui avait annoncé que sa mère était morte.

La bibliothèque nous parut tout à coup très sombre. Alwena me guida dans le jardin du domaine. À nouveau, je constatai combien le manoir était un lieu hors du commun, une demeure enchantée, un château de conte de fées. Tristan avait dû y vivre une enfance heureuse avant la disparition de sa mère.

De larmes et de cadeaux

Le jour de mon anniversaire, en rentrant de la bibliothèque, je trouvai Nolwenn assise sur les marches de l'ostaleri gozh, les yeux rouges. Je devinai immédiatement que mon frère n'y était pas étranger.

Alwena, qui avait elle aussi senti que Nolwenn n'allait pas fort, s'éclipsa dans la maison après un rapide bonjour. *Richard, pourquoi je suis sûre que tu as quelque chose à voir là-dedans ?* Je m'assis à ses côtés.

– C'était bien la colo ?

– J'en ai rien à foutre de la colo ! répondit-elle avec hargne.

Bon j'ai compris, Richard s'est comporté comme un nul.

– Je viens de me faire larguer !

J'eus envie de répondre : tu t'attendais à quoi de la part d'un bouffon comme Richard ? Au lieu de cela, je tentai de lui remonter le moral :

– Tu sais, il n'en vaut pas la peine. Tu peux trouver vachement mieux.

– Il aurait pu me prévenir plus tôt, ça ne se fait pas ! Ça me donne l'impression de ne pas avoir compté! Ça me donne l'impression d'être une grosse nulle!

– C'est lui le gros nul!

Elle se retourna vers moi et éclata de rire. *Ben qu'est-ce qu'il y a de drôle?*

– C'est ton frère!

– Et alors?

– Tu ne peux pas le traiter de nul!

– Si je peux et je peux même dire que parfois c'est un vachement gros nul!

Pendant cinq minutes, nous ricanâmes comme deux quiches sur le perron de la maison. Finalement, Nolwenn me demanda en désignant sa voiture du menton :

– Bon, on y va?

– Où?

– Ben à ta fête d'anniversaire, banane!

J'étais bien là, je n'étais pas certaine de m'amuser davantage à la plage qu'assise en compagnie de Nol sur les marches d'entrée de la maison.

– Tu es sûre que tu veux y aller?

– Oui, je pense que j'arriverai à affronter Richard maintenant. Il fallait juste que je pleure un bon coup!

– Tu sais on peut rester là…

– Kat, c'est ton anniversaire! Tout le monde t'attend, tes frères sont partis depuis des heures pour tout préparer!

– Ouais je sais…

– Allez grimpe dans la voiture.

– Il faut prévenir Alwena.

– Y a de la place pour trois, on l'emmène. Mais au fait c'est qui Alwena, elle vit avec vous?

Ah celle-là, je ne l'ai pas vue venir! Vite un mensonge!

251

– C'est une cousine, elle vivait avec ma grand-mère et comme la maison est assez grande, elle habite toujours là.

– Ah d'accord, en tout cas elle est super belle, je crois que Bertrand l'aime bien.

– Je crois qu'il l'aime plus que bien !

Lorsque nous arrivâmes à Pors Ar Vag, il y avait déjà du monde. Parmi la foule, j'aperçus Micka qui parlait avec Malo et les parapentistes que j'avais prévenus au dernier moment.

Je cherchai Tristan du regard mais je ne le vis pas. Au lieu de cela nous tombâmes nez à nez avec Léa qui portait une robe blanche très courte et très décolletée. Je lui enviai ses parfaites jambes fines et sa peau bronzée comme un Speculoos.

– Salut Kat, bon anniversaire ! Tes frères sont top, ils ont tout préparé !

Pas touche ! Ne t'avise pas de butiner autour d'eux !

– Salut ! Je te présente Nolwenn. Nol, voici Léa.

Léa la regarda à peine et se retourna en nous lançant :

– Je vais me chercher un verre. Salut !

C'est ça, et ne compte pas sur moi pour taper la discute avec toi ce soir, tu rêves !

– C'est qui celle-là ? me demanda Nol.

– Personne. Ne la calcule pas. J'étais obligée de l'inviter, elle fait partie des sauveteurs et comme le poste de secours est juste à côté...

– C'est pas une robe qu'elle a, c'est une ceinture !

Je gloussai.

– Si tu la voyais dans son maillot de bain rouge !

Nolwenn fit semblant de vomir. Je ris de plus belle.

– Allez viens, nous aussi on va boire, tu as seize ans aujourd'hui ! En tout cas tes frères ont vraiment bien organisé ça.

Elle avait raison. Ils avaient disposé des guirlandes lumineuses et des tables en plastique rouges et jaunes. Des serviettes de plage avaient été étalées sur le sable et chacun pouvait s'asseoir à son aise. Quelques kayaks faisaient office de bancs. Tout le monde allait pieds nus, certains dansaient déjà au son de la musique. Une borne iPhone avait été installée devant la cabane de l'école de voile.

– Tu veux une vodka orange ou une bière ?

– Juste du jus d'orange.

Mon amie écarquilla les yeux. *Pas ce soir, Nol, pas ce soir.*

– Je n'ai pas envie de boire, m'excusai-je.

Elle me sourit et afficha ses dents écartées.

– Tout ça c'est pour Tristan, je me trompe ?

Je rougis jusqu'à la pointe de mes oreilles sans répondre.

– Non, je ne me trompe pas ! En tout cas moi j'ai besoin d'un remontant ! Allez yec'h' mat !

– Quoi ?

– Yec'h' veut dire santé en breton ! Kat, va falloir t'y mettre, t'es plus à Paris ! Bon, alors joyeux anniversaire !

– Merci.

– Tiens, j'ai un cadeau pour toi.

Elle posa sa bière et fouilla dans son sac pour en sortir un paquet mou.

– Merci... balbutiai-je.

– Ouvre d'abord !

Le papier cadeau tomba dans le sable et je dépliai une petite robe noire identique à celle qu'elle m'avait prêtée.

– Il te fallait au moins une robe dans ton armoire! Parfois tu oublies que tu es une fille!

J'ai l'impression d'entendre Valentine.

– Elle est trop belle, merci beaucoup!

– Tu devrais la porter ce soir.

– Maintenant?

– Ben oui Kat, les anniversaires c'est qu'une fois par an!

Je pris la direction de la cabane à voile, ma tenue de soirée sous le bras. Tristan avait fait de la place. On pouvait marcher sans zigzaguer entre les gilets et les rames. J'utilisai la mezzanine comme dressing.

Tandis que je me battais avec la fermeture-Éclair, j'entendis trois voix m'appeler :

– Kat, tu es là-haut?

Mes idiots de frères. *Non, mes génialissimes frères! La soirée est parfaite!*

– Oui j'arrive, je me change.

– On a un truc pour toi.

En descendant, je trouvai le boys band avec un gros paquet à ses pieds et je ravalai les reproches que j'avais prévu de faire à Richard à propos de Nolwenn. *En tout cas, tu ne perds rien pour attendre.*

– Joyeux anniversaire!

– Merci, qu'est-ce que c'est?

J'avais toujours trouvé débiles les gens qui demandent ce que contient le présent qu'on leur offre alors qu'ils s'apprêtent à l'ouvrir, mais j'étais tellement gênée que rien d'autre ne me vint. J'arrachai le papier, les actes valant mieux que les paroles.

– Oh une combinaison de plongée! Merci, mais...

Je ne comprenais pas pourquoi ils m'offraient cette drôle de chose noire en caoutchouc.

– C'est du néoprène six millimètres d'épaisseur, m'expliqua Simon comme si j'avais parlé tout haut.

Je le dévisageai, ahurie.

Ils éclatèrent de rire.

– Allez Kat, ne fais pas cette tête, s'amusa Bertrand, on a pensé que ça te servirait cet hiver pour surfer avec Tristan.

Je devins écarlate en un quart de seconde comme si j'avais pris un coup de soleil en accéléré.

– Ou faire ce que vous voulez dans la mer, commenta Richard.

Je le mitraillai du regard. Heureusement que c'était mon anniversaire sinon je lui aurais dit ses quatre vérités.

– Merci, c'est cool, vous avez toujours des idées super.

– Maman et papa ont participé, précisa Bertrand.

– Maman ?

– Oui, elle n'a pas oublié ton anniversaire, elle t'a envoyé une carte.

Ils me tendirent une carte postale sur laquelle était écrit : « Bon anniversaire Katell, je t'embrasse fort. Je rentre très très vite. »

Au verso, il y avait une photo de moutons à côté d'une vieille stèle en pierre avec une croix celtique plantée de travers dans un champ tout vert. Devais-je y voir un message caché ?

Simon, qui décidément semblait lire dans mon cerveau comme sur un iPad, murmura :

– Elle vient d'Irlande.

– D'Irlande ? Mais qu'est-ce qu'elle est partie faire en Irlande ?

– Il va falloir attendre son retour pour le savoir.

– Abigail est au courant ? C'est son pays...

– Je ne sais pas. Comme d'habitude, elle ne nous a sans doute pas tout raconté.

Et un mystère de plus...

– Allez, on rejoint les autres pour faire la fête, surtout que Richard a déjà une nouvelle fille en ligne de mire ! dit Bertrand en faisant mine de lui donner un coup de rame.

J'étais prête à lui faire remarquer qu'il n'avait pas été correct avec Nolwenn quand, pour la première fois de ma vie, il m'adressa un compliment :

– Elle est très belle ta robe, Kat, tu vas déchirer !

Je me sentis rougir à nouveau comme une plaque de cuisson vitrocéramique puissance dix. Je rajustai ma robe, ayant subitement besoin d'occuper mes mains.

– Tiens, regarde, Léa est là-bas, dépêche-toi, sinon quelqu'un va lui mettre le grappin dessus avant toi ! se moqua Simon.

LÉA ? NON, PAS LÉA ! Richard, pas elle ! Il se précipita vers la créature sans que je puisse intervenir. Nolwenn allait passer une soirée affreuse. Seul avantage, Léa cesserait de tourner autour de Tristan. Je ne l'avais pas encore vu. *Mais oui, il est où ?*

Peu de temps après, je me retrouvai avec un album photo, un portefeuille en cuir rouge, un paréo, du parfum et des boîtiers pour portable de toutes les couleurs. Même Léa, que Richard ne quittait plus comme s'il était son garde du corps ou plus probablement la deuxième tranche d'un sandwich, se montra aimable en m'offrant avec l'équipe des sauveteurs un bon pour la Fnac.

Je la remerciai du bout des lèvres. De loin, je vis la mine déconfite de Nolwenn qui assistait depuis le début de la soirée au manège de Richard et qui avait compris que Barbie Pors Ar Vag n'en ferait qu'une bouchée. *Pauvre Nol...*

Alwena vint discrètement déposer entre mes mains un petit sac en tissu.

– De la part d'Abigail aussi. Elle te protégera.

Une fine chaîne à laquelle était accrochée une délicate croix celtique glissa dans la paume de ma main.

– Merci, elle est très jolie.

On m'offrait un bijou pour la première fois.

– Bon anniversaire, dit-elle, c'est aussi Lugnasad, tu sais ?

– Lugnasad ?

– Le 1ᵉʳ août est une date spéciale dans le calendrier druidique, c'est la fête du dieu Lug. Lug est le plus grand des dieux, un dieu-roi. Il protège les âmes. Tu es née sous un jour particulier, celui d'un souverain qui apporte la paix et la prospérité.

Je contemplai la croix qui scintillait dans le creux de ma main. Elle reflétait les étoiles, comme un lien avec le ciel et l'univers.

De nuit et de musique

– **B**ain de minuit! Bain de minuit! cria Richard à tout va.

Je rangeai mes cadeaux tandis qu'Alwena suivait le groupe. Bertrand n'avait pas eu à la supplier longtemps.

De loin, je ne distinguais que des silhouettes hilares qui s'éclaboussaient et d'autres qui plongeaient dans les vagues. Un drôle de bazar dans l'eau salée. Je souris, le spectacle valait le détour.

– Heureusement qu'il y a des sauveteurs!

Je me retournai, Tristan arrivait enfin.

– Je ne sais pas s'ils sont en état de sauver qui que ce soit! rétorquai-je. À l'heure qu'il est, ils te confondraient avec un bigorneau!

Alors Kat, tu deviens drôle?

Tristan éclata de rire.

Même son rire était parfait.

– Tu ne veux pas te baigner? demanda-t-il.

– Pas trop...

– On marche sur la plage? proposa-t-il.

– OK.

Je devenais nerveuse. Avec lui, impossible de rester calme et détendue, mon cœur s'affolait à chaque fois. *Je deviens dingue.*

– Elle est belle ta robe. Elle te va bien, ça change des jeans et des tee-shirts, dit-il avec un naturel qui me désarma.

Ouf, il fait trop sombre pour qu'il remarque que je suis rouge comme un Babybel!

– Merci...

– Quelles sont les nouvelles druidiques ?

– Toujours pas de trace de la coupe. On attend que maman rentre avec la traduction de la Pierre de la destinée. Elle ne devrait pas tarder.

– Moi, je n'ai pas besoin de la traduction pour savoir de qui il s'agit.

Je m'arrêtai, stupéfaite.

– Quoi ? Tu sais qui c'est ?

– Inutile d'analyser des symboles à moitié effacés. Il suffit d'être logique.

– D'accord, Sherlock ! Il doit arriver quand alors ?

– Il est déjà là.

Tu me prends pour une blonde ?

– Mais c'est qui ?

– C'est toi.

On aurait dit un poisson d'avril gros comme un cachalot.

– C'est évident Kat. Qui arrive de Paris un beau jour en étant capable de lire dans le feu sans avoir été formée ? Qui a un don hors du commun à seize ans seulement ?

– Ça ne peut pas être moi...

– Moi je pense que si. Et une fois que tu sauras utiliser ce don, tu seras plus forte que tous les autres druides, plus forte qu'Abigail.

– Non, c'est n'importe quoi !

– Et je pense qu'Abigail et Maria l'ont toujours su. Je pense que Maria a laissé Sir John la tuer pour te faire revenir, elle s'est sacrifiée...

J'étais sous le choc, pourtant, au fond de moi, je sentais qu'il avait raison.

– À ton avis, ma mère connaissait la prophétie quand elle a quitté la Bretagne ?

– Non. Je crois qu'elle voulait que vous soyez comme tous les autres enfants. Kat, je sais de quoi je parle.

J'eus subitement besoin de m'asseoir, mes jambes flageolaient. Le sable était humide, tant pis pour la robe... Tristan m'imita. Nous étions pratiquement épaule contre épaule. Je le laissai parler.

– Quand j'étais petit, j'allais souvent aux cérémonies avec mes parents, ma mère me montrait les livres de la bibliothèque, m'enseignait les runes. J'aimais bien ça, c'était comme un jeu. Quand elle est morte, tout a changé. Pour mon père, il n'y a plus eu d'autre monde que celui des druides. Il n'est plus sorti du manoir sauf pour les célébrations. On aurait dit un vieux fou. Dès que j'ai pu, je suis venu vivre ici. Je ne voulais pas devenir comme lui, je ne voulais pas m'enfermer entre quatre murs avec le souvenir de ma mère. Je voulais vivre. J'étais triste mais je voulais avoir ma propre vie. Alors j'ai arrêté de fréquenter Abigail et les autres. Je ne suis plus allé à aucune cérémonie.

– Alwena m'a raconté l'accident de la nuit de Beltane. Ça a dû être terrible de l'apprendre le lendemain.

– Je ne l'ai appris qu'une semaine après.

– Pourquoi ?

– Parce que j'étais en classe de mer. Abigail et mon père ont fait les célébrations mortuaires sans moi, soi-disant pour me protéger. Pour ça aussi, je leur en veux, ils auraient dû me prévenir tout de suite, à onze ans j'étais assez grand pour comprendre. À mon retour, ils m'ont juste donné l'urne avec ses cendres pour que je les verse dans le vent au sommet du Menez Hom.

– C'est horrible !

– Tu piges maintenant pourquoi je te dis de garder les pieds sur terre ?

– Promis. Tu crois que je devrais arrêter ma formation avec Abigail et Alwena ?

– Non, elles ont beaucoup à t'apprendre. Ensuite, tu choisiras par toi-même. Ne laisse personne décider à ta place. Mais pour toi ce sera facile, tu seras plus forte que tous les autres !

Il sourit, dans le noir, je vis ses dents blanches se démarquer sur son visage.

– Si ça se trouve, ce n'est pas moi le super druide…

– On verra bien, mais je sais que j'ai raison !

Les baigneurs de minuit étaient de retour à la cabane à voile et nous appelèrent. Il était temps de rejoindre le groupe. *Non, je veux rester là avec toi.*

– Tiens, c'est pour toi, désolé je n'avais pas de papier cadeau, dit-il en se relevant et en sortant de sa poche un petit objet plat.

C'était son vieux baladeur MP3.

– Cool, merci, je n'en avais pas.

– J'ai enregistré les musiques que j'aime. Quand tu auras besoin d'un break pendant tes cours de runes, tu n'auras qu'à l'écouter.

– C'est un super cadeau.

L'espace d'un instant, je fus tentée de l'embrasser pour le remercier mais on nous appelait de plus belle.

En courant vers la fête, je serrai le précieux boîtier dans ma main. J'avais hâte d'être seule et de découvrir les morceaux que Tristan avait choisis spécialement pour moi. *Uniquement pour moi...*

De bruine et d'étoiles

Nous nous réveillâmes sous la pluie, au petit jour. Nous avions tous dormi dans des sacs de couchage sur le sable devant l'école de voile, un peu comme un camp de nomades du désert. En un rien de temps, la fraîcheur du matin et la bruine nous glacèrent les os.

Au lieu de déjeuner ensemble, chacun préféra rentrer chez soi et se jeter sous une douche chaude. Bertrand mit le chauffage dans le 4x4 alors que nous étions au beau milieu de l'été et que nous n'étions qu'à quelques minutes de la maison. J'avais proposé à Tristan de nous accompagner à l'ostaleri gozh afin de profiter d'une vraie salle de bains mais il refusa en prétextant qu'il devait tout ranger avant l'arrivée des touristes.

Tandis que mes frères maudissaient le mauvais temps, je souriais en silence. C'était le plus bel anniversaire de ma vie. La fête avait été géniale et je m'étais endormie à côté de Tristan en admirant les étoiles.

Le capitaine Salaün nous accueillit avec un sourire et un joyeux anniversaire. Je le remerciai pour la combinaison de plongée.

– Tes frères m'ont raconté qu'un de tes amis comptait t'initier à la plongée sous-marine. C'est bien que tu fasses du sport.

Si tu savais, c'est beaucoup plus que ça !

– Oui, ça devrait être pas mal. Merci en tout cas d'avoir participé.

– On fera un gâteau d'anniversaire, il faut que tu souffles tes bougies même si ta mère n'est pas là.

Papa, j'ai seize ans pas six !

Il essayait de remplacer maman. Il faisait de son mieux mais il n'était pas convaincu non plus. Il ne se rendait pas compte que nous avions grandi, comme si le fait de nous voir quelques semaines par an avait ralenti le temps.

Je ne pouvais pas le lui expliquer. Je dis simplement :

– Merci, mais sans elle, ce serait trop triste. On verra quand elle rentrera.

Je ne lui laissai pas le temps de répondre et filai à la salle de bains avant que le boys band ne la monopolise. Tandis que je me prélassais sous l'eau chaude, ils tambourinèrent à la porte. Je traînai exprès, juste pour les faire enrager, juste parce que c'étaient mes frères.

Une fois dans ma chambre, j'enfilai avec délectation un vieux tee-shirt et un pantalon de pyjama. J'admirai la petite robe noire que j'avais portée toute la soirée. Elle avait plu à Tristan. *J'ai plu à Tristan.* Je la posai sur une chaise avec précaution, j'allais en prendre soin.

Assise sur mon lit, je laissai mon regard courir sur les meubles de la pièce. C'était mon refuge, je m'y sentais mieux que dans mon ancienne chambre à Paris, comme si j'avais toujours habité là.

Je repensai à ce qu'avait dit Tristan. *Tu crois vraiment que je suis le grand druide de la prophétie ?*

Depuis le déménagement, une énergie nouvelle m'habitait, une force en sommeil depuis des années qui s'était réveillée au contact de ce lieu magique. Un secret que je portais depuis toujours sans le savoir.

Instinctivement, j'ouvris la fenêtre pour contempler le Menez Hom. C'était devenu un besoin, presque une obsession. Il fallait que je le regarde tous les jours, que je lui parle. Je cherchais sa protection comme s'il était ma montagne sacrée, mon totem. Dans sa terre, il y avait les cendres de Maria. S'était-elle réincarnée comme le croyaient les druides et veillait-elle de loin sur moi ? Avec la pluie et la brume, je le distinguais à peine. Je n'avais pas besoin de le discerner pour le contempler. Je sentais sa présence les yeux fermés. J'inspirai l'air profondément. Je m'imprégnai de son calme et de sa force tranquille.

Soudain, la porte de ma chambre s'ouvrit et Richard, les cheveux encore humides de sa douche, entra. *Tu ne peux pas frapper ? C'est pas ta piaule ici !*

– Tiens, je te rapporte ta combinaison, tu l'as oubliée en bas. Ouah, t'as une super vue ! J'avais jamais fait gaffe.

Il s'accouda à côté de moi pour admirer le Menez Hom.

– Aujourd'hui, on ne voit pas grand-chose, remarquai-je.

Pendant quelques secondes nous nous tûmes, la tête perdue dans le brouillard.

– Tu sais Richard, ce serait bien que tu parles à Nolwenn, tentai-je.

– C'est fini.

265

– Je sais, mais tu n'as pas été cool.

– De toute façon, elle est déjà passée à un autre. Elle n'a pas perdu de temps pendant ta balade avec Tristan.

J'ai loupé un truc ?

– Elle est sortie avec qui ?

– C'est plus mes affaires. T'auras qu'à lui demander, t'es sa copine !

– Oh Richard, dis-moi.

– Non, allez salut !

Il bondit hors de la pièce, l'air ravi, comme s'il m'avait joué un mauvais tour. *Qu'est-ce qu'il peut être agaçant !* Je refermai la fenêtre et me jetai sur mon lit, je n'avais qu'une envie : écouter le MP3 offert par Tristan. Je me roulai dans ma couette comme un nem et m'enfonçai les écouteurs dans les oreilles. La musique démarra. Je fermai les yeux.

Monts d'Arrée, duché de Bretagne, 1251

Moïra resta dans le trou plusieurs jours. Elle éprouvait une vilaine douleur à la cuisse mais ne bougea pas. Sa vie en dépendait. Elle avait entendu les hommes du duc aller et venir un long moment dans la forêt et passer près de sa cachette sans la trouver. Elle ignorait ce qu'il était advenu de sa mère ; elle avait compris qu'elle ne la reverrait plus, du moins pas dans cette vie, en rêve peut-être.

La nuit était apparue, puis un nouveau jour, puis une nouvelle nuit, puis un autre jour. Moïra pleurait en silence.

Le matin du quatrième jour, elle se réveilla avec le chant des oiseaux. Elle connaissait chaque bruit de la forêt, elle s'était habituée aux cris des animaux et au vent dans les branches.

Pour la première fois, elle tenta de se mettre debout. Elle chancela. Sa cuisse la faisait atrocement souffrir. Elle regarda la pente de son terrier qu'elle allait devoir remonter et attacha les deux sacs de voyage dans son dos.

Lentement, avec une peine infinie, elle grimpa le long des racines en plantant ses mains et ses ongles dans la terre humide.

Elle se cramponna pour ne pas glisser. Elle se mordit les lèvres pour ne pas hurler de douleur. Il fallait qu'elle parvienne jusqu'en haut coûte que coûte. Elle ne voulait pas mourir là.

Une fois parvenue à la lumière, la tête lui tourna, la faim et la soif se firent sentir. Les provisions données par la femme du grand druide étaient épuisées.

Péniblement, elle refit le chemin vers la source. Elle espérait découvrir des traces de sa mère. En vain. Elle était désormais seule au monde avec le plus grand secret de l'univers.

Elle but l'eau du ruisselet comme une bête aux aguets. Elle ne s'éternisa pas, à quoi bon ? Avec peine, elle se remit en route.

Elle chercha en elle la force de supporter sa jambe meurtrie. Il fallait qu'elle aille jusqu'au bout, il fallait qu'elle atteigne la dernière montagne avant la mer dont lui avait parlé sa mère. Elle prit la direction de l'ouest, celle qui voyait se coucher chaque jour le soleil.

Samaïn,
la fête des morts

D'orage et de sang

La pluie ne semblait pas vouloir cesser. Le ciel avait décidé de laver la campagne à grandes eaux, une sorte de lessivage général du paysage avec rinçage et essorage. Le mois d'août prit des allures de mois d'octobre et l'ostaleri gozh s'assombrit. Les garçons tournaient et grognaient comme des fauves en cage, prêts à mordre le premier venu.

Le capitaine voulut s'aménager un bureau dans la plus petite chambre de l'étage qui servait de débarras afin d'échapper à l'animosité ambiante. Cela permit, le temps d'un après-midi, d'occuper le boys band qui l'aida à ranger la pièce qui n'était pas encore explorée avec l'espoir de trouver enfin la coupe de Maria.

Peine perdue, ils ne remuèrent que de la poussière. *Je sais, moi, qu'elle n'est pas là.*

Abigail et Alwena assistèrent au spectacle avec amusement et s'émurent des quelques souvenirs mis au jour par mes frères.

— Ça craint de ne pas la récupérer ! dit Bertrand en se mouchant.

– Alwena, toi qui aidais Maria, tu dois bien avoir une idée de l'endroit où elle la rangeait ! enchaîna Simon.

– Maria la posait parfois sur son autel avec la croix mais ce n'était pas une cachette. Lorsqu'elle a su qu'elle était menacée, elle l'a gardée avec elle.

– Ce qui est impensable, déclara le capitaine, c'est qu'elle se savait en danger et qu'elle n'a rien fait pour se protéger !

On sentait dans sa voix de la provocation et des reproches qui s'adressaient principalement à Abigail. Elle ne se laissa pas déstabiliser.

– Maria a toujours su ce qu'elle faisait. Parfois il faut que certaines choses arrivent pour que d'autres adviennent...

Ça signifie quoi exactement ? Je n'étais pas la seule à m'interroger, nous la regardions tous d'un air circonspect.

– Maria savait ce qui allait se passer, ajouta Abigail.

Nous n'étions pas convaincus. Pour une fois, nous étions de l'avis de notre père. Comment quelqu'un peut-il accepter de mourir sans se défendre ?

Le téléphone sonna, je me précipitai comme d'habitude avec le fol espoir que ce soit maman ou Tristan. Comme d'habitude, ce fut Nol.

– Salut Kat !

– Salut.

– Glav a ra !

– Quoi ? Arrête de parler en breton, je ne comprends rien.

– Ça veut dire il pleut ! Bon, j'ai trouvé un autre camp dans le Morbihan. Je ne pourrai pas passer demain, il faut que je prépare mes affaires.

– Tu reviens quand ?

– À la fin du mois, juste avant la rentrée.

– Dis donc, tu ne m'as pas tout raconté sur ma soirée d'anniversaire ?

– Toi non plus ! Qu'est-ce qu'il s'est passé avec Tristan ? Vous vous êtes volatilisés super longtemps !

– Rien, on a juste parlé.

– Tu crois que je vais avaler ça ?

Ben ouais, c'est la vérité. Je me sentais nulle. N'importe quelle autre fille serait sortie avec lui. Comme je ne savais pas quoi répondre, je ripostai par l'attaque :

– Et toi, qu'est-ce que tu as fait pendant ce temps-là ? Avec qui tu étais ?

– Le mec du parapente. C'était juste pour la soirée. Comment il s'appelle déjà ?

– Malo !

Elle était incorrigible. Je souris. Richard avait été vite chassé par un autre encore plus vite balayé !

– Ah, je croyais qu'il s'appelait Adrien...

J'éclatai de rire.

– Ça n'a rien à voir, Malo et Adrien !

Elle rit aussi.

– Bon, je te laisse, je n'ai plus trop de forfait. À plus. Salut !

Je remontai à l'étage en souriant. J'aimais la légèreté de Nolwenn. *Avec elle, rien n'est jamais grave, moi je suis beaucoup trop flippée.*

Les One Direction finissaient de vider les derniers cartons tandis que notre père passait l'aspirateur.

– Maria gardait vraiment n'importe quoi, regardez cette coquille Saint-Jacques pourrie ! s'exclama Bertrand en exhumant le coquillage.

– Et la coupe ? demanda Simon

– C'est pas pour aujourd'hui...

– Si ça se trouve, elle l'a enterrée, conclut Richard.

Mes frères aidèrent le capitaine à transporter un petit bureau qui eut du mal à franchir la porte ainsi qu'une vieille chaise en paille. La pièce avait l'air d'un parloir de prison mais notre père parut satisfait. Sans doute était-ce sa façon de se faire une place. Je n'étais pas sûre qu'il réussisse à être un jour chez lui ailleurs qu'en mer sur un bateau avec un équipage.

Quand nous nous couchâmes, il pleuvait toujours. Je regardai le Menez Hom en pensant à Tristan. Il n'avait certainement pas pu travailler avec un temps pareil. *Qu'est-ce que tu fais Tristan quand tu es seul à la cabane à voile ?* Je mis les écouteurs du MP3 qu'il m'avait offert et me laissai bercer. Je m'endormis sans m'en rendre compte, si bien que lorsque je fus tirée de mon lit au beau milieu de la nuit, je ne compris pas tout de suite ce qui se passait.

– Kat ! Debout !

– Kat, magne-toi !

– Allez, réveille-toi !

Ma première réaction fut d'insulter mes frères. *C'est pas drôle, bande de lapins crétins !*

– Katell !

Mais cette voix... J'ouvris les yeux pour de bon.

– Maman !

– Vite, nous devons nous sauver, monte dans la voiture !

J'obéis sans comprendre, heureuse de revoir ma mère mais angoissée à l'idée de partir alors qu'il faisait si noir dehors. Nous dévalâmes les escaliers et nous nous engouffrâmes dans le 4x4. Il pleuvait des cordes. Le capitaine mit les essuie-glaces et le ventilateur à fond. Il démarra en trombe, tandis qu'assise avec Alwena sur les genoux de mes frères à l'arrière, je me cramponnais pour ne pas me cogner à la vitre.

– On va où? demanda-t-il en faisant demi-tour comme s'il conduisait une formule 1.

– Au manoir, souffla maman occupée à scruter la route à travers la buée du pare-brise.

Papa roula le plus vite possible en accélérant entre les virages. Ses doigts étaient si serrés autour du volant qu'ils devinrent blancs. Je n'osais demander ce qui se passait, je l'avais deviné : Sir John...

Nous ne croisâmes aucune voiture comme si le monde avait basculé dans une autre dimension. *Un vortex spatio-temporel.* Nous arrivâmes devant les grilles du manoir qui s'ouvrirent instantanément. Je reconnus Yann, le père de Tristan, et Mael, le barde qui m'avait aidée à fuir la clairière lors du solstice d'été. Le capitaine freina brutalement dans la cour, des graviers giclèrent comme une vague. Alors que les druides refermaient les grilles, une lumière rasante de phares apparut.

– Vite, hurla quelqu'un, ils arrivent!

Comme tout le monde, je me mis à courir sous la pluie vers le perron. J'entendais maintenant clairement le moteur de la voiture qui nous pourchassait. Tout à coup, un bruit beaucoup plus fort éclata dans l'orage.

– Bordel, ils nous tirent dessus! beugla Richard en se retournant.

– À l'intérieur ! cria notre père en le tirant par la manche.

Les coups de feu reprirent de plus belle. Je me précipitai dans le ventre de pierre du manoir, les jambes en Chamallows et le cœur battant la chamade.

– Montez dans les chambres à l'étage, ordonna Abigail, vous serez en sécurité. Pierre, va avec Mael dans la bibliothèque au cas où les cercles de protection cèdent !

J'empruntai le grand escalier avec mes frères, sans trop savoir dans quelle chambre nous devions nous rendre.

– On va où ? demanda Bertrand.

– Non, pas là, dis-je la voix tremblante, c'est celle de Yann.

À l'extérieur, les tirs s'étaient calmés mais j'entendais les druides courir au rez-de-chaussée. Richard poussa une porte et nous le suivîmes. Il alluma la lumière.

– Vaut mieux éteindre, recommanda Simon, pour ne pas être repérés.

J'eus le temps de constater que je me trouvais dans la chambre de Tristan. Bizarrement, je n'y avais jamais mis les pieds. C'était étrange de me retrouver là en pleine nuit et en danger. Lorsque mes yeux se furent habitués à l'obscurité, je distinguai un lit en mezzanine, un bureau, une armoire et un coffre à jouets. Tout était parfaitement en ordre. *On dirait...* J'eus une drôle de sensation. *On dirait la chambre d'un petit garçon...* Comme si rien n'avait bougé depuis son enfance. Comme si Tristan avait toujours onze ans.

– Y a plus de bruit, murmura Simon, vous croyez qu'ils sont partis ?

– Putain, je suis trempé! maugréa Richard.

J'avais complètement oublié que j'étais en pyjama et dégoulinante de pluie.

– On attend et on reste ici avec Kat, ordonna Bertrand.

Je n'avais pas l'intention de quitter la pièce. Je continuai à l'inspecter dans la pénombre. Sur le bureau, un cadre était posé. Je me rapprochai pour contempler les deux visages qui s'y dessinaient. Une femme tenait un enfant sur ses genoux. Je devinai immédiatement de qui il s'agissait. Tous deux souriaient. Ils avaient l'air heureux. La mère de Tristan ne devait pas être beaucoup plus âgée qu'Alwena à l'époque. Il y avait une grande différence d'âge entre Yann et elle. Elen, si elle était encore en vie, aurait eu l'âge de maman alors que Yann appartenait à la génération d'Abigail.

Un coup de feu éclata. Je me redressai.

– Ça venait d'en bas! souffla Richard.

– Ils sont entrés dans le manoir? demandai-je en m'éloignant de la porte.

– On aurait dû prendre nos fleurets et nos sabres! grogna-t-il.

– Chut, taisez-vous, la seule façon de savoir ce qui se passe c'est d'écouter!

Je frissonnai. *Ne rien voir, c'est pire!* Il y eut un silence puis des bruits de pas rapides et de nouveaux coups de feu mais impossible de dire s'ils se rapprochaient. J'eus le sentiment que le manoir était encerclé et que les druides couraient d'un bout à l'autre pour défendre chaque porte et chaque fenêtre. Un coup de feu semblant venir du bas de l'escalier résonna.

– C'était tout près cette fois, murmurai-je.

D'autres tirs en rafale éclatèrent en riposte puis un moteur démarra en trombe et des pneus crissèrent sur la route. Un silence pesant enveloppa la demeure. Le plancher grinça lorsque Richard se releva d'un bond.

– J'y vais, on ne va pas rester là comme des nazes !
– Il vaut mieux attendre qu'Abigail...

Le jumeau avait déjà passé la porte. Nous nous précipitâmes derrière lui comme si, par instinct, nous savions que nous devions rester tous les quatre, telle une meute.

Lorsque nous pénétrâmes dans le salon, un corps gisait par terre. Une longue trace de sang signifiait qu'on l'avait traîné depuis le perron jusqu'à l'intérieur du manoir. Des druides et nos parents étaient penchés sur lui. Nous nous approchâmes avec prudence.

– La balle est ressortie, nous n'aurons pas à l'extraire, annonça Alwena.

– Je vais chercher de quoi le soigner et allumer du feu, dit le père de Tristan en se redressant.

Nous découvrîmes un homme livide, vêtu d'un treillis, dont les mains tremblaient de douleur. Une tache rouge à hauteur d'épaule maculait sa veste kaki. Je n'eus pas le temps de me demander comment il avait été blessé que Mael se leva, un pistolet à la main. *Quoi, les druides sont armés comme des gangsters ?*

– Mael, pose cette arme maintenant.

Apparemment, la vieille Irlandaise n'appréciait pas beaucoup ce revolver. À ma grande surprise, il la replaça dans son holster comme un professionnel. Simon chuchota :

– Il a une arme de service, c'est un flic !

Je me retournai vers mes frères. Ils avaient les yeux ronds comme des ballons. *Quoi, un policier avec une vraie arme ?*

– Alwena, tu penses qu'il va s'en tirer ? demanda Abigail tandis que la jeune ovate s'activait pour stopper l'hémorragie.

– Il ne faut pas qu'il perde trop de sang. Mais je pense que ça ira.

Tout le monde parut soulagé. Maman se leva.

– Je vais renforcer les cercles de protection. Yann, tu viens avec moi ? Pierre, tu peux allumer le feu ? Merci.

Le capitaine s'exécuta sans un mot tandis qu'elle sortait. J'étais heureuse que maman soit rentrée : elle allait enfin reprendre les rênes de la famille.

– Pendant que je prépare un anti-douleur dans la cuisine, transportez-le sur un lit, dit l'ovate.

Bertrand sauta sur l'occasion de se faire bien voir et se proposa. Richard et Mael l'aidèrent à soulever l'homme qui grimaça lorsqu'ils le portèrent à travers la salle. Abigail s'assit à côté de moi et posa une de ses mains, où ressortaient de longues veines bleues, sur mes genoux. Un geste de réconfort et de fatigue à la fois. Elle avait dû déployer beaucoup d'énergie pour refouler l'attaque de Sir John.

– Pourquoi on est venus ici ? demandai-je.

– Ici nous sommes mieux protégés et mieux armés.

– Tu veux dire avec un revolver par exemple ?

Je m'étonnai de mon audace. *T'es pas un peu gonflée de parler comme ça à Abigail ?* J'avais eu si peur que j'avais besoin de lui faire des reproches.

– Je n'approuve pas l'usage des armes, elles ne sont pas dignes des druides, elles ne servent qu'à tuer. Les druides ne tuent pas.

– Mais et Mael alors ? s'étonna Simon.

– Aujourd'hui, nous ne sommes plus uniquement druides, nous sommes secrétaire, médecin, coiffeur, plombier, professeur et parfois policier. Mael travaille à la brigade anti-criminalité de Quimper. C'est lui qui nous a aidés à récupérer le corps de Maria et à tenir la police hors du conflit avec Sir John. Nous lui devons beaucoup, il est brave et courageux comme l'étaient les guerriers autrefois mais les armes à feu sont dangereuses et les druides ne prennent pas la vie.

Yann et notre mère revinrent. Instinctivement, elle se dirigea droit sur nous pour nous serrer entre ses bras. Pressée de nous protéger, elle n'avait pas eu le temps de nous embrasser, *ni même de nous fournir un début d'explication.*

En respirant son odeur, j'eus les larmes aux yeux. Elle attrapa les jumeaux et Bertrand en même temps, comme si ses bras étaient assez vastes pour ses quatre enfants devenus grands qui à cet instant se sentaient tout petits. Nous étions heureux de la revoir et intimidés par la druidesse que nous découvrions et avions toujours appelée maman.

Nous fûmes interrompus par Alwena qui revenait en s'essuyant les mains. *Finalement, elle est vraiment aide-soignante.*

– Je lui ai administré un calmant, il dort.

– C'est bien, dit Abigail, venez, asseyons-nous ensemble près du feu.

La chaleur des flammes se diffusait dans la pièce. Je détournai les yeux. Je regardais trop fixement la grande fleur rouge, j'allais avoir une vision. *Tu risques de tomber dans les pommes !*

– Pourquoi faire un feu en plein mois d'août ? ironisa Richard qui semblait n'avoir jamais froid ni peur.

Abigail sourit.

– Le feu est la lumière. Le feu est le commencement. Le feu éclaire lorsque nous tâtonnons dans le noir, le feu nourrit lorsque nous sommes affamés...

– On se croirait dans *Koh-Lanta*...

– Richard! rugit maman en fronçant les sourcils comme s'il avait toujours cinq ans.

– OK, pardon, je n'ai rien dit, maugréa-t-il en comprenant qu'il avait dépassé les bornes.

Vraiment, tu crois que c'est le moment?

– Nous avons tous besoin d'une boisson chaude, proposa Yann en se relevant.

– En attendant, maman, si tu nous expliquais ce qui se passe? suggéra Simon. Pourquoi Sir John est-il venu ici ce soir?

– Tu as raison, je vais tout vous raconter.

Et elle jeta un coup d'œil au capitaine. Je devinai qu'il y aurait une deuxième explication entre eux plus tard.

De présage et de sacré

Lorsque Yann revint avec des tasses de café et de thé fumantes, maman prit la parole :

– Je pense avoir réussi à traduire la pierre…

Chacun retint son souffle et je me souvins de ce que m'avait dit Tristan. *Pourvu que ce ne soit pas moi, pourvu que ce ne soit pas moi.*

– Le texte sacré annonce que ce grand druide sera révélé lors de la fête de Samaïn, probablement cette année.

– Une ère nouvelle est sur le point de commencer, murmura Abigail.

– Samaïn, c'est quoi, c'est quand ? demanda Simon.

– Le solstice d'hiver, la fête des morts, en novembre, expliqua-t-elle.

– Un peu comme Halloween avec des citrouilles et des squelettes ! s'esclaffa Richard.

Cette fois-ci, un seul regard de maman suffit à le faire taire.

– Mais pourquoi il t'a fallu tant de temps pour traduire la pierre ? interrogea Bertrand.

– Parce que les runes sont d'abord des symboles, il existe de nombreuses interprétations possibles. Un peu comme si le message était codé.

– C'est pour ça que tu es allée en Irlande ? demanda Simon qui n'avait pas oublié la carte postale de mon anniversaire.

– Entre autres... Je voulais aussi vérifier quelque chose avant de revenir.

En prononçant ces mots, elle jeta un lourd regard à Abigail, et je devinai qu'elle avait fait une découverte.

– Mais ce soir qu'est-ce qui s'est passé ?

– J'étais suivie. J'ai réalisé que les hommes de Sir John étaient à mes trousses quand je suis arrivée au Menez Hom. C'est pour cela qu'il a fallu fuir au plus vite. Je suis désolée de vous avoir mis en danger et que la soirée se soit mal terminée. D'autant plus que nous avons un blessé sur les bras.

– Ou un otage... dit Mael.

– Je ne pense pas que Sir John l'échangerait contre quoi que ce soit, répondit Yann. Il se fiche pas mal de ce qui arrive à ses mercenaires !

– On pourrait l'interroger, proposa Simon.

– Ce ne sont que des hommes payés pour utiliser leurs gros bras et leurs armes, ils ignorent tout.

Le blessé allait se transformer en encombrant prisonnier.

– Dans quelques jours, quand il ira mieux, je l'hypnotiserai pour qu'il ne se souvienne de rien puis nous le relâcherons dans la nature, finit par déclarer Abigail.

Super la lobotomisation druidique, le lavage de cerveau celtique, de mieux en mieux...

– Et maintenant, c'est quoi le plan ? demanda Richard.

– Il faut se préparer pour Samaïn et trouver la coupe de Maria.

– On en revient toujours à cette fichue coupe, ça fait chi…

– Richard !

Cette fois, c'était le capitaine qui le rappelait à l'ordre.

– Katell, tu n'arrives pas à voir où elle est ?

Je regardai ma mère avec embarras.

– Je ne sais pas où elle est mais je crois… je sais qu'on ne va pas la trouver… murmurai-je.

Tous se tournèrent vers moi comme une seule et même créature.

– Je pense que je la découvrirai à un moment précis… un peu comme si c'était elle qui décidait ou Maria.

Ma mère m'enveloppa de son regard apaisant.

– C'est logique, sinon nous l'aurions déjà trouvée.

– Alors on continue à attendre comme des glandus ?

Richard n'avait pas tort. N'était-il pas possible de devancer Sir John pour une fois ?

– Nous ne sommes pas une armée, répliqua Abigail, nous sommes des druides. Nous nous défendrons autant de fois qu'il le faudra mais nous n'attaquerons pas Sir John.

Richard allait protester à nouveau lorsque maman lui lança un « Sur ce, fin de la discussion ! Nous avons tous besoin de sommeil, nous en reparlerons demain ».

De vision et de peinture

Des tours de garde furent organisés au cas où notre ennemi aurait la mauvaise idée de revenir puis Yann nous proposa à chacun un lit. Il me donna un des vieux tee-shirts de Tristan et je montai me coucher dans sa chambre.

Malgré la fatigue – il était quatre heures du matin – je ne trouvai pas le sommeil. Pourquoi maman s'était-elle rendue en Irlande? Et que se passerait-il lors de la fête des morts?

Je me relevai et contemplai la photo de Tristan et de sa mère. *Ils avaient l'air heureux...*

Je fis un tour de la chambre comme s'il s'agissait d'un musée, n'osant toucher à rien. Il y avait des livres et des jouets sur les étagères. Des chevaliers en plastique sur son bureau. Un vieux nounours était posé sur sa chaise et des baskets usées traînaient sous l'armoire.

Au mur était accrochée une affiche : une énorme vague bleue avec un minuscule surfeur en équilibre sur sa planche. J'eus l'impression de remonter le temps, d'être en présence d'un Tristan que je ne connaissais pas et qui n'existait plus.

Pour la première fois depuis notre déménagement en Bretagne, j'eus envie de rentrer à Paris. Je m'allongeai par terre et regardai à travers la fenêtre le ciel devenir plus clair. Il ne pleuvait plus. L'orage était parti avec l'ennemi. Lorsque la porte de la chambre s'ouvrit doucement derrière moi, je ne dormais pas.

– Kat...

Tristan ? C'était bien lui. *Mais qu'est-ce que tu fais là ?*

– Je t'ai réveillée ?

– Non non...

– Ça va ? Tu es toute bizarre. Qu'est-ce que tu fais par terre ?

– Je n'arrivais pas à dormir.

Il s'assit en tailleur en face de moi.

– Il paraît que ça a été limite cette nuit.

– Mmm, tu es au courant ?

– On m'a raconté pour le blessé.

Il sourit en voyant son tee-shirt sur moi.

– Il te va bien...

– C'est ton père qui me l'a donné.

Il avait une façon directe et franche de me dévisager, je fus embarrassée. J'avais pourtant mille choses à lui dire et des centaines de questions à lui poser mais je restai silencieuse. Est-ce qu'un jour j'arriverais à me comporter autrement qu'en nouille avec lui ? *Pas sûr...*

– Je voudrais que tu viennes avec moi, enchaîna-t-il.

Évidemment, je répondis oui comme j'aurais répondu amen. Je le suivis dans l'escalier en colimaçon de la tour. Il grimpait les marches quatre à quatre.

– Comment ça se fait que tu sois là ? demandai-je.

– Y a pas que toi qui ressens des trucs, tu sais...

Nous pénétrâmes dans une petite pièce ronde et il se dirigea vers une ancienne cheminée transformée en poêle à bois. Il alluma des bûchettes à l'intérieur du poêle et referma la porte en attendant que le feu prenne.

– Où on est ?

– Dans l'atelier de ma mère. Elle venait peindre ici l'hiver.

Je compris immédiatement pourquoi il m'avait fait venir.

– Tristan, je ne sais pas si c'est une bonne idée, murmurai-je.

Il ajouta du bois dans le foyer, le visage déterminé.

– Je te demande de faire ça pour moi, Kat. J'ai besoin de réponses. Tu es la seule à pouvoir m'aider.

Comme si j'allais te refuser quoi que ce soit...

– Je ne suis pas sûre de réussir.

Il était aussi anxieux que moi. N'allions-nous pas ouvrir la boîte de Pandore ? C'était la première fois que j'essayais d'entrer en communication avec la mort.

Je pris une grande respiration et tentai de penser à Elen en fixant les flammes dansantes. *Elen, Elen...* Ma voix intérieure l'appela. Je repensai à la photo où ils étaient assis tous les deux. Ils avaient été si heureux. *Elen, Elen...*

Les braises devenaient de plus en plus rouges. J'eus l'impression que mes pupilles se dilataient et que mon regard prenait feu. Puis je ne sentis plus rien. Ni le plancher sous mes jambes en tailleur, ni l'odeur de peinture, ni la chaleur.

Et tout à coup, à la place du poêle se dessina la silhouette d'une femme penchée sur un livre. Comme si elle avait deviné ma présence, elle se retourna et me sourit. *Elen,* tentai-je. Je voulais lui parler de Tristan. Mais l'image s'évanouit aussi subitement qu'elle était venue et je me retrouvai allongée sur le plancher. J'avais perdu connaissance.

– Kat, ça va?

J'acquiesçai du regard. J'avais la bouche sèche. Tristan m'aida à me redresser, passa son bras autour de mon épaule et me réconforta. Je me laissai aller un peu plus que nécessaire.

– Il faut que je boive.

Tristan trouva un gobelet qu'il rinça dans l'évier qui servait à nettoyer les pinceaux et me le tendit. Je voyais de l'impatience dans ses yeux.

– Elle lisait, répondis-je pour ne pas le torturer plus longtemps.

Il ne répondit pas. Je n'avais pas vraiment de scoop. *Oh Tristan, je voudrais tant te donner de bonnes nouvelles!*

– Elle t'a parlé? interrogea-t-il.

– Non mais je crois qu'elle m'a vue.

– Comment tu le sais?

– Elle souriait.

Il réfléchit.

– Tu sais où elle était? Enfin, c'était du passé?

– Peut-être. Je ne sais pas à quoi ressemble la mort.

– C'est bizarre qu'elle n'ait pas cherché à te parler si elle t'a vue...

– Tu veux qu'on demande à Abigail ce que ça signifie?

– Non, non, ça reste entre nous! Elle n'appréciera pas que tu fasses ce genre d'expérience dans son dos.

Ça me stresse.

– Allez viens, on en reparlera plus tard. Ils doivent tous être en train de déjeuner, pas la peine qu'on nous cherche.

Carrément!

Nous redescendîmes l'escalier de pierre. J'avais la tête qui tournait, sans doute le manque de sommeil et la tension accumulés.

Nous prîmes la direction de l'ancien cellier transformé en cuisine. En approchant, nous distinguâmes un murmure. Deux personnes pensant être seules discutaient en secret. J'échangeai un regard avec Tristan. Nous avançâmes sur la pointe des pieds. Les voix s'amplifièrent. Je reconnus celles de mes parents. Avec précaution, nous collâmes nos oreilles contre le bois de la porte.

– Tu en es sûre? demanda le capitaine.

J'imaginai maman faisant un signe de la tête, sans doute un oui.

– Alors il faut le lui dire, continua-t-il. Chacun a le droit de tout savoir sur sa propre vie.

Je retins mon souffle.

– Attendons Samaïn, murmura ma mère.

– C'est ce qu'a répondu Abigail quand tu lui en as parlé?

À nouveau, je devinai que ma mère acquiesçait.

– Je n'arrive pas à croire qu'ils aient menti à tout le monde pendant tant d'années. Ils mériteraient que...

– Pierre, nous avons eu cette discussion il y a plus de vingt ans. Les druides protègent leur savoir à tout prix, tu comprends, à tout prix.

– Rentrons à Paris. Tout cela finira mal.

– Non, nous sommes trop impliqués, je suis trop impliquée. Il s'agit de ma famille.

– Et de nos enfants ! Tu penses à eux ? Je croyais qu'on était d'accord pour les tenir éloignés de la communauté.

– La situation a changé, Pierre. Je pense que tu devrais repartir.

– Tu me chasses ? Tu veux qu'on se sépare ?

Je sentis la main de Tristan sur mon épaule. *Papa, maman, ne vous disputez pas, pitié.*

– Non, au contraire. Je veux que tu partes pour mieux revenir s'il m'arrive quelque chose.

– Ça veut dire quoi ?

Oui, ça veut dire quoi ? Silence.

– Nous ne pouvons pas prendre de risques tous les deux. Les druides ont besoin de moi et moi j'ai besoin de savoir si tu seras là pour les enfants si je disparaissais.

– Tu ne devrais pas parler comme ça.

Les larmes me montaient aux yeux. Je fis de mon mieux pour ne pas renifler.

– Très bien, je reprends la mer dès demain.

Je pus sentir dans l'air un « Sur ce, fin de la discussion ». Discrètement, j'essuyai mes paupières humides et fis signe à Tristan. Nous marchâmes en exagérant le bruit de nos pas. Je tentai d'avoir l'air normale, si c'était possible après la nuit que nous venions de vivre.

– J'ai faim, clama Tristan avant de poser la main sur la poignée.

Nous entrâmes comme si nous venions de nous réveiller. Je me forçai à sourire. C'était pareil que mentir, et j'évitai le regard de mes parents.

– Il y a de l'eau chaude pour le thé et du café. Tristan, tu prends quoi pour le petit-déjeuner ?

– Du chocolat au lait, merci.

Nous nous assîmes autour de l'immense table, un peu gênés. Heureusement, mes frères et Alwena nous rejoignirent. Tandis que mes frères commentaient la bataille nocturne, je me perdis dans mes pensées. Qu'est-ce que maman avait découvert et que les druides avaient caché depuis des années ? Qu'est-ce qu'Abigail avait dissimulé en Irlande ? La Pierre de la destinée ? *D'ailleurs, elle est où cette pierre ? Décidément, beaucoup de trucs disparaissent ici...*

Presqu'île de Crozon, duché de Bretagne, 1251

Moïra se nourrissait de racines sauvages et de baies ramassées en chemin. Elle douta en apercevant une touffe d'ambroisie. La plante avait des vertus abortives. En tant qu'ovate, Moïra savait la reconnaître. Elle se demanda si elle se trouvait là par hasard. Il y avait comme un appel, comme une main invisible.

La jeune fille frissonna. Devait-elle se séparer de l'enfant ? Était-ce le prix à payer pour parvenir jusqu'à la montagne sacrée ? Non, elle ne le pouvait pas. Elle ravala ses larmes et tenta de ne plus y penser. Elle se sentait si seule. Les soldats avaient emporté sa mère pour toujours...

Elle marcha sans s'arrêter, vers l'ouest, suivant le soleil dans sa chute. Le bâton de pèlerin coiffé de sa coquille Saint-Jacques était devenu une béquille pour sa jambe malade. Elle boitait de plus en plus. Elle comprit qu'à l'instant où elle cesserait de marcher, elle tomberait et n'irait pas plus loin.

Chaque pas était une peine infinie pourtant il fallait continuer, pour elle, pour l'enfant de Beltane, pour sa mère disparue, pour Guillaume qu'elle devait oublier

291

et pour la communauté des druides dont elle portait désormais le plus grand secret.

La pierre devenait de plus en plus lourde et lui entaillait la peau du dos. C'était pour elle que Moïra avançait maintenant dans le noir. Il faisait nuit, mais elle n'avait pas peur. Les étoiles éclairaient et guidaient son chemin. Elle but la dernière goutte d'eau de sa gourde en peau. Elle comprit qu'elle marcherait jusqu'au matin, qu'il n'y aurait pas d'autre nuit, à l'aube elle serait arrivée ou n'irait pas plus loin.

Elle tomba avant le jour. Le noir s'était épaissi et les étoiles avaient tourné. Elle trébucha dans la terre fraîche et ne se releva pas. De toute façon, elle ne voyait plus devant elle. Elle ferma les yeux et resta allongée là.

Elle perdit la notion du temps, écouta sa respiration s'affaiblir. Elle était comme une petite bête en train d'agoniser sur le bord du chemin. Elle était arrivée au bout d'elle-même, elle n'avait plus de forces. Elle sombra dans un rêve où dansaient les grands feux de Beltane, elle s'y jeta. Une douce chaleur l'envahit. Elle n'eut plus peur, ni faim, ni soif, ni froid. Elle était en train de mourir.

– Maman ! Maman !

Ce n'était pas sa voix. Mais qui parlait ? Qui appelait ainsi ?

– Maman, viens vite ! Y a une fille dans le fossé !

Péniblement Moïra entrouvrit les yeux. Elle découvrit, penché sur elle, le visage morveux et inquiet d'un garçonnet. Il faisait clair, au-dessus de sa tête le ciel était blanc. Elle tenta de parler mais n'y parvint pas. Elle chercha à se redresser tandis que l'enfant détalait.

Elle le vit courir le long d'une pente vers une bâtisse en torchis.

C'est alors qu'elle remarqua le paysage qui l'entourait. Elle était au sommet d'une formidable montagne et au loin distingua le bleu de la mer. Moïra sourit. Elle était arrivée, elle était sauvée, la pierre l'avait guidée jusque-là.

L'enfant revint en tirant sa mère par la main. La femme se pencha doucement vers elle et l'observa avec compassion.

— Elle porte un bâton de pèlerin de Saint-Jacques, dit-elle. C'est une bien jeune fille pour un si long voyage. Alan, prends ses sacs, nous allons la porter à l'intérieur de l'ostaleri.

Tristan,
le tumulte de la mer

De gris et d'avenir

Quelques semaines plus tard, je préparais mon sac de rentrée. Il était sept heures et demie du matin. À travers les carreaux de ma fenêtre, le Menez Hom émergeait tranquillement. Je m'étais décidée pour la première L. *Sans conviction...* Je fourrai mon agenda et ma trousse à l'intérieur. J'avais la même depuis la quatrième. *Il serait peut-être temps que tu changes. Bah qu'est-ce que ça peut faire ?* Les jumeaux n'étaient pas prêts. Je lançai à qui voulait bien m'entendre :

– Je vous attends dehors !

Je me dirigeai vers le 4x4. Maman nous conduisait au lycée. Bertrand avait en fin de compte opté pour la fac d'anglais de Brest. Ne sachant pas quoi choisir, il s'était dit que la langue de Shakespeare serait toujours utile. *Du Bertrand tout craché.*

Face à moi, la chapelle paisible de Sainte-Marie semblait encore endormie. Combien de temps le monde des druides et celui des chrétiens allaient-ils cohabiter ?

Instinctivement, je traversai la route. Pour la première fois, je pénétrai dans l'enclos paroissial qui entourait les lieux comme un écrin. Emmitouflé dans des buissons, l'édifice était silencieux. Je m'assis au pied du calvaire gris comme sous un parasol vermoulu.

Depuis la folle nuit d'août, hormis le fait que maman s'était installée à l'ostaleri gozh, peu de choses avaient changé. Abigail continuait à me former. Le capitaine était reparti. *Comme d'hab...* Tristan était retourné à l'école de voile. Nol était passée en coup de vent deux jours auparavant et le boys band n'en faisait qu'à sa tête.

D'après Abigail, Sir John ne manquerait pas de venir réclamer la coupe pendant la fête de Samaïn et nous devions nous préparer à cette confrontation.

Derrière moi, les petits oiseaux batifolaient dans les branchages.

– Katell! Katell!

Maman. Et si je restais ici, comme ces statues en pierre, immobiles et érodées par le vent marin? On klaxonna avec force. Je me levai. *Pas la peine de se mettre les jumeaux à dos dès huit heures du mat!*

Le lycée Jean-Moulin était toujours aussi triste. Un monstre de béton gris et austère qui ressemblait plus à un bagne qu'à un lieu de savoir. Les élèves bronzés, à nouveau prisonniers après une cavale d'été, avaient l'air hagards et mous. Bientôt ils retrouveraient leur couleur d'origine, le blanc, celui de la page vide, de la souris de laboratoire et du dentifrice.

Je rejoignis Nol dans notre salle de classe. Nous avions le même professeur de français que l'année précédente. Il était en plus notre prof principal. La rentrée débutait mal, j'avais encore le souvenir des deux heures de colle de mon tout premier cours. *Je suis tricarde alors que l'année n'a pas commencé. Je devrais commander un avatar, même tout bleu...*

– Pas trop les boules d'être de retour ? demanda Nolwenn tandis que je me laissais tomber sur la chaise comme un sac à patates.

– Ça craint.

Impossible de lui expliquer que le soir, après mes devoirs, je menais une autre vie, que je mentais à tout le monde comme une mytho. L'arrivée de M. Vaucelles me força à reprendre pied. Nous nous levâmes dans un grand bruit de chaises. *À vos marques, prêts, partez !*

– Vous pouvez vous asseoir, ordonna celui qui avait la lourde tâche de nous préparer au bac français.

Je psychote ou il m'a lancé un regard en coin ? S'était-il souvenu de mes bavardages de l'année précédente ? Oui, évidemment, les profs ont dans la tête le catalogue La Redoute de leurs élèves.

– Tout d'abord, nous allons réorganiser le plan de la classe. Vous là – *merde, c'est moi –*, venez au premier rang. Quant à vous, vous vous assoirez là et vous...

Et nous fûmes séparées, Nol et moi. *Oui, il se souvient de nous.*

Bref l'année commençait mal. Je me retrouvais pile poil en face du tableau et en plein dans la ligne de mire de mon bourreau. *Ben maintenant t'as plus qu'à avoir ton bac français, ma vieille !*

Mon salut vint à midi. La sonnerie retentit, je sortis dans la cour et tombai sur Tristan qui me proposa de manger avec lui. *Ouiiiiiiiiiiiiiiii !* Ma journée, *non ma vie,* s'illumina. Je pouvais bien endurer deux heures de français et deux heures d'histoire si je passais un moment avec lui. En le voyant arriver, je remarquai que Nolwenn se demandait si elle devait nous laisser seuls. *Non, tu ne risques pas de tenir la chandelle ! Si tu savais de quoi on parle quand on est tous les deux...*

– Viens, on va au self ensemble.

– Je peux déjeuner avec Anaïs et Lou...

– Non, non, ça va.

J'avais besoin d'elle. Traverser la cour et le réfectoire seule avec Tristan de Moëllien au vu et au su de tous était au-dessus de mes forces, *de mes forces de coquillette trop cuite !*

– D'accord, on y va...

Et tous les regards convergèrent vers nous. Je pris une attitude décontractée alors que je savais ce que les Manon, Laura, Marine, Camille, Enora, Mathilde, Lena et autres Pauline pensaient : il sort avec l'une d'elles ? S'afficher avec Tristan produisait toujours son petit effet. *Il faut juste être capable d'assumer.*

Une fois à table, je me détendis.

– Et les cours ? Vous avez un bon emploi du temps ? demanda-t-il sans avoir remarqué que la terre cessait de tourner dès qu'il apparaissait.

– Ça va, sauf les deux heures de maths le vendredi en fin d'aprèm, répondit Nolwenn qui, elle, était ravie de l'attention suscitée.

– Tu m'étonnes...

– Et toi, Tristan, tu vas faire quoi après le bac ?

Tout à coup, je n'avais plus faim. Je connaissais la réponse. Je ne pouvais pas imaginer qu'un jour il ne soit plus là. Je réalisais que les moments que je passais avec lui étaient comptés.

– Voyager. Je vais embarquer comme équipier pour convoyer des bateaux.

– Ouah, trop classe ! Genre le tour du monde ?

– Peut-être, en tout cas j'irai là où il y a des vagues pour surfer.

Nolwenn était impressionnée. Je souris tristement et repoussai mon assiette, *autant manger du carton bouilli.*

– Et toi Kat, tu penses faire quoi ?
– Oui, qu'est-ce que tu vas faire ? insista Tristan, les yeux moqueurs.

Je détectai la question cachée. Comment avouer que ma vie dépendait d'une prophétie druidique ?

– Je ne sais pas encore.
Tiens la voilà ta réponse pourrie.

En rentrant du lycée, j'étais totalement déprimée. Les grands pouvoirs des druides n'étaient plus si excitants, s'ils signifiaient vivre cachée et moisir ici à protéger des pierres vermoulues et des objets archaïques. Tristan, lui, avait fait le choix de tourner le dos à son père et à Abigail pour mener sa vie comme il l'entendait. Moi, j'étais cantonnée à lire dans le feu et à suivre une formation druidique sans autre but que de rester à Sainte-Marie. *J'ai juste envie de tout foutre en l'air !*

Je fermai la porte de ma chambre et laissai tomber mon sac par terre. J'ouvris la fenêtre pour contempler le Menez Hom. *Tu es toujours là toi, grosse montagne ?* J'étais abattue. Je décidai d'aller surfer sur Internet.

Depuis que le capitaine avait installé le wi-fi dans le petit bureau qu'il s'était aménagé, c'était plus facile. Je fis un tour sur Facebook et Twitter. Valentine avait mis en ligne la photo de classe de l'année précédente. Cela me fit drôle de me voir assise là, au milieu de camarades de lycée que je ne verrais plus.

Parmi les noms, à côté de Valentine Legendre, je pus lire Catherine Salaün. Ce n'était plus moi. Une autre fille souriait à ma place. Je me forçai à répondre quelques mots sympas et signai Katell. *Oui Katell...*

Cette nuit-là, je rêvai que je faisais du parapente avec Tristan. Nous volions sans fin au-dessus du lycée, au-dessus du Menez Hom, au-dessus de la mer. Nous étions deux oiseaux collés l'un à l'autre, portés par les vents. Un vol plané infini et silencieux.

Au matin, je me levai plus molle qu'un poulpe dans un jacuzzi. Seule la perspective de revoir Tristan me donna la force de retourner au lycée. Rien d'autre ne comptait. Je me fichais du bac français, des cours, des profs, je me fichais des élèves qui vivaient dans un monde qui ne serait plus jamais le mien. *Comme si t'avais été une ado normale avant...*

Je retrouvai Nolwenn dans la cour qui fumait une roulée. Je lui fis la bise en retenant ma respiration. *Beurk, il est huit heures! Tu sens le pépé!*

– Salut! Devine qui m'a téléphoné hier soir?

Un scoop. Je fis semblant de m'intéresser.

– Vas-y, dis-moi.

– Malo!

Et alors...

– Tu sais, le mec du parapente!

– Ouais, tu es sortie avec lui, non?

– Oh c'était juste comme ça, je ne savais même pas qu'il avait mon numéro.

– Tu vas le revoir?

– J'sais pas, il est un peu vieux non?

Elle avait des étoiles dans les yeux. Ma réponse importait peu, je connaissais suffisamment Nolwenn pour savoir qu'elle avait jeté son dévolu sur lui.

Tandis qu'elle me racontait en long, en large et en travers sa conversation avec son prince charmant, je lançai un coup d'œil circulaire dans la cour. *Laisse tomber, on dirait qu'il n'est pas là aujourd'hui.*

– Eh Kat tu m'écoutes ?

– Oui oui c'est trop bien.

Nol prit un air renfrogné.

– Si je te saoule tu me préviens !

Heureusement la sonnerie nous interrompit. *Sauvée par le gong !*

La matinée fut une torture et l'après-midi plus encore. J'abandonnai Nolwenn, Anaïs et Lou à dix-sept heures pour m'engouffrer dans le 4x4 garé devant l'entrée. Heureusement, c'était Alwena qui était venue nous chercher, avec elle pas besoin de répondre à la fatidique question maternelle : « Comment s'est passée ta journée ? », genre « Qu'est-ce que tu as mangé à la cantine ? »

Je me réfugiai au fond sans un mot. L'ovate se contenta de me sourire, elle avait compris que ce n'était pas un bon jour. *Tu frôles la dépression druidique ouais.* Je n'ouvris la bouche que pour demander à être déposée à Pors Ar Vag comme une ultime destination.

D'automne et de baiser

La plage avait perdu ses allures d'été. Les parasols et les serviettes s'étaient évanouis, le camion à glaces avait migré, les kayaks multicolores s'étaient volatilisés, tout comme les peaux bronzées ou rouges tartinées de crème. *Et surtout, <u>the</u> bonne nouvelle : fini le poste de secours, plus de Léa à l'horizon ! Envolée la bimbo de la SNSM !* La porte de la baraque à voile était entrouverte, je la poussai en priant pour qu'il y soit.

– Tristan ? Tu es là ? C'est moi !

On remua à l'étage. *Alléluia...* Sa tête d'ange coiffée avec un pétard apparut.

– Monte, je fais du rangement.

Je grimpai l'escalier pentu de la mezzanine. Il enroulait des bouts et des sangles.

– Tu fermes l'école de voile ?

– La saison se termine la semaine prochaine. De toute façon, il n'y a plus personne, autant commencer à faire l'inventaire.

– Et tu vas rester vivre ici ou tu retournes au manoir ?

– Ici, c'est chez moi tant qu'il ne fait pas moins quinze !

Je veux bien jouer les pingouins avec toi, moi !

– Tu as le temps pour une balade ? demanda-t-il subitement.

Quelle question !

Nous montâmes sur le quad et il fit rugir le moteur. Je m'accrochai à sa taille. Je me collai à lui un peu plus que nécessaire. Je sentais son ventre dur sous mes doigts à travers son tee-shirt.

Nous roulâmes un long moment en suivant les panneaux marqués pointe de Pen-Hir. Nous nous enfonçâmes dans la presqu'île en direction des falaises. Petit à petit, la végétation se fit plus rare. Le sol était si rocailleux que les arbres ne poussaient plus. Nous étions dans un no man's land.

Quand Tristan stoppa la machine, nous avions atteint le bout de la terre. Devant nous, les rochers sombraient à pic dans l'océan. J'eus la tête qui tournait avant même de descendre du quad. Le vent soufflait tellement fort en tourbillonnant qu'il faisait presque mal comme si ma peau allait être arrachée en lambeaux. *Ça y est, je savais bien que je m'étais trompée de vie, je suis dans* Le Seigneur des anneaux...

– En face, c'est l'Amérique, annonça-t-il en regardant l'horizon.

– C'est trop beau.

Je me tins à bonne distance du bord, de peur de glisser et de me briser le cou. *Pas la peine de s'écraser dans les rochers aujourd'hui.* Autour de nous, des goélands planaient, impassiblement portés par le souffle puissant de l'Atlantique.

Nous trouvâmes un carré d'herbe assez grand pour nous asseoir. C'était comme un minuscule coin de paradis rocailleux et sauvage, notre « end of the world » à nous.

– Je voulais t'emmener ici depuis longtemps.

C'était la plus belle chose qu'il m'ait jamais dite. Nerveusement, je tentai de cacher mes oreilles d'elfe que mes cheveux fouettaient comme une queue de cheval au galop. *Réponds un truc ! Réponds un truc !*

– C'est trop beau...

Tu l'as déjà dit, banane !

Ça y est le moment est passé, TU l'as laissé passer !

– Cette année, j'irai à la cérémonie de Samaïn. Le monde des druides est en train de changer, je ne veux pas louper ça.

Tu viens à Samaïn ? La présence de Tristan au solstice d'hiver était un magnifique cadeau.

– Vous en êtes où de la préparation ? demanda-t-il alors que je me retenais de lui sauter au cou.

– On a commencé les séances de magnétisation.

– Déjà ? Tu apprends à magnétiser les pierres sacrées ?

Il était visiblement impressionné. Je tentai de minimiser mes compétences.

– Abigail me montre, moi je n'y arrive pas encore, et puis pas sur des dolmens, c'est beaucoup trop difficile. On s'entraîne sur la croix de Maria.

– Mais personne ne fait ça à seize ans, Kat, il faut que tu acceptes d'avoir un don extraordinaire !

Moi, c'est toi que je trouve extraordinaire.

– Plus j'y pense et plus je crois que tu es le super druide !

– Arrête !

Il rit. J'aurais voulu me mettre en colère comme avec mes frères, impossible. *Arrête de le regarder comme ça, tu baves !*

– Il faut que je rentre, je dois retrouver ma mère et Abigail pour ma formation.

Nous nous levâmes et nous installâmes sur le quad. Je jetai un dernier coup d'œil aux vagues déchaînées et dentelées d'écume blanche.

Lorsque nous arrivâmes à l'ostaleri gozh, il était tard. Des reproches m'attendaient probablement, j'avais un planning druidique à respecter ! Je sautai du quad et, à cet instant, je ne sais pas ce qui me prit. *T'as perdu la boule ou quoi ? T'es grillée à vie, ma vieille !* Au lieu de lui dire au revoir comme d'habitude par une bise banale qui ressemblait plus à un coup de joue rapide et impersonnel, je l'embrassai sur la bouche. Oh pas un baiser langoureux de cinéma, rien de passionnel et de romanesque, plutôt un baiser volé mais… *un baiser*. Je me redressai, immédiatement rouge de confusion, tandis qu'il me regardait, surpris. *Comment as-tu osé ?* C'était merveilleux et flippant à la fois. Gêné, il me lança un salut express avant de disparaître comme un mirage.

De honte et d'aveu

Je restai seule au milieu de la cour, mon cœur prêt à sortir de ma poitrine comme pour rejoindre une flashmob de ventricules et d'artères coronaires. Je me remis à respirer. Je ne m'étais même pas rendu compte que j'étais en apnée depuis d'interminables secondes. *Ça y est, tu t'es transformée en baleine. Katell la baleine...*

Je gardais sur mes lèvres la chaleur de sa bouche comme un tatouage brûlant. J'oscillais entre le ravissement et la peur. Qu'allait-il penser? Ce baiser serait-il le premier et le dernier?

Je rentrai à la maison les mollets aussi mous que du yaourt. *Ben non, t'as plus de jambes, tu t'es métamorphosée en gros mammifère marin!*

La magnétisation de la croix de Maria échoua lamentablement. Le feu ne prit pas, comme si le bois s'était gorgé d'eau. La nuit se voila et les étoiles disparurent. Bref, le ciel manqua nous tomber sur la tête et maman finit par jeter l'éponge.

– Katell, je ne sais pas ce qui se passe – *si tu savais...* – mais ce soir on n'arrive à rien!

– Oui, il y a des énergies nouvelles dans l'air, constata Abigail.

Je fis ma tête de « je ne vois pas du tout de quoi vous parlez ». Moi aussi j'avais mes secrets. Heureusement, elles n'insistèrent pas et me libérèrent. *Ouf*...

Je passai la nuit à me demander comment j'allais affronter la journée du lendemain. Je me retournai mille fois dans mon lit, revivant la scène encore et encore. Je pus pratiquement lire chaque heure écoulée sur mon radio-réveil. À six heures quarante-cinq, j'avais embrassé Tristan un million de fois. Je ne parvenais pas à penser à autre chose ni à décider quelle attitude prendre. Je risquais bel et bien de l'aimer toute ma vie.

Lorsque je franchis les grilles du lycée le jour suivant, les yeux cernés comme un cocker, je n'en menais pas large.

Je tentai de rester invisible dans la foule qui se pressait avant que la sonnerie de huit heures retentisse. C'était sans compter sur Nol qui hurla mon nom depuis l'autre bout de la cour. Elle me rejoignit avec un grand sourire et je ne lui laissai pas le temps de me dire bonjour, il fallait déguerpir au plus vite.

Nous arrivâmes essoufflées dans la classe. Il ne nous restait que cinq minutes avant que M. Vaucelles n'apparaisse.

– Penaos'mañ kont ? Comment ça va ?

– Tu me saoules avec ton breton !

Elle me regarda, ne sachant si elle devait mal le prendre ou passer l'éponge sur mon pétage de plombs.

– Pardon, dis-je, je n'ai pas beaucoup dormi.

– Je vois ça ! Tu as une gueule de déterrée et tu es d'une humeur de chien !

– Merci, c'est vraiment ce que j'avais besoin d'entendre ce matin !

À cet instant, le professeur de français entra.

– Qu'est-ce qui ne va pas ? souffla Nol.

– J'ai embrassé Tristan, murmurai-je tout bas tandis que le silence s'installait autour de nous.

– T'ES SORTIE AVEC TRISTAN DE MOËLLIEN !

Ses mots avaient jailli comme un geyser et résonné dans la salle à la façon d'une balle de squash rebondissant sur chaque mur et chaque élève. Toutes les têtes se retournèrent vers nous. J'étais pétrifiée. Nolwenn à côté de moi se mordait les lèvres avec l'envie de rire.

– Bon les deux malignes, je croyais que je vous avais séparées ! Le plan de classe ne compte pas pour du beurre ! Chacune à sa place !

Je priai pour mourir dans l'instant ou devenir invisible pour toujours ou qu'Abigail surgisse affublée de lunettes de soleil et efface les mémoires en un clin d'œil comme dans *Men in Black*.

Évidemment, rien de tout cela n'arriva. Je passai les deux heures de français les yeux rivés sur mes notes, le plus immobile possible, tentant désespérément de me faire oublier. À la fin du cours, je me précipitai dans le couloir.

– Kat, attends !

Nol me rejoignit en courant.

– Je me casse, dis-je, je suis trop dégoûtée. *Tu viens juste de ruiner mon existence !*

– Pourquoi tu fais la gueule ? Tu es sortie avec Tristan, c'est trop bien ! Les filles de la classe vont être vertes !

– C'est pas aussi simple ! Tu aurais dû le garder pour toi !

Je devais avoir une mine de morte-vivante. Elle comprit que je ne lui avais pas tout avoué.

– OK, désolée, raconte-moi.

Et je vidai mon sac : la course-poursuite en quad, la nuit de la fête du bac, le parapente, Léa, mon anniversaire, la balade aux falaises et, pour finir, le baiser volé. Bref mes faits d'armes minables. Elle avait eu le temps d'aspirer sa cigarette d'un bout à l'autre. Une fois n'était pas coutume, elle réfléchit avant de parler.

– Tu sais ce que je pense ? Que vous êtes tous les deux trop romantiques, trop coincés. Tu as bien fait de prendre les devants parce que ça pouvait durer encore longtemps.

– Tu crois ?

– Ouais, j'ai toujours trouvé qu'il y avait un truc bizarre entre vous, comme si vous étiez dans un monde à part.

En plein dans le mille.

– Qu'est-ce que je fais si je tombe sur lui aujourd'hui ?

– Tu lui dis bonjour comme d'hab et tu lui expliques que tu dois lui parler, en dehors du bahut.

Dans la bouche de mon amie, cela paraissait simple et plein de bon sens mais insurmontable. *Pourvu que je ne le croise pas...*

De pluie et de doute

Le mois de novembre approcha sans que Tristan revienne au lycée. Je me rongeais les sangs en classe et tournais en rond à l'ostaleri gozh. Chaque matin, en voyant les valises sous mes yeux, Nolwenn me demandait :

– Toujours rien ?

Nada... À la fin, je ne répondais même plus, à quoi bon ?

– Tristan, il n'a pas un portable ?

– Non.

– Mais qui n'a pas de portable aujourd'hui ?

Un soir, après le dîner, alors que je m'apprêtais à ruminer dans ma chambre, notre mère prit la direction des opérations.

– Allez, on débarrasse. Réunion.

La table fut nettoyée en un éclair.

– Je vais vous expliquer comment va se dérouler la cérémonie. Elle aura lieu au Menez Hom. Cela fait longtemps qu'il ne s'y est pas déroulé de célébration et ce sera la plus importante depuis des siècles.

– C'est risqué, dit Bertrand, on va nous voir !

– Faisons confiance à Abigail et à la nuit. Et puis au moins nous verrons arriver Sir John de loin.

Ça ne me dit rien qui vaille.

– Voilà ce que je vous propose : nous laissons Abigail et la communauté préparer le rituel. Ce soir-là, beaucoup de druides, d'ovates et de bardes nous rejoindront. Certains viendront de très loin, d'Écosse ou d'Irlande.

– C'est pour ça que tu y es allée ? interrogea Simon. Pour les prévenir ?

– Entre autres...

Tu mens ! Maman, je sais que tu mens !

– Ce que je veux surtout, enchaîna-t-elle, c'est que nous puissions nous enfuir rapidement et sans être vus.

– On n'a qu'à y aller en 4x4 ! proposa Richard sans réfléchir.

– Ou à cheval ? suggéra Bertrand. L'Anglais ne pourra pas nous suivre dans les petits chemins !

– Oui, c'est une bonne idée. Tu te charges de repérer des sentiers d'ici novembre ?

– Ça marche !

Bertrand rayonnait, il allait enfin briller devant Alwena.

– Mais on ne sait pas tous monter à cheval, protestai-je, me voyant mal galoper en pleine nuit entre les buissons d'épines et les ronces.

– Une monture devrait suffire si l'un de nous est blessé. C'est juste au cas où le 4x4 serait hors d'atteinte et qu'il faille évacuer quelqu'un.

Parce que quelqu'un sera blessé ?

– Maman, ça craint, avec quoi on va se défendre ?

– Nous, on prend nos épées et on a des sabres en plus si vous voulez.

– Oui, les épées magnétisées seront très efficaces. Vous vous en occupez ?

Je ne le sens pas, je ne le sens pas.

– Et moi, dis-je, je ne sais ni monter à cheval ni me servir d'une épée. Je vais me battre avec une casserole ?

Richard explosa de rire et j'eus envie d'aller chercher une poêle dans la cuisine pour lui taper dessus.

– Tu resteras près de tes frères. Les jumeaux te protègeront et tu pourras t'enfuir avec Bertrand.

Super.

Heureusement la sonnerie du téléphone retentit. Je me précipitai. Je ne voulais plus participer à cette réunion où il n'y en avait que pour le boys band.

– Si c'est ton père, demande-lui de rappeler plus tard, lança maman.

– Allô ? lançai-je avec hargne comme si j'allais mordre le combiné.

– Allô, Kat ? C'est Nol.

– Ah salut.

– Je te dérange ?

– Non, non.

Au contraire tu tombes bien.

– J'appelle un peu tard mais j'ai une bonne nouvelle : je sais où est Tristan !

Je tirai sur le fil pour m'éloigner le plus possible des oreilles indiscrètes de mes frères.

– ... Où ?

– Chez Malo !

– Quoi ?

– Ben oui, Malo m'a expliqué qu'il s'était réfugié chez lui à cause de la pluie. Le toit de l'école de voile fuit, son matelas est trempé.

Mon cœur se mit à battre de plus en plus vite.

313

– Kat, j'ai l'impression que tu ne peux pas parler.
Tes frères sont là ?

– Hum, hum…

Elle ricana.

– Je me suis permis de dire que tu cherchais à
joindre Tristan. J'ai bien fait ?

– Non !

– Écoute, ça ne peut plus durer, tu devrais venir
avec moi demain chez Malo, comme ça les choses
seraient réglées une bonne fois pour toutes ! Ça
marche ? Je te traînerai par les cheveux si tu refuses !

Elle raccrocha sans me donner le temps de protester. Je restai le téléphone à la main, ne sachant
si je devais la rappeler ou prendre un aller simple
pour l'Australie. Enfin, je demandai à maman si elle
avait toujours besoin de moi et prétextai avoir mal
au ventre. Je me réfugiai dans ma chambre, sachant
que je ne dormirais pas encore cette nuit-là.

De blessure et de départ

– Il habite où Malo ?

Nolwenn conduisait maintenant avec assurance. Fini les coups de frein à vous cogner le crâne contre le tableau de bord ! Nous n'avions pas traîné au lycée. Nous n'avions même pas pris la peine d'attendre Anaïs et Lou.

– À Plomodiern. Il retape une baraque.

Elle avait dans les yeux des milliers d'étoiles filantes, *toute la Voie lactée...* Je compris que leur histoire était en bonne voie. Je la laissai me parler de lui, c'était mieux qu'un silence anxiogène. Mon cœur allait battre le record mondial de vitesse des battements cardiaques.

J'eus droit à un exposé sur Malo qui dura tout le trajet. *Heureusement qu'on ne va pas jusqu'à Pékin.*

Apparemment, Malo était super sportif puisqu'il rénovait un vieux corps de ferme et qu'il faisait du parapente.

Apparemment, il était plus mature qu'un garçon de notre âge puisqu'il avait vingt-sept ans.

Apparemment, il était trop beau puisqu'il ressemblait à Robert Pattinson – *l'amour rend aveugle.*

Apparemment, il était trop drôle parce qu'elle riait tout le temps.

Apparemment, Malo était l'homme idéal !

Je fus soulagée d'arriver. À peine sorties de la voiture, l'homme parfait nous apparut et se précipita vers Nolwenn pour l'embrasser à pleine bouche.

Je détournai les yeux, oscillant entre le désir et le dégoût. Comment d'autres en arrivaient-ils là et pas moi ? Je me réfugiai à l'intérieur, les laissant enlacés comme s'ils étaient seuls au monde. Je pénétrai dans une cuisine dont l'îlot central était surchargé d'un fatras de vaisselle sale, de mousquetons et de cordes multicolores. Je me laissai engloutir par un gros fauteuil plus mou qu'il n'y paraissait. Personne. *Peut-être qu'il a fui en m'apercevant...*

– Tristan est dans le local du club, lança Malo qui revenait avec Nolwenn collée à lui. Tu le trouveras dans la grange juste à l'entrée.

– OK, dis-je en peinant pour m'extirper de mon trône. *Mieux vaut déguerpir au cas où l'envie les prendrait de faire un bébé tout de suite !*

Depuis le plafond de l'immense grange, tombaient des voiles de parapente de toutes les couleurs en train de sécher. Je me frayai un chemin comme si je repoussais des ailes de papillons géants.

Je découvris Tristan occupé à plier méticuleusement l'une d'entre elles. Je la reconnus, c'était celle avec laquelle nous avions volé ensemble.

– Salut, murmurai-je, la gorge nouée, le cœur frémissant et les mains moites.

Il sourit en me voyant. Je me sentis soulagée mais aussi inquiète : allions-nous faire semblant de rien ? Non, je ne le supporterais pas.

– Salut, répondit-il, tu m'aides ? Il faut la rentrer correctement dans le sac. Tiens, regarde, tu fais comme ça.

Je l'imitai sans un mot. *Dis un truc, dis un truc.*

– Merci, c'est plus facile à deux. Voilà, c'est nickel !

Il souriait toujours. J'eus peur d'en rester là, je me lançai sans parachute.

– Pour l'autre fois, commençai-je sans savoir où j'allais en venir malgré toutes ces nuits passées à m'y préparer, pour l'autre fois, ce n'était pas... enfin, je ne voulais pas...

Je m'enfonçais dans des sables mouvants. Il me regarda droit dans les yeux et je devinai immédiatement ce qu'il allait dire. Mon cœur cessa de battre et je m'arrêtai de respirer, à quoi bon... *Game over.*

– Après le bac, je vais partir, déclara-t-il doucement. Je ne veux pas qu'on souffre parce que, dans quelques mois, je mettrai les voiles. Je sais c'est égoïste, mais je n'ai pas le choix, tu comprends ?

Non, je ne comprenais plus rien du tout. Mon crâne était vide et mon corps ne répondait plus. J'avais perdu les commandes de moi-même. Ma vue se brouilla et tout devint noir. Je ne sentis pas le froid du béton lorsque ma tête rebondit dessus et que je m'effondrai.

Lorsque j'ouvris les yeux, je vis le visage de Nolwenn encadré par ceux de ma famille, je compris que je n'étais pas morte sur place. *Ça aurait mieux valu.* J'avais été foudroyée et j'avais survécu.

J'aurais voulu les rassurer mais une vague de larmes m'emporta, comme un tsunami de chagrin. Entre deux hoquets, je réussis à bégayer que je voulais rester seule. Ils sortirent à contrecœur. Maman passa une main sur mon front et promit de revenir un peu plus tard, Nolwenn me dit à demain sans conviction et les garçons proposèrent de me monter à manger.

Le monde avait basculé sans que je voie rien venir. Je m'étais fourvoyée. *Comment tu as pu croire que Tristan avait des sentiments pour toi ! Grosse niaise !*

Et je pleurai encore et encore. Je refusai les Granola apportés par Richard et les bras réconfortants de maman. Je me demandais où je trouverais la force de remettre un pied à Jean-Moulin.

≈≈≈

Les heures passèrent et la nuit s'installa. J'étais tellement abattue que je peinai à me redresser dans mon lit.

On frappa discrètement à la porte et Alwena parut. Elle portait une tasse fumante.

– Je peux entrer ?

Sa bienveillance m'enveloppa, je me sentis un peu mieux. Pas encore prête à sortir de mon antre mais ayant renoncé à disparaître sur une île déserte.

Elle s'assit sur le bord du lit et me tendit son breuvage.

– C'est une tisane. Ça va te faire du bien. Si tu t'es évanouie aujourd'hui, c'est aussi parce que tu n'as pas beaucoup mangé depuis plusieurs jours. Même les druides qui ont l'habitude de jeûner ont des limites.

– Qu'est-ce qu'il y a dedans ?

– De l'eau du puits avec une poignée de feuilles du grand laurier du fond du jardin, de la camomille et surtout un peu de miel pour le goût!

– C'est un médicament?

– C'est pour t'aider. La solution est en toi-même, tu la trouveras.

– De quoi tu parles? *Je viens juste de me prendre le râteau du siècle!*

– Du bonheur, de la paix intérieure, de la joie.

La tisane me relaxa. Je me laissai faire. Alwena était ma garde-malade.

– Katell, il y a un moment pour chaque chose. Il faut suivre ce qui est écrit pour chacun dans le grand livre du monde.

– Tu penses que je dois attendre?

– Non pas attendre, accepter ton destin.

– Mais mon destin c'est de devenir druide et de rester ici alors que Tristan va partir!

Son sourire était doux, elle était si calme.

– Tu n'en sais rien. Lui non plus. Personne ne sait quelle destinée les étoiles ont tracée pour chacun d'entre nous.

Elle avait mille fois raison.

– Il viendra à Samaïn, enfin je crois, dis-je un peu rassurée.

– Tant mieux, parce qu'il est inutile d'être devin pour savoir que Samaïn cette année ne se déroulera pas comme d'habitude. Un grand bouleversement se profile.

Je compris que tout se jouerait là, ma vie et celle de Tristan même s'il ne le savait pas encore.

Post tenebras lux,
Après les ténèbres vient la lumière

De froid et de mort

Les jours qui précédèrent la cérémonie, maman et Abigail passèrent plusieurs nuits à magnétiser et à sécuriser le Menez Hom. Nous ne fûmes pas autorisés à les accompagner. Nous devions rester à l'abri jusqu'au dernier moment. « Sir John rôde », avait dit Abigail qui savait reconnaître les présences dans l'air.

Nous n'allâmes pas non plus au lycée. Maman avait pris le risque de nous excuser, les jumeaux et moi, prétextant une épidémie de gastro. « Vous avez besoin de vous préparer pour Samaïn et le CPE n'a pas besoin de le savoir ! » avait-elle ironisé en rédigeant un mot.

En réalité, nous n'avions rien à faire qu'attendre. Si bien que notre mise en condition se termina en après-midi de jeux vidéo. Enfin, vingt-quatre heures avant la cérémonie, ordre nous fut donné de jeûner et d'éteindre la PS3.

Le D-Day, j'appris aux garçons le rituel de la rosée du matin auquel m'avait initiée Alwena. Nous étions le 1ᵉʳ novembre, il faisait vraiment très frais. *Ça caille !* Mes frères, après quelques ronchonnements, respectèrent le silence nécessaire à nos ablutions.

Nous nous préparâmes le corps et l'esprit dans l'aube glacée de la fête des morts.

À genoux dans le jardin aux herbes de Maria, j'eus le sentiment intense que nous n'étions pas seuls, que notre grand-mère avait décidé de nous accompagner.

Sa présence ne me quitta pas de la journée et m'aida à maîtriser l'angoisse qui me grignotait inexorablement.

Comme pour le solstice d'été, Alwena me confia une petite serpe afin de couper les plantes rituelles destinées au bûcher. J'avais depuis retenu les mots qu'il fallait prononcer.

Des mots secrets que des générations de druides s'étaient transmis sans faillir.

Des mots jamais écrits, toujours donnés par la parole d'un druide à un disciple depuis la nuit des temps.

Des mots inchangés, intacts, qu'avait murmurés Maria avant moi, et sa mère avant elle et toutes les femmes celtes gardiennes de la tradition.

Malgré ma peur grandissante, une grande force naquit en moi. Quand je nouai les fagots de branches et de feuilles rituelles, mes mains ne tremblèrent pas.

En fin d'après-midi, nous nous habillâmes pour rejoindre le reste de la communauté. L'ovate me tendit une longue robe blanche.

– Tu n'es pas encore druide mais tu as beaucoup appris. Ce soir tu as le droit de porter la saie.

Je l'enfilai avec émotion. Elle m'aida à l'ajuster et je fus très intimidée.

De leur côté, les jumeaux étaient prêts. Leurs épées avaient été lustrées et magnétisées avec soin.

À minuit, Bertrand nous attendait dans la cour. Il était à cheval. Maman et Abigail étaient déjà parties avec le 4x4.

– On y va ? demanda-t-il.

– Oui, par là, indiqua Alwena, N'oubliez pas que lorsque nous rejoindrons les autres il faudra garder le silence.

Nous acquiesçâmes. *De toute façon, je ne peux plus parler, j'ai un gros nœud dans la gorge.* Nous contournâmes la petite église de Sainte-Marie vers la montagne et marchâmes dans le noir glacial jusqu'au sentier choisi pour l'ascension. Lorsque nous arrivâmes au lieu de rendez-vous, je constatai avec stupéfaction qu'il y avait foule. *Mais d'où viennent tous ces gens ?*

Des druides, des ovates et des bardes chuchotaient dans des langues étrangères, je compris que certains venaient de très loin. Je ne parvins à identifier que la voix qui s'éleva au-dessus des autres : celle de Mael qui organisait la procession. Je me demandai s'il portait *un flingue* sous sa tunique. À ses côtés, une femme barde que j'avais croisée au manoir distribuait des torches que les participants enflammaient à un brasero marquant le point de départ de la marche.

Lorsque nous commençâmes à avancer, je restai aussi près que possible de mes frères. Bertrand était à cheval, créant le vide autour de nous. Personne ne voulait prendre le risque de se faire écraser les pieds par un sabot. *Tu m'étonnes, s'il faut s'enfuir en courant, autant avoir tous ses orteils !*

Un chant en gaélique s'éleva et le long ruban de flambeaux et de saies blanches s'étira vers le sommet. Combien étions-nous ? Des centaines ? Des milliers ? Malgré la peur, je me sentis rassurée, nous étions telle une armée, nous ferions face ensemble alors que nous ne nous connaissions pas. Nous cheminâmes ainsi un temps incalculable. En atteignant le sommet, nous n'appartenions plus au monde réel.

Ce n'est qu'en commençant à faire le tour des immenses ronds de pierres tracés ces derniers jours par maman et Abigail que je le vis. À côté de son père qui en tant que héraut menait la procession, Tristan était là, vêtu d'une tunique blanche, l'air grave.

Mon cœur se serra. Je n'étais pas guérie, loin de là. Même si j'avais repris pied peu à peu en préparant la cérémonie, ma blessure se rouvrit. *Ne le regarde pas, ne le regarde pas.*

Les druides entrèrent dans les cercles après s'être arrêtés au nord. Je le perdis de vue. Chacun trouva sa place. Un air de harpe s'échappa vers le ciel et des larmes me montèrent aux yeux. *Ne flanche pas Kat, tiens bon.*

À côté de moi, Bertrand glissa de son cheval. De loin, j'entendis Yann demander s'il y avait la paix, au nord, au sud, à l'ouest et à l'est. La cérémonie de Samaïn pouvait débuter. Tandis qu'Alwena apportait les herbes sacrées à Abigail pour allumer le bûcher, j'entendis mes frères s'agiter derrière moi.

Je me retournai, agacée :

– Chut ! Taisez-vous ! *On n'est pas au cirque !*

– C'est pas les places qu'on devait avoir ! chuchota Bertrand inquiet.

– Quoi ?

– Le chemin pour s'enfuir à cheval est de l'autre côté. On ne pourra pas l'atteindre, il y a beaucoup trop de monde !

La panique que j'avais réussi à maintenir à distance jusque-là m'inonda.

– Il faut prévenir maman, murmura Simon.

Mais où est-elle ? Autour de nous, les druides entamèrent une incantation. Trop tard. Impossible d'interrompre la cérémonie.

Nous aperçûmes notre mère qui rejoignait le bûcher en compagnie d'Abigail afin de magnétiser le feu. À cet instant, des bruits de moteurs résonnèrent dans le lointain. Autour de moi, certains cessèrent de chanter. De nombreux phares balayèrent le ciel. Combien y avait-il de voitures ? Je tentai de les compter sans y parvenir. *Il y en a beaucoup trop !* La nuit s'épaissit soudain et un inquiétant brouillard opaque s'étendit au sommet du Menez Hom. Abigail dut intervenir pour calmer les rangs alors qu'une horde d'engins énormes approchait.

– Pas de panique ! On ne change rien au plan !

Je n'ai jamais vu d'aussi gros 4x4, on dirait des transformers !

Nous fûmes encerclés, aveuglés par le rayon puissant et blanc qui jaillissait des monstrueux pare-chocs. Nous n'étions que de pauvres papillons de nuit enfermés dans une lampe. On coupa les moteurs et un lourd silence se fit. J'entendis la braise du bûcher craquer. Soudain, un mégaphone crépita et la voix de Sir John résonna :

– Nous sommes venus chercher la coupe et l'élu de la prophétie. Si vous vous y opposez, nous vous abattrons les uns après les autres !

Une longue goutte froide me coula dans le dos. Nous allions tous mourir. N'étions-nous pas d'ailleurs déjà en route pour le ciel, ne venions-nous pas de passer les nuages ?

– Vous n'aurez rien, répondit Abigail.

– Tant pis pour vous !

L'Irlandaise n'eut pas le temps de lever ses mains puissantes qu'un premier tir fusa. En reconnaissant le corps qui s'effondrait près du feu, je m'élançai sans réfléchir en hurlant maman !

Je la pris dans mes bras.

– Maman, maman !

Simon, Richard et Bertrand m'aidèrent à la redresser. Il fallait la soutenir, l'empêcher de se vider de son sang, l'empêcher de mourir.

À la lueur orange du foyer, je constatai avec soulagement qu'elle avait les yeux ouverts. *Pour combien de temps ?*

Elle me fixait avec calme, comme si tout était prévu d'avance. Je me mis à pleurer.

– Katell, murmura-t-elle, Katell, regarde le feu !

– Non, non !

– Katell, ordonna-t-elle avec plus de fermeté, tu dois regarder le feu !

Je ne voulais pas que ce soient ses dernières paroles, je ne voulais pas que cette terrible phrase me hante jusqu'à la fin de ma vie. J'obtempérai et tournai la tête vers le bûcher brûlant.

Aussitôt, je fus saisie par la force des flammes. Ce n'était pas un feu comme les autres. Une onde puissante s'empara de moi pour m'entraîner au cœur du foyer. Je fus aspirée, absorbée. J'eus l'impression brutale de ne faire plus qu'une avec la grande fleur mouvante et ardente. J'étais le maître du feu. J'étais le dompteur de cette bête rouge et féroce. Je pouvais entendre ses rugissements et lire dans son œil. Je pouvais la contempler de l'intérieur sans qu'elle me brûle. Alors, à cet instant, je la vis et je compris.

De fuite et d'univers

Lorsque je rouvris les yeux, j'étais étendue sur le sol. Des lumières fusaient et des tirs éclataient dans tous les sens. Le grand combat des druides avait enfin lieu.

Par le mégaphone, Sir John hurlait tandis que les champs magnétiques d'Abigail vibraient dans la nuit. Des hommes et des femmes couraient dans le blanc laiteux et dense de la brume protectrice.

Plusieurs véhicules étaient en flammes.

Parmi les cris et les coups de feu, j'entendis la voix de Bertrand :

– On ne peut pas la transporter à cheval ! Le sentier est bloqué !

– Il faut la sortir le plus vite possible, répondit Simon.

– On ne peut pas atteindre le 4x4 non plus ! dit Richard en brandissant son épée magnétisée comme un sabre laser.

Oui, c'est bien la guerre des étoiles...

Une voix identifiable entre toutes se fit alors entendre et je crus que j'allais à nouveau m'évanouir.

– Je sais comment faire ! Aidez-moi à l'attacher et couvrez-nous !

Je vis Tristan accourir et retirer sa tunique blanche. Au-dessous, tout était prêt : les sellettes, la voile que nous avions pliée ensemble sans que je me doute qu'elle était prévue pour moi. En un clin d'œil, je fus harnachée.

Nous dévalâmes la pente au milieu de l'assaut des hommes de l'Anglais pendant que mes frères faisaient barrage à ceux qui voulaient nous rattraper.

Juste avant que nous décollions, Bertrand nous lança :

– Rendez-vous à l'ostaleri gozh ! Je vous rejoins à cheval.

Rapidement, nous prîmes de l'altitude. J'eus l'impression de voler vers les étoiles, de quitter la terre et les hommes pour toujours. *Est-ce que je rêve ?*

Sous mes pieds, les saies blanches et les 4x4 devinrent de plus en plus petits puis disparurent dans la nébulosité qui enlaçait le sommet comme un anneau stellaire.

– Maman ? parvins-je à articuler au bout de quelques secondes de vol.

– Elle n'a rien.

– Tu es sûr ?

– Oui.

Je ne voulais pas en savoir plus. Je voulais juste qu'il ait raison.

– On est suivis ! dit-il en virant de bord, heureusement qu'on va plus vite par les airs que par la route !

En effet, deux véhicules redescendaient à vive allure le Menez Hom.

– Même si on arrive avant eux, on ne pourra pas se défendre !

– Tu monteras en croupe derrière Bertrand. Vous pourrez couper à travers champs.

– Mais et toi ?

– Moi, je ne compte pas à côté du super druide ! Tu vois, je te l'avais bien dit !

– De quoi tu parles ?

– Tu ne te souviens pas de ce qui s'est passé ? On t'a tous fixée quand tu as regardé le feu ! C'était comme si tu brillais ! Comme une explosion de lumière ! C'était fou !

Si, je me souviens de ma vision. Oh Tristan, si tu savais, mais je ne peux rien révéler de ce que j'ai vu, pas maintenant.

Bientôt, je reconnus la route qui serpentait entre l'ostaleri et la chapelle.

– Je vais me poser dans le champ derrière l'enclos de la chapelle. Ensuite il faudra courir, OK ?

Je cherchai Bertrand du regard. Où était-il alors que les phares des voitures apparaissaient déjà ? Je me demandai si nous aurions le temps de fuir. Je repliai mes jambes comme Tristan me l'avait appris quelques mois auparavant. Nous touchâmes le sol et nous nous effondrâmes dans le pré gelé. La voile s'étala derrière nous, nous tirant brutalement vers l'arrière.

Sans attendre, Tristan dévissa les mousquetons qui me retenaient à lui.

– Vite, vas-y !

– Et toi ? criai-je me relevant maladroitement.

– Pas le temps ! Je suis bloqué ! Sauve-toi !

Il était coincé, l'aile ne se détachait pas. Mon cœur se serra. Un cheval hennit de l'autre côté de la route. Bertrand était arrivé.

J'aurais dû me précipiter, pourtant j'étais clouée sur place. Je m'agenouillai pour l'aider. *Je ne peux pas partir sans toi.*

– Kat, qu'est-ce que tu fais ?

Il me regardait de ses yeux si clairs dans la nuit, comprenant en une fraction de seconde tout ce que je n'avais pas réussi à lui avouer jusqu'à présent.

– Arrête, murmura-il doucement en posant sa main sur les miennes qui tentaient nerveusement de le dégager, ça va aller...

Il essuya mes joues mouillées de larmes. Nous entendîmes des véhicules freiner dans la cour de la vieille auberge.

– On se retrouve plus tard, souffla-t-il, dépêche-toi, c'est encore possible

Je ne bougeais toujours pas.

– Je te le promets ! Sauve-toi Kat ! Je t'en supplie ! Fais-le pour moi !

Si nous restions ensemble, nous étions perdus. Je me décidai à me lever en espérant qu'une fois à ma poursuite, les hommes de Sir John n'auraient pas le temps de s'occuper de Tristan.

Je courus de toutes mes forces, regrettant d'avoir été aussi nulle en EPS au collège. Je traversai le champ humide et glacé et m'élançai pour escalader le mur de l'église. Je m'écorchai les mains en glissant dans l'enclos.

Lorsque j'atteignis l'autre côté de l'enceinte, je compris qu'il était trop tard. Bertrand qui m'attendait devant l'ostaleri gozh était bloqué par deux gros 4x4 arrivés par la route.

– Ils ont atterri dans le champ derrière ! beugla l'un des mercenaires en se ruant hors du véhicule.

Je reculai. Où aller ? *Il faut que tu te planques !* J'étais totalement prise au piège. À part le calvaire et quelques plants d'hortensias collés aux murs, pas de cachette.

Je m'élançai vers la petite porte latérale de la chapelle avec l'espoir de trouver un renfoncement afin de disparaître. Mes pas résonnèrent sur le gravier. *Merde...*

– Elle est là ! Elle est là !

J'atteignis la porte, à bout de souffle, priant qu'elle soit ouverte. *Ouvre-toi ! Pitié, ouvre-toi !* Je la poussai de toutes mes forces. Et, comme par miracle, elle s'ouvrit.

Je restai stupéfaite. Des bougies étaient allumées çà et là, éclairant le petit édifice d'une lumière accueillante comme si on m'attendait. *Je connais cet endroit.*

Je fis quelques pas. Derrière moi, mes poursuivants se rapprochaient. J'avançai avec l'étrange sensation que je n'étais pas entrée là par hasard. Au milieu de l'allée centrale, je me retournai face à l'autel et soudain je la vis.

Je la reconnus immédiatement, identique à ma vision : la coupe de Maria était posée sur l'autel. La porte s'ouvrit violemment et les hommes de Sir John se ruèrent sur moi.

D'un bond, j'atteignis l'autel et je me saisis du calice doré que ma grand-mère avait caché là parce que personne n'aurait imaginé qu'un objet rituel druidique puisse être entre les mains d'un prêtre.

Tout ce temps, elle avait été si près de nous sans que nous nous doutions de rien.

Tout ce temps, elle m'avait attendue.

Tout ce temps, elle avait patienté pour n'apparaître que dans la nuit de Samaïn. Oui, l'histoire était écrite depuis longtemps, Maria l'avait toujours su.

Lorsque mes doigts entrèrent en contact avec la coupe, ils ne firent plus qu'un avec elle comme si elle m'avait toujours appartenu, comme si nous étions faites de la même matière.

Immédiatement, une extraordinaire force lumineuse m'emplit et j'eus l'impression de rayonner comme un soleil ou une étoile naissante. L'univers entier circulait à travers mes veines et ma chair.

Je fermai les yeux en levant la coupe. Je n'eus plus ni peur ni mal. J'étais devenue cette énergie ancestrale et cosmique qui se diffusait dans la chapelle. Je n'avais plus de corps, je n'étais plus qu'un rayon aveuglant, une onde puissante et brillante qui irradiait tout. Je perdis la notion du temps et du monde extérieur.

Lorsque je repris conscience, je me trouvais dans les bras de Bertrand. Tristan était penché sur moi. Il se détendit quand j'ouvris les yeux.

– Kat, Kat ! Reviens à toi ! suppliait Bertrand en me tapotant la main.

Je ne pouvais pas parler. Je m'étais vidée de mes forces.

Je tentai de sourire pour les rassurer.

– Si ça va, cligne des yeux !

Je les fermai et les rouvris. Ils parurent soulagés. Je tentai de me faire comprendre du regard : *Qu'est-ce qui s'est passé ?*

– Tout va bien, tu as juste fait un truc de dingue en trouvant la coupe. Tu es devenue une lumière super puissante. Les hommes de Sir John se sont effondrés. On ne sait pas comment tu as fait ça. En tout cas, tu es hors de danger maintenant. Tu nous as tous sauvés !

Je tentai de me redresser.

– Je ne crois pas qu'ils soient morts, seulement évanouis. On attend Abigail pour savoir ce qu'on fait.

Oui, avec Abigail, tout va s'arranger. Épuisée, je sombrai dans un sommeil profond.

Presqu'île de Crozon, montagnes Noires, duché de Bretagne, 1253

Depuis le commencement, les gens d'ici l'appelaient le Menez Hom. Depuis la nuit des temps, le grand dôme dominait la vallée qui s'élançait vers la mer. Le vent y soufflait en permanence. Moïra laissa flotter ses cheveux. Elle se sentait si légère. L'ostaleri avait l'air toute petite vue d'en haut. Elle imagina qu'en s'élançant elle pourrait s'envoler comme un oiseau de mer, portée par l'air qui se déchaînait au sommet. Il lui suffirait de courir un peu, de prendre son élan...

À côté d'elle, Guillemette jouait dans les herbes folles. Elle contempla sa fille qui sautait et roulait comme un lapereau. De longues mèches bouclées s'étaient échappées du bonnet qu'elle lui avait tricoté pour protéger ses oreilles pointues et si mignonnes. Ses cheveux étaient indisciplinés, ils n'obéissaient pas aux règles des peignes et des lacets de cuir ou de tissu.

Moïra sourit. La petite avait beaucoup d'énergie et était curieuse, comme si naître au cœur de l'hiver l'avait décidée à résister à tout. Guillemette n'avait jamais froid, ni sommeil, jamais faim, ni mal. Guillemette croquait la vie offerte par Dana.

L'enfant trébucha et dévala une bonne partie de la pente. Moïra se retint de rire, ne devait-elle pas être inquiète et sérieuse ? N'était-ce pas ainsi que devait se comporter une mère ?

Alan, qui n'était jamais loin, se précipita à son secours et l'aida à se relever. Guillemette avait un chevalier servant. Le garçon s'était pris d'affection pour la petite dès sa naissance, un matin froid et gelé. Une nouvelle famille s'était formée, de nouveaux liens avaient été tissés entre les femmes de ce bout du monde.

Moïra était morte une première fois sur le chemin des pèlerins pour renaître ici, au pied de la montagne sacrée. Elle pensa que la pierre magique avait cet étrange pouvoir. De nombreuses générations de druides mourraient et revivraient pour elle. Elle façonnait les destins et l'avenir.

Maintenant les deux enfants chahutaient dans la lande. Leurs rires se perdaient dans le vent qui soufflait de plus en plus fort. Une grosse goutte s'écrasa sur le bras de Moïra et la tira de sa contemplation. L'orage menaçait.

Elle se leva et défroissa sa robe de laine. La promenade était terminée, il fallait regagner l'ostaleri et son toit protecteur, il fallait rejoindre leur foyer.

Calix,
la coupe sacrée

De cuivre et d'éveil

Quand je me réveillai, j'étais seule dans ma chambre. Je me levai d'un bond pour inspecter le Menez Hom à travers la fenêtre. Rien. *Nada...* Aucun signe suspect. Mon estomac se mit à gargouiller et une faim énorme se manifesta. *On dirait Shrek... J'ai la dalle!* Vite, je devais manger de toute urgence!

Je me précipitai dans la cuisine et tombai sur Richard qui se mit à crier à tue-tête :

– Kat est debout, Kat est debout !

Pousse-toi ou je te bouffe! Ils débarquèrent tous, les One Direction en tête, comme une nuée de sauterelles sur un champ de blé. Oubliant un instant ma faim, je me précipitai dans les bras de maman.

– Tu n'es pas blessée ? m'inquiétai-je en la serrant dans mes bras.

– Non, je vais bien, Mael m'avait prêté un gilet pare-balles qu'Abigail avait magnétisé.

Quoi, des druides avec des gilets pare-balles ?

– Et toi, comment te sens-tu ? dit-elle en m'inspectant.

– Ça va. J'avais besoin de dormir un peu, je crois.

– Un peu ? rigola Richard, tu as roupillé deux jours non-stop comme un ours en hibernation !

Deux jours ? Voilà pourquoi j'avais si faim.

– Venez vous asseoir, je crois que nous avons pas mal de choses à nous raconter, dit maman pour éviter que l'histoire d'ours ne dégénère.

– D'accord, mais je peux manger avant ?

Mon estomac cria famine et tout le monde se mit à rire. Richard me traita de gros Baloo mais je pus enfin vandaliser le frigo.

Pendant que je me régalais avec un bol – *non, un saladier* – de Chocapic en m'empiffrant de tartines, de brioche et de crêpes chocolat-banane, maman m'expliqua comment s'était achevée la nuit de Samaïn.

Après notre envol en parapente, Sir John, voyant que je lui échappais, avait dispersé ses troupes et les druides avaient repris l'avantage.

Tandis que nous atterrissions près de la chapelle, les hommes de l'Anglais avaient été mis hors d'état de nuire. La brume dirigée par Abigail avait eu pour effet de les aveugler et de les empêcher de tirer. Le surnombre avait joué en faveur des druides qui les avaient capturés les uns après les autres selon le plan d'attaque prévu par Mael. Seules les deux voitures lancées à ma poursuite étaient parvenues à s'enfuir ainsi qu'une troisième restée en retrait où se trouvait le lord. Quand Abigail et maman purent enfin nous rejoindre, mes poursuivants gisaient inconscients sur le sol de la chapelle.

– Et Sir John ? demandai-je en avalant une grande rasade de jus de fruit multi-vitaminé.

– Il avait prévu un plan de repli. Il s'est enfui comme un lâche quand il a vu que la situation tournait mal. Maintenant que notre druide est révélé, il n'est pas près de revenir.

Ma mère me regarda avec tant de fierté que j'avalai de travers.

– Tu n'es pas sérieuse ? Ça ne peut pas être moi !

Alwena, qui n'avait pipé mot jusque-là, intervint :

– Katell, nous avons tous vu ce qui s'est passé avec le feu sacré au sommet du Menez Hom et ce que nous ont raconté Bertrand et Tristan à propos de la grande lumière dans la chapelle sont autant de preuves. Sans compter que le texte parle de Lug. Il est écrit que le dieu-souverain réapparaîtra pour apporter la paix. Katell, tu es née le 1er août, le jour de Lug. C'est aussi un signe.

Je ne terminai pas mon bol. *De toute façon, tu as déjà boulotté presque tout le paquet, un maxi-format en plus !*

Je ne voulais pas être le super druide ! Je n'avais que seize ans...

À cet instant Abigail apparut.

– Good afternoon. Je vois que notre druide de la prophétie est réveillé !

Pas la peine d'en rajouter une couche !

– C'est pas moi, protestai-je, c'est juste la coupe de Maria qui...

– Non, m'interrompit l'Irlandaise, la coupe seule n'a pas le pouvoir de terrasser des hommes, nous avons eu beaucoup de mal à les réanimer. Tu les as presque tués.

Super, j'ai pas du tout l'impression d'être un X-Men !

– Et qu'avez-vous fait d'eux ? demandai-je.

– On les a hypnotisés pour qu'ils rentrent chez eux sans le moindre souvenir du Menez Hom ou de la communauté. Avant que tu achèves ta formation et que tu deviennes le grand druide annoncé, nous devons te protéger.

– Tiens, lança maman en allant chercher la coupe posée sur l'autel, elle t'appartient désormais.

Je la saisis avec émotion. À son contact, j'éprouvai de l'apaisement. Oui, elle était à moi, cela ne faisait aucun doute. Nous nous étions trouvées par-delà le temps et l'espace. Maria me l'avait transmise. Ma grand-mère avait toujours su qu'un jour je viendrais la chercher.

Pour la première fois, je pus la contempler en détail. Elle était façonnée dans un cuivre chaud et doré. Elle était décorée d'un fin liseré semblable à une couronne florale mais qui révélait, quand on le regardait de plus près, de minuscules runes entrelacées. C'était un travail d'orfèvre. Quelqu'un l'avait forgée et gravée avec beaucoup d'amour. Je n'étais pas encore assez calée pour identifier les symboles, mais distinguai deux minuscules triangles unis en leur pointe qui signifiaient Dagaz, le jour.

L'enseignement d'Alwena me revint en mémoire : cette rune renfermait la magie de l'aube. Elle était la manifestation de la lumière, du réveil après un long sommeil.

Je me levai de table.

– J'ai un truc à faire, annonçai-je. Alwena tu peux me conduire ?

– Quoi maintenant, mais ce n'est pas la fin de la discussion ! s'écria maman. Katell, tu ne nous as toujours pas expliqué ce que tu avais vu dans le feu !

Je les dévisageai les uns après les autres.

– Je dois dire au revoir à Tristan.

Sans écouter leurs protestations, j'enfilai un jean et une paire de Converse. J'attrapai mon manteau dans l'entrée. J'espérais trouver Tristan à Pors Ar Vag.

La plage était déserte, le mois de novembre avait chassé les promeneurs. À marée basse, l'océan avait une teinte verte et une minuscule dentelle d'écume bordait chaque vague.

L'ovate se gara devant l'école de voile.

– Tu sais, me dit-elle, il est resté près de toi pendant que tu dormais. Ce n'est que ce matin que ta mère lui a ordonné d'aller se reposer. Il ne voulait pas te quitter.

Des larmes me piquèrent les yeux, plus salées que la mer. Malgré cela, je savais que Tristan partirait.

– Merci.

D'humide et de séparation

Je frappai à la porte mais personne ne répondit.

Comme elle n'était pas fermée, j'entrai. Tout était silencieux. Je humai l'odeur familière du sable humide et du sel séché sur les coques en plastique. Je me faufilai parmi les pagaies et les gilets de sauvetage.

Arrivée en bas de l'escalier, je l'appelai. Un grognement me répondit. Je montai dans la mezzanine. Il était emmitouflé dans sa couette délavée.

– Tristan, chuchotai-je en m'asseyant sur le bord du matelas.

Il entrouvrit une paupière et, en me reconnaissant, se redressa aussitôt. Il avait les cheveux en broussaille et les traits tirés. Il me sourit en s'étirant puis me regarda intensément et m'attira dans ses bras.

J'avais rêvé de ce moment depuis la première fois que je l'avais vu, pourtant mon cœur se serra. Une fois qu'il aurait entendu le récit de ma vision, il n'aurait pas d'autre choix que de me quitter.

Nous restâmes enlacés de longues secondes sans qu'aucun de nous se décide à parler. J'avais une grosse boule de pleurs bloquée dans la gorge. *Ah non, tu ne vas pas te comporter comme une dinde !*

Finalement, je m'assis face à lui et lui pris les mains. Je cherchais mes mots. Par où commencer ?

– C'est ta mère qui m'a obligé à rentrer, s'excusa-t-il. J'attendais que tu te réveilles. Tu as dormi vachement longtemps ! Il faut dire que c'était intense, j'ai jamais vu un truc pareil !

Je hochai la tête tout en cherchant à organiser mes pensées.

Je décidai d'abord de le remercier, sans lui je n'aurais pas échappé à Sir John.

– Tu m'as sauvé la vie, Tristan, le parapente c'était une idée géniale. Je ne savais pas que tu préparais ça...

– Quand tu es venue chez Malo, je n'ai pas eu le temps de t'en parler. D'ailleurs je crois qu'on ne s'est pas très bien compris ce jour-là. Je n'ai pas réussi à te dire que tu comptes beaucoup pour moi. J'étais content que tu m'embrasses, mais déstabilisé. Tu m'intimides...

J'eus l'impression qu'il rougissait. Mon cœur tripla de volume. J'aurais voulu sauter dans ses bras et l'embrasser. J'aurais voulu lui avouer enfin combien je l'aimais, pourtant je me retins. Je n'étais pas venue pour cela.

– Je dois te parler de ce qui s'est passé à Samaïn, annonçai-je un peu brutalement.

– J'aurais dû parier que tu étais le super druide !

– Rien ne le prouve. J'ai seulement eu une vision.

– Mais il y a la coupe et la prophétie !

– Tu parles, la Pierre de la destinée a disparu ! C'est un peu bizarre, non ? D'ailleurs où est cette pierre ? Personne ne le sait et il n'y a que des copies du texte de la prophétie...

Il me regarda avec circonspection. J'avais marqué un point. Tristan savait mieux que personne que, dans le monde des druides, les choses n'étaient pas toujours ce qu'elles semblaient être.

– Il faut que je te raconte ce que j'ai vu dans le feu à Samaïn, enchaînai-je pour ne pas lui laisser le temps de répondre. Je l'ai vue comme je te vois.

– Qui ? murmura-t-il en se raidissant.

– Elen. J'ai vu ta mère.

– C'était une image du passé ?

– Non, d'aujourd'hui. Elle aussi m'a vue, et je crois qu'elle m'a reconnue.

– Comment tu sais que c'était elle ?

– Parce qu'elle ressemblait à ma vision de l'autre fois et qu'elle travaillait sur un texte de runes. Pas n'importe lequel, celui de la prophétie. Le traducteur que Sir John a trouvé, c'est elle. Elle est en vie, Tristan.

Il était livide. Sa peau avait perdu sa belle couleur dorée. Tout se mélangeait dans sa tête : le passé, le présent et l'avenir.

– Tu devrais parler à ton père. Je pense qu'il n'y a jamais eu d'accident de voiture. Je pense que si tu n'as pas assisté à la cérémonie de crémation, c'est parce qu'il n'y en a jamais eu. Je pense qu'Abigail et ton père ont tout manigancé.

– Pourquoi ? articula-t-il avec peine.

– Je sais juste que maman est partie en Irlande vérifier qui était le traducteur. C'est pour cela qu'elle en voulait à ton père et Abigail quand elle est revenue. Je pense que ta mère a été cachée là-bas et que Sir John l'a retrouvée.

– C'est dément…

345

Il se leva, dévala l'escalier et sortit précipitamment. Je le suivis et grimpai derrière lui sur le quad.
Il conduisit aussi vite que possible. Je me serrai à lui
comme jamais.

Il me déposa dans la cour de l'ostaleri gozh sans
que nous ayons échangé un mot. Je m'arrachai à lui
avec regret.

– Je viens te voir après que j'ai parlé à mon père,
déclara-t-il d'un ton déterminé.

Il démarra et disparut.

De pierre et de paix

Tout à coup, j'eus envie de vomir les céréales que j'avais englouties. Combien de fois m'avait-il dit qu'il reviendrait sans jamais reparaître ? Je rentrai à la maison avec un haut-le-cœur. *T'inquiète, il va revenir, il va revenir.*

Je titubai jusqu'à ma chambre. J'étais comme dans la cale d'un bateau en pleine tempête, manquant d'air et les tripes en vrac. Dès que Tristan saurait où était sa mère, il partirait la rejoindre sur-le-champ. *Il va t'oublier.*

Je ne parvins pas à pleurer, je me sentais juste anéantie. *Impossible de vivre sans lui.*

Maman passa une tête dans l'entrebâillement de la porte et je fis semblant de dormir.

Elle n'était pas seule, Abigail l'accompagnait. Je les entendis chuchoter derrière la porte.

– Comment as-tu su pour Elen ? demanda l'Irlandaise.

– Sir John m'a raconté dans l'avion, après m'avoir kidnappée, comment il avait découvert l'existence de la Pierre de la destinée. Il s'intéressait à une autre pierre celtique située sur la colline de Tara en Irlande.

La Lia Fail, que l'on appelle aussi Pierre de la destinée. Au cours de ses recherches, on lui a confié qu'une femme folle, Elen, enfermée dans un hôpital psychiatrique non loin de là, clamait que la véritable Pierre de la destinée était cachée en Bretagne et contenait une prophétie. Ce que personne ne prenait au sérieux, lui, il a décidé de le vérifier. C'est pour cette raison qu'il a tenté de cambrioler la bibliothèque du manoir.

— Il n'a pas découvert la pièce secrète.

— Il a découvert qu'Elen se souvenait des gravures. Il a soudoyé son infirmière personnelle pour qu'elle les retranscrive et qu'elle les traduise. Il n'avait pas besoin de la pierre.

— Il faut la retrouver...

— En es-tu certaine ? La Pierre de la destinée pousse certains à commettre des actes terribles.

Je pus entendre Abigail reprendre sa respiration.

— Il ne faut pas juger, Marie-Anne, murmura-t-elle, nos actes dépassent notre existence, nous sommes des gardiens depuis toujours et pour toujours.

— Vous avez séparé une mère et son fils, répondit froidement ma mère.

— Elen ne le reconnaissait plus.

— Sur des photos ! Vous ne leur avez pas laissé la moindre chance !

— On ne pouvait pas risquer de dévoiler les secrets des druides. Cela a été la décision la plus difficile de ma vie et la plus triste de celle de Yann.

— Vous n'êtes pas ceux qu'il faut plaindre. Tristan est parti chercher Elen.

— Il ne la ramènera pas, Elen a besoin de soins adaptés, c'est pour cela qu'on n'a pas pu la garder au manoir.

– Et maintenant ? demanda ma mère comme si Abigail décidait encore de tout.

– Je te retourne la question. Que comptes-tu faire pour Katell ?

Je retins mon souffle. N'avais-je pas le droit de grandir normalement ? Était-ce encore possible ? J'entendis ma mère laisser sa main glisser sur la surface rugueuse du mur en pierre. Elle n'était pas sèche, elle était dure. Elle avait toujours pu sentir l'eau couler dans les roches. C'était quelque chose qu'elle ressentait au bout des doigts.

– Et si Katell n'était pas le grand druide ? chuchota-t-elle.

– Y a-t-il une chance pour que tu te sois trompée en traduisant la prophétie ?

– Je ne sais pas. Je n'arrive pas à y croire. Katell n'a que seize ans. Si seulement nous avions la véritable pierre, je poserais mes mains sur elle et sentirais ce qu'elle a à à nous délivrer. Tu comprends ? Être guidée par Dana...

Abigail approuva.

– Marie-Anne, rien ne presse, prenons le temps qui nous est offert pour trouver les bonnes solutions. Il en a toujours été ainsi avec la Pierre de la destinée. À chaque fois qu'elle a été menacée, elle a disparu pour ne réapparaître qu'en temps de paix. Laissons-la, laissons Tristan retrouver Elen et Katell grandir tranquillement.

– Et Sir John ?

– Il est tenace certes, mais il a pris une bonne leçon.

– Il reviendra.

– Pas tout de suite et d'ici là Katell sera en mesure de se défendre seule. Elle nous a prouvé de quoi elle était capable.

Oui, de quoi étais-je réellement capable? Le grand livre du monde avait-il retenu mon nom? Quel destin hors du commun les étoiles avaient-elles écrit pour moi?

D'amour et de mer

Je restai dans le noir sans bouger à attendre en vain.

Enfin, quand tout le monde fut endormi, je me redressai. Le peu d'espoir que j'avais nourri s'était évanoui au fil des heures. Tristan ne reviendrait pas. *Pas aujourd'hui, peut-être un autre jour, dans quelques mois ou quelques années. Peut-être dans un autre espace-temps.*

Je me levai pour contempler la montagne sacrée et y chercher du réconfort. Je n'avais pas atteint la fenêtre qu'un carreau éclata. Je m'arrêtai net. Quelqu'un venait de lancer un caillou ! Il y avait du verre partout. Au risque de m'entailler le pied, je me précipitai pour tourner la poignée.

En bas, caché dans le jardin de Maria, je le reconnus.

– Pardon, chuchota Tristan, je ne l'ai pas fait exprès. Promis, un jour j'aurai un portable !

Il était revenu ! Tristan était là ! *Tu vois ma vieille qu'est-ce que je t'avais dit !*

Comme je restais immobile à le regarder avec émerveillement, il ajouta un peu plus fort :

– Tu m'ouvres, ça caille !

Je n'avais pas remarqué le froid mordant de l'hiver, j'avais un petit chauffage intérieur à la place du cœur qui diffusait une douce chaleur dans tout mon corps.

Sans bruit, je descendis lui ouvrir la porte de la véranda. Je vérifiai que mes cheveux étaient bien en place sur mes oreilles et lui fis signe de me suivre dans ma chambre. C'était comme faire entrer un amoureux secret dans la maison. Je frissonnai en le sentant si proche de moi. Nous nous assîmes sur mon lit et je nous entourai de ma couette.

– Je vais partir, murmura-t-il.

La phrase fatidique avait été lancée. *Sans blague.*

– Tu avais raison, poursuivit-il, mon père a tout avoué, maman...

Il marqua un temps d'arrêt, comme si prononcer ce mot à nouveau était la chose la plus incroyable du monde. L'enfant qui pensait ne plus jamais revoir sa mère venait d'apprendre qu'elle était ressuscitée, un miracle avait eu lieu.

– Maman se trouve dans un centre spécialisé, au nord-est de l'Irlande. Le directeur est druide. C'est pour cela qu'elle est là-bas. Papa et Abigail l'ont cachée après son AVC.

– Son quoi?

– Un AVC, un arrêt vasculaire cérébral. Une hémorragie du cerveau... Ça s'est passé le lendemain du solstice, pendant que mon père m'amenait en classe de voile. Il y avait deux heures de route. Quand il est rentré, maman gisait par terre sans avoir pu appeler au secours. Papa et Abigail l'ont conduite aux urgences. Malheureusement les neurologues n'ont rien pu faire, une partie de son cerveau n'était plus irriguée correctement. Il était déjà trop tard.

– Mais pourquoi on ne t'a rien dit?

– Ils ont préféré attendre de savoir si elle allait s'en sortir. Une partie d'elle-même s'est perdue ce jour-là. Quand elle a commencé à parler de la communauté aux infirmières, ils ont dû prendre une décision. Les secrets des druides n'étaient plus préservés, maman était devenue un livre ouvert. Abigail et mon père, comme leurs ancêtres, ont fait en sorte que maman ne puisse pas divulguer quoi que ce soit. À une autre époque, elle aurait été probablement sacrifiée, au XXIᵉ siècle ils l'ont cachée dans un hôpital psychiatrique, où tout le monde pense qu'elle délire, et ils ont inventé l'accident.

– Mais et toi ? C'est terrible de priver un enfant de sa mère !

– Les secrets doivent être protégés coûte que coûte. C'était le prix à payer et mon père me ment depuis six ans...

Je comprenais mieux pourquoi il avait été impossible à Yann et son fils de s'entendre.

– Elle ne me reconnaîtra peut-être pas.

Ma gorge se serra. *C'est injuste, c'est tellement injuste.*

– Tu ne devrais pas y aller seul.

– Si. Mon père voulait m'accompagner mais j'ai refusé. Tu comprends, je me sens trahi. Je veux y aller seul, je dois y aller seul...

Il me regarda profondément et dans la pénombre je vis ses yeux briller.

– Je prends le Brittany Ferry à Roscoff demain matin.

– Tu veux dire tout à l'heure...

Il sourit.

– Je peux rester avec toi en attendant ? *Comme si tu avais besoin de le demander !*

353

Nous nous serrâmes dans ma couette de squaw et nous discutâmes comme deux ados normaux jusqu'au petit matin.

Il me raconta ses souvenirs d'enfance avec sa mère, ses cours de voile, ses escapades avec Micka.

Je lui parlai de ma vie à Paris, des fêtes de Valentine et des quatre cents coups de mes frères.

Nous fîmes le tour des profs et des élèves de Jean-Moulin en riant. Nul besoin de chercher nos mots. Nous étions deux âmes sœurs. Nous rattrapâmes le temps perdu et j'eus l'impression d'être une fille comme les autres avec un copain comme les autres. *Non, pas comme les autres, beaucoup mieux que les autres!*

Lorsque l'aube montra patte rousse et qu'il fut l'heure pour Tristan de prendre la route pour embarquer à bord du bateau qui le conduirait vers sa mère, je me serrai une dernière fois contre lui. Alors tout doucement, il m'embrassa. Je lui rendis son baiser. Un vrai baiser, pas un pauvre smack arraché sur un parking, non un vrai baiser, un baiser qui ne se raconte pas.

Puis, sans un bruit, il disparut dans les premières lueurs froides du jour.

Finisterrae

Tome 1
Tu garderas le secret

Tome 2
à paraître au printemps 2015

Remerciements

Un immense merci à Caroline Westberg pour son accueil et à l'équipe de Rageot pour son enthousiasme. Je remercie tout particulièrement Agnès Guérin pour sa gentillesse et son œil de lynx.

Merci aussi à Krystel pour cette très belle couverture.

Enfin, je remercie mon mari, ma famille et mes amis qui m'encouragent au quotidien dans mon écriture. Vous êtes top ! Ne changez rien.

L'AUTEUR

Jeanne **Bocquenet-Carle** vit dans les Côtes-d'Armor, la terre de son enfance. Dans une région de granite, de vent et de tempête, il lui est facile de suivre son imaginaire. Depuis toujours, elle a été bercée par les contes, la mythologie celtique, la littérature, la mer et l'Histoire. Ce sont les épices dont elle parsème ses œuvres. *Tu garderas le secret* est son troisième roman.

L'ILLUSTRATRICE

Krystel a grandi dans une petite ville le long de la côte atlantique. Depuis son plus jeune âge, elle adore les dessins animés, la lecture, le dessin et les jeux vidéo. Après le bac, sa passion du dessin l'a amenée à étudier durant quatre ans l'illustration et la bande dessinée à l'école Pivaut de Nantes.

Depuis, elle travaille pour les magazines, la littérature jeunesse, et a réalisé plusieurs albums de BD en plongeant dans des univers passionnants.

Vous pouvez retrouver son univers sur son blog : http://krystelblog.blogspot.fr

Blog, avant-première, forum…
Adopte la livre attitude !

www.livre-attitude.fr